Rainer Bressler, Jurist im Ruhestand und Schriftsteller, geboren 1945, ist Schweizer und lebt in Zürich. In den Jahren 1980 bis 1993 profilierte er sich als Hörspielautor, dessen Hörspiele von Radio DRS produziert und ausgestrahlt wurden.

Bisherige Veröffentlichungen:

7 Hörspiele:
Tom Garner und Jamie Lester; Morgenkonzert; Folgen Sie mir, Madame; Aufruhr in Zürich; Nächst der Sonne; Geliebter / Geliebte; Gaukler der Nacht; Beinahe-Minuten-Krimi
Produziert und ausgestrahlt in den Jahren 1979 bis 1993

Geliebter / Geliebte. 8 Hörspiele, Karpos Verlag, Loznica 2008

Privatzeug 1856 bis 2012. Versuch einer Spurensuche, 5 Bände:
Spur 1 Reisen; Spur 2 Spielen; Spur 3 Schreiben; Spur 4 Dichten; Spur 5 Weben
BoD 2012 bis 2016

Pink Champagne, satirischer Roman, BoD 2020

Rainer Bressler

Schattenkämpfe

Roman

© 2020 Rainer Bressler
2. verbesserte Auflage 2021

Lektorat und Korrektorat: Rainer Bressler
www.rainerbressler.ch
Umschlagbild: Foto Rainer Bressler, Ohne Titel, Textil und
bemalter Eisendraht, 1971

Die im Roman erzählten Geschichten basieren auf realen
Ereignissen und realen Personen. Im Roman werden die
realen Orte und Namen der Personen verwendet. Dennoch
sind Handlung und Zeichnung der Ereignisse und
Charaktere der Personen im Interesse einer intimen
Anschaulichkeit jenseits der biografischen Fakten frei
erfunden und fiktiv.

Herstellung und Verlag: BoD – Books on Demand,
Norderstedt

ISBN: 978-3-751977005

Bibliografische Information der Deutschen
Nationalbibliothek:
Die Deutsche Nationalbibliothek verzeichnet diese
Publikation in der Deutschen Nationalbibliografie;
detaillierte bibliografische Daten sind im Internet über
http://dnb.dnb.de abrufbar.

EIN JUNGER DEUTSCHER 1937 IN DER SCHWEIZ

1.

Kurz nach Mitternacht bei Mondschein in einer klaren Nacht, wie sie idyllischer nicht sein könnte, schwebt gleichsam lautlos am 19. Oktober 1937 eine elegante Limousine über eine hübsch verschlafene, von hübschen Einfamilienhäuschen gesäumte Durchgangsstrasse durch ein „währschaft" (solide) bürgerlich anmutendes Aussenquartier der Schweizer Hauptstadt Bern. Chauffeur S. fährt seinen Chef, Professor K., Direktor der „Heil- und Pflegeanstalt" (Psychiatrische Universitätsklinik) Waldau, vom Hauptbahnhof Bern zurück in die im Volksmund Irrenanstalt genannte Klinik.

K. kehrt mit einem zu später Stunde pünktlich in Bern eingetroffenen Zug vom Besuch eines psychiatrischen Kongresses in Berlin heim. S. muss, falls er seinem Ruf als zuverlässiger Chauffeur gerecht werden und als Chauffeur von K. überleben will, trotz der ungewohnten Arbeitszeit zur Stelle sein.

K.'s Vortrag hatte seine deutschen Kollegen, wie ihm gegenüber mehrmals betont worden war, zu tiefst beeindruckt. Sie hatten ihn mit Lob überhäuft. Die in jüngster Zeit aufgekommenen Berührungsängste etlicher Schweizer Kollegen über eine Zusammenarbeit mit deutschen Kollegen kennt K. nicht. Er empfindet diese Zusammenarbeit frohlockend als für ihn höchst einträglich. Dass gewisse hiesige Kollegen über sein Verhalten ihre Nasen rümpfen, stört ihn nicht. So kommen sie ihm im fachlichen Austausch mit Deutschland nicht ins Gehege. Er überlebt im harten beruflichen Konkurrenzkampf glorios. Er profitiert in Deutschland von einer herausragenden Stellung. K. mag die forsche, etwas vollmundige und klar dezidierte Art der Deutschen.

S. bremst die Limousine ab. K. erwacht abrupt aus seinen Gedanken. Richtet sich im Fond der Limousine auf. Schaut aus dem Fonds der Limousine über die Schulter von S. in die durch die Windschutzscheibe ihnen hell entgegenkommende Dunkelheit mit den in dieser Beleuchtung gespenstisch wirkenden Schattenrissen der Stämme und Baumkronen der Allee-Bäume. Im Schritttempo steuert S. das Vehikel von der Durchgangsstrasse in das Park-Areal der Klinik. Die Allee ist die schnurgerade Zufahrt zur Klinik. Zum imposanten Hauptgebäude im neoklassizistischen Stil. Das sich in der Ferne abzeichnet.

Im Park befinden sich neben dem Hauptgebäude, den weiteren Spitalbauten für die Patientinnen und Patienten, den Wirtschaftsgebäuden und Stallungen auch die herrschaftliche Wohnung K.s und seiner Familie, sowie Wohnungen und Zimmer des ärztlichen Personals und weiterer Angestellter der Klinik.

S. stutzt. Im Kegel des Scheinwerferlichts taucht mitten in dem nun hell erleuchteten Teil der Allee auf halbem Weg zum Hauptgebäude ein eng verschlungenes, im grellen Licht klar erkennbares Menschenknäuel auf. Das Knäuel löst sich im Nu aus der Verschmelzung und wird zu einer erschreckt ins Licht starrenden Frau und einem ebenfalls erschreckt ins Licht starrenden Mann. Die beiden huschen sogleich in den Randbereich des Scheinwerferlichts, von der Mitte des Wegs an den Rand bei den Baumstämmen. Geben dem Auto den Weg frei. S. erkennt die beiden. Beide Angestellte der Klinik. Der spontanen Freude über das Mitwissen der Beziehung der beiden nun von ihm ertappten, weicht die ebenso spontane Verunsicherung, ob der Chef die beiden ebenfalls gesehen und erkannt hat. Was für die beiden fatal enden könnte. S. verlangsamt die Fahrt spontan. Wird gleich an den beiden nun links im Dunkeln stehenden Personen vorbeifahren.

„Vèrrèckt, dè cheibè Usländèr mit dèrè tummè Babè, wo uf siin Schmuus inèflügt (Verflixt, der vermaledeite Ausländer und dieses dumme Püppchen, das auf seinen Schmus reinfällt)", entwischt S. kaum hörbar, jedoch mit klar vernehmbar ironischem Unterton die als Selbstgespräch gespielte, pointiert provozierend platzierte Bemerkung. Er parodiert zur Benennung der beiden die erst kürzlich mit echter Irritation aufgeschnappte abwertende Redewendung des Chefs. Konfrontiert diesen nun schadenfreudig mit dessen in seiner, S.'s, Erinnerung kleben gebliebenem lockeren Spruch. Doktor B. ist für S., obwohl aus Deutschland stammend, ganz in Ordnung. Die immer fröhliche Krankenschwester Hedy ist zudem eine Sünde wert. S. hätte sie gerne selber angemacht. Er beneidet den Deutschen um dessen Glück bei den Frauen. Die Frauen finden es nun mal schicker, mit einem geschniegelten deutschen Arzt, als mit einem ungehobelten kleinen Schweizer Chauffeur und Mädchen für Alles anzubändeln. Ihn erstaunt, dass die beiden, die am Morgen, im Gegensatz zu anderen Mitarbeitern und Mitarbeiterinnen, immer pünktlich zur Arbeit erscheinen, zu so später Stunde erst vom Feiern in der Stadt heimkehren.

K. ärgert sich über die unverschämt ihn, den Chef, nachäffende und deplatzierte Bemerkung von Chauffeur S.. Was masst dieser S. sich an, eine scherzhaft hingeworfene Bemerkung seines Chefs aus dem Zusammenhang zu reissen und gleichsam als Vorwurf provozierend nachzumachen. K. nimmt die beiden im Lichtkegel aufgeschreckten Gestalten wahr. Erkennt die beiden Missetäter ebenfalls. Ärgert sich über deren Unverschämtheit, sich in aller Öffentlichkeit in flagranti zu zeigen. Wo er, K., der Chef, B., der selbst als lediglich temporärer Praktikant dem ärztlichen Personal zuzurechnen ist, klar ein Techtelmechtel mit einer Krankenschwester der Klinik verboten hatte.

K. hatte B. anlässlich einer geselligen Tanzveranstaltung des Personals in der Klinik vor wenigen Tagen oder Wochen erst dabei ertappt gehabt, wie er die Grenzen des Anstands klar überschritten und grinsend, auf die gebotene Distanz vor aller Augen pfeifend, mit dieser ‚tummè Babè‘, einer Krankenschwester der Klinik, lasziv getanzt hatte. K. hatte B., nicht ohne damit einen kleinen Aufruhr zu erregen, beiseite genommen. Ihm klipp und klar gesagt, dass Techtelmechtel zwischen Ärzten und Krankenschwestern der Klinik strikte verboten sind. Sollte B. als kleiner Praktikant es erneut wagen, gegen dieses Verbot zu verstossen, fliege er in hohem Bogen aus seinem ihm aus reiner Menschenfreundlichkeit gewährten Praktikum an der Klinik raus. Auch als Doktorvater stehe er, K., ihm dann nicht länger zur Verfügung. Dann möge er sehen, wo er bleibe. Gegenüber seinem Chauffeur S. hatte K. sich damals, obwohl dieser den Vorfall damals mitbekommen hatte, lachend gebrüstet, dass er den ‚cheibè Usländèr‘ für sein

Rumgemache mit dieser ,tummè Babè, wo uf siin Schmuus inèflügt', ganz schön in den Senkel gestellt habe.

Sollen diese jungen Leute anderswo über die Stränge schlagen. Doch nicht in seiner Klinik, wo Sauberkeit und Anstand zu herrschen haben. Dieser freche Lackaffe scheint es darauf abgesehen zu haben, ihm, K., auf den er als Doktorand noch angewiesen ist, ins Gehege zu kommen. Was denkt dieser kleine Lümmel sich! Solche Taugenichtse, die ,èm Tüüfel ab èm Charè gheit sind' (dem Teufel vom Wagen gefallen sind), haben in seiner Klinik nichts verloren. K. versteht nicht, wie er auf diesen Schnösel aus Deutschland hatte hereinfallen können. K. ist empört. Jetzt schlägt es 13!

K. sinnt schadenfreudig auf Rache. Gleich wird die Limousine an den Beiden, die links in das Dunkle vor die Baumstämme zur Seite getreten sind, vorbeigleiten. K. wendet seinen Kopf nach links. Schiesst seinen Sperberblick durch das Seitenfenster links nach draussen. Und tatsächlich, im Bruchteil einer Sekunde leuchtet die erschreckte Fratze von B., der fassungslos in das Innere der Limousine starrt, auf. K. triumphiert. B. fliegt in hohem Bogen aus der Klinik. Mit einer Abreibung, dass ihm Hören und Sehen vergehen wird.

K.s Freudenexplosion kippt um in einen Schrecken. Er darf sein Gesicht unbedingt nicht verlieren, weder vor B., noch vor S. und nicht vor dem Personal seiner Klinik. Er muss für Alle wahrnehmbar hart durchgreifen und gleichzeitig darf er kein zusätzliches Geschirr zerschlagen. Diplomatie und Fingerspitzengefühl sind gefordert. Er sagt laut und deutlich, gespielt als Selbstgespräch, an die Adresse von S. zur, wie er hofft, weiteren Verbreitung seiner Worte, der saubere B. werde etwas erleben! K. ist sich sicher, dass der Vorfall dank S. als Zeugen im Nu in der Klinik bekannt sein wird. Dann kann K. seinen Ruf als auf Moral und Anstand setzender und Missetäter streng, doch konsequent bestrafender Chef bestätigen. Noch immer ist K. unverständlich, wie er sich von B. so hatte täuschen lassen.

Vor Jahresfrist hatte ihn ein ihm flüchtig von einer Fachkonferenz in Berlin bekannter Kollege angefragt, ob er bereit sei, einen jungen Deutschen mit ärztlichem Staatsexamen aus Breslau als Doktoranden anzunehmen. Dem jungen Mann für die Dauer der Ablegung des Doktorexamens an der Universität Bern und für die Zeit, bis er seine Doktorarbeit geschrieben hat, ein Praktikum an der Universitätsklinik Waldau zu gewähren. K. hatte es geschmeichelt, dass sein Ruf bis nach Deutschland gedrungen war. Ein junger Deutscher ihn sogar als Doktorvater begehrte. Woraus K. schloss, dass es sich bei dem jungen Deutschen um einen aussergewöhnlichen Studenten handeln müsse. Sieben Monate wurden vereinbart. Mai bis und mit November 1937. Und jetzt im Oktober diese schöne Bescherung, seufzt K..

B. hatte sich vorerst als im Grunde patenter Kerl herausgestellt. Von kleinem Körperwuchs, schlank und wendig. Gibt viel auf sein Äusseres. Ist immer korrekt und gut gekleidet. Und gepflegt. Auf den ersten Blick wirkt er wissbegierig, von besten Manieren, äusserst höflich. B. zeigt sich überschwänglich begeistert vom Thema, das K. ihm als Doktorarbeit vorschlägt. „Die Kinder im Wahnsystem der Mutter". B. hört nicht auf zu betonen, wie sehr ihn just dieses Thema interessiere. Als etwas distanzlos und deplatziert seinem Doktorvater gegenüber wertet K. die anbiedernde

Bemerkung B.'s, wie glücklich er darüber sei, in ihm, K., einen in Fachkreisen berühmten und vielseitig interessierten Mentor gefunden zu haben. „Falls ich es richtig mitbekommen habe, sind Sie, verehrter Herr Professor, insgeheim schriftstellerisch tätig als Autor von Gedichten und Bühnenwerken, genauso wie übrigens auch ich." Als geradezu ungehörig findet K. das von B. wenige Tage später ihm, dem Professor und Doktorvater, gegenüber geäusserte Ansinnen, das Thema auf „Die Kinder im Wahnsystem der Eltern" auszuweiten. So sehr selbst K., der ausgewiesenen Autorität im Fach, einleuchtet, dass der Vorschlag dieses jungen Schnösels durchaus Sinn macht, ist er dennoch pikiert vom unverfrorenen Vorwitz B.'s, ihm, seinem Doktorvater gegenüber einen solchen Vorschlag zu artikulieren. K.s Bauchgefühl sagt ihm, sich mit diesem jungen Mann einen harten Brocken eingehandelt zu haben. Dieses Gefühl bestärkt sich im Laufe der Tage und Wochen immer mehr. Zwar beeindrucken ihn B.'s zackiger Schneid und sein zackiges Auftreten, wie es den Hiesigen total abgeht. Gleichzeitig aber kriegt K. mit, wie B. sich in der Gesellschaft des Klinikpersonals als Lebemann und Frauenheld entpuppt, der alle in den Sack steckt und von allen geliebt und bewundert wird. Ein Blender, ein geschniegelter Lackaffe, der seine humanistische Bildung wie ein Plakat vor sich herträgt. Dabei trotz allem Eifer ein Taugenichts und Angeber. K. wird klar, dass B. zwei Gesichter hat. Ein scheinbar ernstes, in seiner übersteigerten Ernsthaftigkeit gleichsam zur Farce werdendes Gesicht, wenn er ihm, K., gegenüber steht. Und ein lachendes Gesicht, wenn er sich von seinem höchsten Vorgesetzten unbeobachtet fühlt. Dann kommt die Geschichte mit dieser Krankenschwester. Und nun der unverschämte Verstoss gegen ein striktes und B. klar zur Kenntnis gebrachtes Verbot.

So neugierig K. auf die Vernetzung B.s in Breslau und Berlin mit deutschen Koryphäen auf dem Gebiet der Psychiatrie ist, hält dieser sich immer bedeckt über seine tatsächlichen Beziehungen. Wimmelt ihn, K., frech grinsend mit ausweichenden Antworten und ironischen Bemerkungen ab. K. muss daraus schliessen, dass es mit der Vernetzung von B. in Fachkreisen nicht weit her sein kann. K. empfindet sein Entgegenkommen, den jungen Mann, als Doktoranden und als Praktikanten in seiner Klinik zu nehmen, als einen Reinfall. Schmeisst K. B. jetzt, wie es sich gehören würde, raus, bevor dieser ihm seine – K. ahnt es bei diesem Taugenichts – mangelhafte und zu kurze Doktorarbeit, die kurz vor dem Abschluss stehen muss, zur Durchsicht und zur Empfehlung zur Abnahme durch die Fakultät endlich überreicht hat, könnte dieser nach seiner Rückkehr nach Deutschland gegen ihn, dem die Beziehungen zu deutschen Kollegen so wichtig sind, hetzen und ihn dort schlechtmachen. Schliesslich weiss K. nicht mit Bestimmtheit, ob B. in Deutschland nicht doch über Beziehungen zu einflussreichen Fachkreisen auf dem Gebiet der Psychiatrie verfügt. Dieses Risiko muss K. unbedingt vermeiden. Die Situation erfordert geschicktes Vorgehen. Falls sich B.s Doktorarbeit wider Erwarten als nicht total mangelhaft erweisen sollte, wird K. sie mit Vorteil mit einer besten Benotung durchwinken. Doch ohne eine gehörige Abreibung für seine freche Provokation und Ungehörigkeit darf B. nicht davonkommen. Ein Tritt in seinen Allerwertesten. Dann dorthin zurückgesandt als Muster ohne Wert, woher er gekommen ist. Der Oberarzt, unter dem B. tätig ist, muss die Abreibung B.s vornehmen! K. wird diesem Oberarzt strikte Anweisung geben.

Diese Gedanken blitzen im Bruchteil einer Sekunde durch K.s Kopf, während sein Blick links aus dem Fenster gerichtet ist, um den Übeltäter und seine Gespielin beim Vorbeifahren für einen kurzen Moment durch das Seitenfenster aus dem Fond der Limousine im Düstern anzuschauen. Tatsächlich, die Birne B.s mit entgeistertem Gesichtsausdruck in den dunkeln Fonds der Limousine starrend saust vorbei. K. hat B. gesehen. Und B. scheint ihn, K., wahrgenommen zu haben!

Hans Günther B. erhascht im dunklen Fond der mit tiefem Brummen an ihm und Hedy vorbeigleitenden Limousine hell herausstechend das Gesicht und den durchdringend bösen Blick von K., der steif wie ein Pappkamerad im Innern der Limousine thront. Hans Günther klappern spontan Zähne und alle Glieder. Der Gedanke, verflixt und zugenäht, nun ist es aus, blitzt Hans Günther mit zünftigem Nachflackern ins Bewusstsein. Er ahnt im Bruchteil dieser Sekunde die Katastrophe. Den sofortigen Rausschmiss. Das Scheitern mit der Doktorarbeit. Die härteste Arbeit während der letzten Monate hier in Bern – alles für die Katz! Ausgeträumt der schöne Traum von beruflichem Erfolg als Arzt in Breslau oder Berlin, von der Heirat mit seiner Uschi in Breslau und vom sehnlichst erwarteten Stammhalter, der zu Ehren Rilkes, des Dichter-Kollegen, Rainer heissen muss. Hans Günther blitzt spontan der Gedanke auf, dass er erst jetzt, im Nachhinein das Verhältnis zwischen ihm und seinem Doktorvater und Chef als seit Beginn ständigen Schattenkampf erkennt, der nun in einen offenen Kampf abgleiten wird.

Eine Hand – eine weibliche Hand – berührt Hans Günther. Wärme durchrieselt seinen zuvor bei der

Wahrnehmung von K.s maskenhafter Fratze zum Eisklotz erstarrten Körper. Die Berührung durch die wärmende Hand und die nachfolgende Umarmung, die er nur zu gerne und heiss erwidert, bringen jegliches Eis zum Schmelzen. Die Wonne besiegelt mit einer nicht abbrechenden Folge von heissesten Küssen. Mitten in der Allee, die zum Hauptgebäude der Klinik führt. In dieser so herrlichen Oktobernacht bei Vollmond, am 19. Oktober 1937.

Bei Arbeitsantritt am nächsten Morgen wird Hans Günther als Erstes von K.s Sekretärin unverzüglich zu seinem Oberarzt befohlen. Hans Günther ist schrecklich aufgeregt. Mit seinem Oberarzt versteht er sich zwar bestens, doch wird dieser im Auftrag K.s handeln müssen. Hans Günther befürchtet das Schlimmste. Dass dieser sonst so locker kollegiale Oberarzt diesmal ganz andere Saiten aufziehen muss. Bereits im Korridor vor dem Büro des Oberarztes stösst Hans Günther auf diesen. Nähert sich ihm mit gesenktem Blick. Hoffend, dass der schreckliche Moment bald vorüber sein wird.

Der Oberarzt hält Hans Günther mit Brachialgewalt fest. Schüttelt ihn kräftig. Bis Hans Günther zu ihm aufschaut. Da lässt der Oberarzt Hans Günther los. Wirft sich Hans Günther gegenüber in Positur. Setzt eine strenge, bitterböse Miene auf. Wie Hans Günther sie an ihm noch nie gesehen hat. Hans Günther fleht zum Himmel um eine glimpfliche Landung. Der Oberarzt beginnt mit seiner zur Faust geballten Rechten und dem in die Höhe ragenden, ausgetreckten Zeigefinger vor Hans Günthers Gesicht herumzufuchteln. Stösst dabei mit drohender Stimme aus, „mei mei mei!" Hans Günther ahnt, dass etwas nicht ganz stimmt. Dass der Oberarzt bei seiner Drohgeste das Lachen unterdrückt. Dass die übertrieben heftige Drohung bloss gespielt ist. Hans Günther ist mit dem Idiom seines Gastlandes und auch konkret mit dem Schweizer Dialekt bereits so vertraut, dass er den Drohgehalt der sonst inhaltslosen Silbenfolge ‚mei mei mei' durchaus versteht. Spontan stellt er sich blöd.

„Falls Herr Oberarzt gestatten, wir sind nicht mehr im Wonnemonat Mai. Es ist bereits Oktober!"

Beide brechen in Lachen aus. Mit verstohlenen Blicken nach links und rechts nimmt der Oberarzt wieder eine ernsthafte Haltung an. Hans Günther tut es ihm gleich.

„Du weisst genau, dass es dir als Arzt strengstens verboten ist, mit einer Krankenschwester der Klinik rumzumachen. Noch einmal und du wirst etwas erleben. Der Chef hat mich beauftragt, dir eine tüchtige Abreibung zu verpassen. Du bist gewarnt", sagt der Oberarzt mit strenger, fester, lauter Stimme, um Hans Günther anschliessend zuzuraunen, „so, jetzt habe ich den Befehl des Chefs ausgeführt und dich in den Senkel gestellt. Lass dich das nächste Mal bitte nicht mehr erwischen. Etwas mehr Diskretion. Obacht, Chef im Anzug! Mime einen geschlagenen Hund."

Der Oberarzt lässt seinen Blick diskret in die Richtung schnellen, woher Gefahr im Anzug ist.

Hans Günther schnauft kurz durch und geht dann in demütiger Haltung und lächelnd auf K. zu. Mit Bücklingen, um anzudeuten, dass er dem hohen Chef etwas mitteilen möchte.

„Falls sie die leidige Angelegenheit anzusprechen wünschen, schenken Sie sich die Mühe. Der

Oberarzt wird Ihnen klar gemacht haben, was Anstand und Ehrgefühl von einem angehenden Arzt erfordern."

„Herr Professor, sie haben recht wie immer. Ich wollte sie um einen Termin bitten. Ich habe meine Doktorarbeit beendet und möchte sie ihnen abliefern."

„Lassen sie sich einen Termin von meiner Sekretärin geben. Sonst noch was? Ich bin in Eile."

Hans Günther schnauft auf. Glück gehabt. Die Sache ist glimpflich abgelaufen. Während er dies bedenkt, blitzt spontan der Gedanke auf: und was geschieht mit Hedy? Voller Schrecken denkt er, dass sie, die Ärmste, den Sanktionen der Oberschwester ausgeliefert ist und sich bestimmt nicht zu wehren weiss. Er schämt sich so sehr, dass er die ärmste Hedy in eine solche Situation gebracht hat. Kurzentschlossen eilt er in die Stadt, um für Hedy eine Dose Konfekt zu kaufen. Unterwegs im Bus kritzelt er mit seinem Pelikan Füller auf ein Papier das Mini-Gedichtchen, das ihm beim Erwachen eingefallen war und in seiner Erinnerung plötzlich wieder da ist, so dass er es aus seinem Gedächtnis niederschreiben kann. ‚O Psychiater, junger / Lass ab vom Liebeshunger / Zur holden Schwesternschaft. / Es könnten sonst wir Alten / Nicht mit Euch Tempo halten, / Drum opfert Euch der Wissenschaft!' Hans Günther hofft, dass niemand der Klinik seine kurze Abwesenheit bemerkt. Er ersteht in der Konditorei eine hübsche Dose Konfekt. Klebt darauf den Zettel mit dem selbst verfassten Vers.

Zurück in der Klinik, kaum ist die Luft rein, schleicht Hans Günther sich an einen versteckten Ort, aus dem er Hedy und Hedy ihn erspähen kann. Diskret winkt er sie zu sich. Zu seinem Erstaunen ist Hedy vergnügt. Freut sich riesig über die Schachtel Konfekt. Gibt Hans Günther als

Dank einen Klaps auf rechte Wange und wirft gespielt vorwurfsvoll hin, „gemein, du willst dass ich dick werde!" Dann fallen sie sich spontan in die Arme. Um mit verstohlenen Blicken in die Runde gleich wieder auseinander zu schnellen. Hedy verzieht ihren Mund zu einem Grinsen.

„Der Anschiss der Tante Oberin hat mir klar gemacht, dass ich wegen der Kündigung meiner Stelle in der Waldau kein schlechtes Gewissen zu haben brauche. Mit der Kündigung vor einiger Zeit lag ich goldrichtig. Dass sie versucht hat, mich nochmals fertig zu machen, ist unter aller Sau. Gratuliere mir zu meiner neuen Stelle in der Bircher Benner Klinik in Zürich!"

Hans Günther, soeben noch himmelhoch jauchzend, hauen die ihm wie nebenher von Hedy an den Kopf geworfenen Worte aus den Socken. Er weiss nicht mehr, was er denken soll. Seine Geliebte hatte ihm während Tagen oder Wochen Wichtigstes verschwiegen gehabt.

„Schau nicht so entsetzt drein! Zürich ist nicht ab der Welt. Besuche mich in Zürich."

Hans Günther grübelt nicht lange. Er raunt Hedy ins Ohr, „jede freie Minute werde ich bei Dir in Zürich sein. Wart's nur ab!"

Hedy stösst ihn lachend weg.

„Ich muss wieder! Und danke für das Konfekt."

„Und hoffentlich auch für den so hübsch eigens für dich gedichteten Vers."

„Ach ja."

Hans Günther hasst es, von neuen Entwicklungen, die er sich anders vorgestellt hatte, überrollt zu werden. Klar, bezüglich Hedy hatte er keine klaren

Vorstellungen gehabt. Mit ihr geniesst er den Augenblick. Doch nun, wo sie nach Zürich ausschert, er es bloss zufällig erfährt, sie ihm diese Veränderung lange Zeit verschwiegen hatte, muss er die bisher zwischen ihnen geherrschte sorglose Vertrautheit hinterfragen. Sein Vertrauen zu Hedy bekommt einen Knick. Zum Glück hat er noch seine Hedy bisher verschwiegene Uschi in Breslau. Die dort auf ihn wartet. Die er nun nicht, wie er befürchtet hatte, vor die vollendete Tatsache einer Trennung stellen muss. Er ist heilsfroh, dass er seinen Doktor bald in der Tasche haben wird und endlich nachhause abhauen kann. Die mündliche Doktorprüfung an der Universität Bern hatte er im Sommer bereits bestanden. Die Praktikantenstelle in der Waldau läuft Ende nächsten Monat aus. In den nächsten Tagen wird er seine fixfertige Doktorarbeit K. abliefern. Bis Ende Jahr ist alles unter Dach und Fach. Und er glücklich zuhause, in den Armen seiner Flamme in Breslau, die er baldmöglichst heiraten und mit der er einen strammen Stammhalter mit Namen Rainer zeugen wird.

Wolfgang F. lädt Hans Günther zur Feier seines Doktorhutes in den Kursaal ein. F. hat es geschafft. Und den ganzen Kleister mit dem Doktorat hinter sich. Im Kursaal wartet eine ungarische Damenkapelle mit flotten Weisen auf.

F. kommt wie Hans Günther aus Breslau. Zuhause hatte Hans Günther ihn nicht gekannt gehabt. F. ist der Sohn von Freunden von Mottl und Vatel, den Eltern von Hans Günther. Er war nach Bern gekommen, um hier seinen Doktor in Pharmazie zu machen. Mottl hatte Hans Günther mitgeteilt, dass der Sohn von Freunden, eben Wolfgang F., ebenfalls in Bern doktoriere, und Hans Günther dessen Anschrift mitgeteilt. Damit sie beide in der Fremde nicht total verloren seien, wäre es doch hübsch, sie würden Umgang pflegen, was die beidseitigen Eltern freuen täte. Hans Günther fühlt sich in Bern keineswegs verloren. Hat seit Beginn seines Bern-Aufenthalts äusserst vergnüglichen Umgang mit den Kollegen der Waldau. Ist aber immer neugierig auf neue Bekanntschaften. F. ist ein pingeliger, korrekter Typ. Von Zeit zu Zeit treffen sie sich in Tanzlokalen, um den hiesigen Wein und die Berner Mädels kennenzulernen.

Hans Günther und F. sitzen zusammen im Kursaal bei Blauburgunder Wein und feurigen Klängen der ungarischen Frauenband.

„Und stellen sie sich vor, B., ich habe bereits die Zusage für eine Stelle in einer Apotheke. In Shanghai. Nächste Woche reise ich nach Marseille und dann dampfe ich ab ins ferne China. Meine Verlobte zuhause hat unabhängig von mir ebenfalls eine Stelle in Shanghai gefunden. Sie wird in wenigen Monaten nachreisen. Bin ich nicht ein Glückspilz?"

Hans Günther gratuliert F. überschwänglich, obwohl er sich bekreuzigen würde, nicht in Deutschland arbeiten und dort seine Zukunft planen zu können. Zudem empfindet er eine Flucht ins Ausland, gerade in solchen Zeiten, als Feigheit. Dennoch hebt er sein Glas und trinkt F. auf eine glückliche Zukunft zu.

„Und wie steht es mit ihrer Doktorarbeit, B.?"

„Nächste Woche habe ich einen Termin bei Professor K., meinem Chef, und werde ihm die vollendete Arbeit in die Hände drücken und auf Jahresende wieder zurück zuhause sein! In den Armen meiner geliebten Uschi, die in Breslau auf mich wartet. Wir werden heiraten,

Kinderchen kriegen, gemächliches Leben führen. Ja, ja, F., so sind die Pläne und Lebensentwürfe eben verschieden."

Hans Günther nimmt wahr, dass F. stutzt. Bestimmt ist er, der konservativ Angepasste, etwas verwirrt, denkt Hans Günther, dass neben Hedy und Anderen nun plötzlich auch von einer Geliebten in Breslau die Rede ist. Zu seiner Erleichterung spricht F. ihn nicht auf seine Vielweiberei an. Was ihn weiter nicht erstaunt. So intim sind er und F. nun doch nicht. F. setzt zu einem Ausruf des Entsetzens an.

„Zurück nachhause, B.? Sind sie nicht ganz bei Sinnen! Die politische Entwicklung dort, unser berufliches Fortkommen dort …"

„Ärzte braucht es, Gott sei Dank, immer! Auch und gerade in unserer Heimat, wo es gilt zu zeigen, dass unser Herz nach wie vor für das Gute Deutschlands, des Landes der Dichter und Denker, unserer Heimat schlägt", wirft Hans Günther hin und schiebt dann lachend nach, „bis ich heim ins Reich zurückkehre, sind Hitler und die Nationalsozialisten längst Geschichte. Schauen sie mich nicht so entgeistert an. Meine Neugierde und mein Trieb, genau hinzuschauen, weisen mir immer einen Weg aus jedem Schlamassel. Ich hätte sowieso Lust, den Bettel mit der Doktorarbeit hinzuschmeissen und meiner wahren Berufung zu folgen. Mich der Schriftstellerei zu widmen. Doch kann ich das meinem alten Herrn nicht antun. Er will, dass ich einen Doktorhut trage. Ohne Doktortitel tauge ich ihm nichts."

Pünktlich wie eine perfekt tickende Uhr trifft Hans Günther zwei Minuten vor der vereinbarten Zeit zur

Besprechung in Professor K.s Sekretariat ein. K. lässt Hans Günther zehn Minuten warten. Strahlend, mit einem Bückling, überreicht Hans Günther K. das Typoskript seiner Doktorarbeit. K. nimmt das dicke Papierbündel entgegen. Bewegt es hin und her. Betrachtet es. Verzieht seine Miene.

„Fein, ihre Doktorarbeit. Danke. Der Umfang ist gewaltig, beinahe zu gewaltig."

Hans Günther horcht auf. K.s üblich herablassender Tonfall, hat heute einen spöttisch abwertenden Unterton. Hans Günther ahnt, dass dem ehrwürdigen Herrn von und zu K. etwas nicht passt. Hans Günther hatte sich in letzter Zeit mit etlichen Dissertationen herumgeschlagen. Auch solchen die genau so umfangreich sind wie seine. Oder gar noch umfangreicher.

„Falls Sie, Herr Professor, gestatten, das Thema, das sie mir vorgeschlagen hatten und in das ich mich mit vollem Interesse hineinarbeitete, birgt so Vieles in sich."

„Bis ich mich da durchgekämpft haben werde! Es wird dauern, B.. Vor Jahresende werden sie keinen Bericht von mir erwarten dürfen. In einem Monat läuft ihre Praktikumsstelle hier an der Klinik aus. Geniessen sie unbeschwert die Freizeit, die ich ihnen beschere. So, nun habe ich wieder zu tun."

Hans Günther schluckt leer. Das für ihn so wichtige Gespräch mit K. hatte er sich anders vorgestellt. Er ist konsterniert. Und er wundert sich, wie rasch er aus der Höhle des Löwen hinauskomplimentiert wird. Dann wird er halt gleich im November nachhause zurückkehren und später zur Entgegennahme des Doktordiploms noch einmal in Bern antanzen. Hedy wird er vergessen, mit einer Träne im Knopfloch. Zuhause wird er seine Liebe zu Uschi auffrischen. Uschi als Mutter seines Stammhalters Rainer ist auch total okay. Zuhause kann er sich in Ruhe umsehen, welche Tore und Türen sich ihm mit Doktorhut in beruflicher Hinsicht öffnen werden. Wenn alle Stricke reissen, wird er sich eben, sehr zum Entsetzen von Mottl und Vatel, doch zu seiner grössten Genugtuung ganz der Schriftstellerei und dem Geistesleben widmen. Hans Günther teilt seinen Eltern mit, dass er anfangs Dezember nachhause zurückkehren und dann auf Jahresende oder im nächsten Jahr nochmals kurz nach Bern wird abdampfen müssen, um das Doktordiplom in Empfang zu nehmen.

Den Abschied von Hedy aus Bern und das abrupte Ende ihrer ach so feinen Beziehung feiern Hans Günther und Hedy mit Champagner und mit Tanz in der Bar des Bellevue Palace. Hans Günther ärgert sich, dass er für diesen so gediegenen Anlass seinen Abendanzug nicht in seinem Gepäck von zuhause mitgebracht hatte. Er schämt sich in dieser eleganten Atmosphäre für seinen Knickerbocker-Anzug. Hedy sagt, pfeif drauf, komm, komm, tanze schon! Sie feiern ausgelassen. Hans Günther ist selig und geniesst den Augenblick.

Mottl und Vatel beschwören Hans Günther schriftlich, es bloss nicht zu wagen, ohne Doktorhut in seinem Gepäck zuhause aufzukreuzen. Sie bombardieren in tagtäglich mit Postkarten und Briefen. Hans Günther stutzt. Es ist sonst nicht die Art von Mottl und Vatel, ihn so sehr zu bedrängen. Da muss etwas dahinterstecken, das sie nicht sagen wollen – oder können / dürfen. Die Briefzensur! In einem Nachsatz fügen sie hinzu, dass die Devisenstelle Deutschlands Geldüberweisungen an ihn in die Schweiz nach Auslaufen der unbezahlten Praktikantenstelle an der Universitätsklinik nicht mehr bewillige. Hans Günther stockt der Atem. Er ist sich sicher, dass Mottl und Vatel nicht grundlos diese Alarmzeichen aussenden.

Hans Günther sieht sich dem Zwang der Situation ausgeliefert. Er muss wohl oder übel in Bern, in der Schweiz ausharren, bis das Doktorat erledigt ist. Seine Eltern können ihn nicht weiter finanziell unterstützen. Nun muss er selber schauen, wie er die mindestens zwei Monate in der Schweiz finanziell überstehen wird. Er könnte sich seine Haare einzeln ausreissen, dass er mit den monatlichen Überweisungen der Eltern, die höher sind als ein regulärer Assistentenlohn, nicht sorgsamer gewirtschaftet, alles verprasst hat. Unversehens wird er aus seiner komfortablen Situation hinauskatapultiert.

Um eine Lösung seiner momentanen Probleme ist Hans Günther nicht verlegen. Schliesslich weiss er, was er will. Und er ist bereit, darum zu kämpfen. Inzwischen hat er mitbekommen, dass Psychiatrische Kliniken in der Schweiz eher Schwierigkeiten haben, junge Schweizer Ärzte als Assistenzärzte zu finden. Er wird in eine Lücke springen. Dabei erst noch ein ordentliches Einkommen erringen. Einem allfälligen künftigen Arbeitgeber braucht er nicht auf die Nase zu binden, dass er in der Schweiz bloss ausharrt, bis sein Doktor unter Dach und Fach ist. Er macht sich schlau über alle psychiatrischen Kliniken in der Schweiz. Schreibt alle an. Sendet ihnen seine Bewerbungsunterlagen. Es hagelt Absagen um Absagen. Ende November, wo seine Praktikantenstelle ausläuft, naht. Hans Günther wirft lachend in die Runde der Kollegen aus der Waldau, wenn alle Stricke reissen, haue er ab nach Paris, gebe sich als weissrussischer Adliger aus und nehme eine Stelle als Chauffeur an.

Endlich, endlich eine Aufforderung, sich persönlich vorzustellen. Beim Direktor der Heil- und Pflegeanstalt Königsfelden. Wenn nicht alle Stricke reissen, klappt es diesmal, echt! Hans Günther setzt sich ins Bild über Königsfelden: herzogliche Klostergründung auf dem Areal einer römischen Garnisonsstadt, wechselhafte Geschichte, bis hin zur Irrenanstalt.

Es klappt! Hans Günther bekommt eine regulär bezahlte Assistentenstelle. Lässt beim Direktor von Königsfelden kein Sterbenswörtchen fallen, dass er gleich nach Erhalt seines Doktordiploms von der Universität Bern wieder nach Breslau abhauen wird. Antritt in Königsfelden am 1. Dezember 1937. Königsfelden liegt zwischen Bern und Zürich. Näher bei Zürich. So löst regulärer Arbeitslohn die versiegende finanzielle Unterstützung durch Mottl und Vatel nahtlos ab. Hans Günther ist für den Moment gerettet. Schmunzelt bei der Vorstellung, dass Mottl schreiben wird, hast wieder einmal mehr Glück als Verstand gehabt. Bist eben ein Sonntagskind. Harrt er halt noch kurz in der Schweiz aus. Wird sich mit Hedy so oft als möglich in Zürich vergnügen. Und sich mit ihr über alles Unangenehme hinwegtrösten. Doch bald, bald geht's heim ins Reich!

2.

Edwin F. hört das Klopfen an seine Bürotüre. Vergewissert sich mit einem Blick auf seine Armbanduhr, dass halb Zwölf ist. Ruft herein und weiss, dass die Türe sich gleich öffnen und der Briefträger Paul O. ihm die eingehende Mittagspost der Klinik überreichen wird. Edwin F. hofft, dass Paul O. diesmal nicht wie bei der Morgenpost vom erstmals als Pförtner diensthabenden jungen Pfleger beim Pförtnerhaus am Eingangstor des Parks von Königsfelden wegen seiner Berechtigung zum Betreten des Klinikareals aufgehalten worden ist. Als der Briefträger von Windisch in seiner schicken Uniform benötigt Paul O. keine weitere Berechtigung. Das sollte auch der junge Schnösel von Pförtner-Pfleger kapieren.

Paul O. legt Edwin F. einen Stapel Briefe auf den Schreibtisch und meint lachend, der junge Pfleger beim Pförtnerdienst habe dazugelernt. Diesmal habe er ihn, Paul O. mit seinem Fahrrad von der Zürcherstrasse her auf den Vorplatz vor dem Eingangstor einbiegen sehen. Sei sogleich losgerannt, um das Tor zu öffnen, so dass er, Paul O. nicht einmal mit dem Fahrrad habe anhalten, geschweige denn absteigen brauchen. Er als Briefträger habe keine Zeit zum Vertrödeln. Er brauche unbedingt freie Fahrt in das für Normalsterbliche verbotene allerheiligste Königsfelden. Und der junge Pförtner-Pfleger habe rasch dazugelernt. Hut ab!

„Apropos, Edi, kennst du diesen Doktor Hans Günther B.? Er bekommt oft, anscheinend

Privatkorrespondenz, Briefe aus dem Ausland. Aus Deutschland, aus Venezuela, aus Kolumbien, aus Australien, aus Rhodesien, aus England, aus Kanada, aus USA. Mit tollen Briefmarken. Kann man ihn nicht fragen, ob er allenfalls bereit ist, diese tollen Briefmarken, oder einzelne der Briefmarken ...?"

Edwin F. winkt ab. Er sehe zwar diesen Doktor beinahe täglich, wenn er ihm seine Post ins Büro bringe. Doch einen Doktor etwas so Persönliches zu fragen, nun, komme für ihn als einfachen Bürolisten der Verwaltung von Königsfelden nicht in Frage. Hingegen habe er von jemandem gehört, dass dieser Doktor oft nach Baden zur Briefmarkenbörse des Briefmarkenvereins gehe. Also sei er bestimmt einem Briefmarkentausch nicht abgeneigt. Paul soll es doch mal dort versuchen. Ob er, Paul, denn auch ausländische Briefmarken sammle? Er, Edi, sammle bloss Schweizer Briefmarken, vor allem möchte er alle Serien der Pro Juventute und der Pro Patria Briefmarken komplett haben.

Nachdem Paul O. weg ist, sieht Edwin F. den Stapel von Briefen durch und ordnet sie nach Briefempfängern, denen er dann sogleich die für sie bestimmten Briefe überbringen wird. Die meisten Briefe sind für die Ärzte der Klinik und auch für deren Familien, die auf dem Areal der Klinik wohnen. Wenige für die Verwaltung der Klinik. Wenige für weitere Angestellte der Klinik, die auf dem Areal wohnen. Einzelne Briefe für die Patienten und Patientinnen der Klinik. Edwin F. stutzt. Eine Postkarte, mit ungelenker Schrift beschrieben, ist adressiert ‚An den werthen Bürolisten Edwin F.'. Edwin F. kennt sogleich die Schrift seiner Mutter. Sie schreibt, dass der Ätti (Vater) mit ihm etwas Wichtiges zu besprechen habe. Er müsse am Sonntag zum Mittagessen nachhause nach Teufenthal zu Besuch kommen. Es gebe Hackbraten, Härdöpfelstock (Kartoffelbrei) und Rüebli (Karotten).

Edwin F. hofft inständig, dass es am Sonntag nicht Katzen hagle. Das Wetter trocken bleibe. Er hat keinen Regenschutz fürs Velofahren. Er hat Glück. Am Sonntag scheint die Sonne. Die Fahrt dauert zwei Stunden. Just aufs Mittagessen schafft er es nach Teufenthal ins väterliche Haus. Der Ätti ist erstaunt, dass plötzlich der Älteste in der Stube steht. Er weiss nicht, was er Dringendes mit ihm zu besprechen haben soll. Die Mutter jedoch erklärt Edwin, sie habe eine Überraschung für ihn. Strahlend erzählt sie, dass auf der Gemeindekanzlei Unterkulm die Stelle eines Bürolisten, eines Gehilfen des Gemeindeschreibers, zu besetzen sei. Als sie sich schüchtern erkundigt habe, ob ihr Edi allenfalls eine Chance hätte, diese Stelle zu bekommen, habe der Gemeindeschreiber ihr höchst erfreut geantwortet, „euer Edi wäre die ideale Besetzung".

„Da staunst du, wie? Jetzt hast du endlich eine gute Stelle. Auf den 1. November. Was sagst du nun!"

Edwin F. schluckt leer. Wie kann er seiner Mutter klar machen, dass er nicht im Geringsten daran denkt, seine gute Stelle in Königsfelden aufzugeben? Von seiner neusten Flamme, der Olga, will er zuhause noch nichts verlauten lassen. Olga arbeitet in einem Treuhandbüro in Brugg und wohnt noch bei ihren Eltern in Rupperswil. Keine zehn Pferde bringen ihn, Edwin F., weg aus der Nähe von Olga.

„Ich sehe schon, unser nobler Herr Sohn hat ganz anderes im Kopf und eine Stelle auf der Gemeindekanzlei Unterkulm ist ihm zu wenig. Bub, Bub, denkst du überhaupt nicht an deine armen Eltern! Komm, Ätti, sag auch etwas. Dass du in der Irrenanstalt arbeitest! Ich schäme mich so, es den Leuten zu erzählen, wenn sie mich mit Fragen löchern, was unser Ältester denn mache, he. Ausgerechnet in der Irrenanstalt. Jeder anständige Mensch muss einen weiten Bogen um das Kloster machen. Sonst wird er selber noch verrückt. Bub, Bub, du ahnst nicht, welche Sorgen du uns machst. In der Irrenanstalt! Komm mir bloss nicht damit, dass du kantonaler Beamter bist. Der kantonale Beamte putzt die Irrenanstalt auch nicht weg. So eine Schande! Wie kannst du uns das bloss antun, dem Ätti und mir. Nicht wahr, Ätti? Sag auch mal etwas."

Edwin F. liebt seine Arbeit als Bürolist in der Verwaltung der kantonalen Heil- und Pflegeanstalt Königsfelden. Im Volksmund wird die Klinik bloss das Kloster genannt, in Anlehnung an die historische, lange zurückliegende Funktion des Areals. Mit dem Verwalter, dem Chef-Buchhalter und den beiden Sekretärinnen kommt er bestens aus. Der gesamte Betrieb gefällt ihm. Der riesige, zwischen Brugg und Windisch gelegene Park des ehemaligen Klosters Königsfelden, einer Habsburger Gründung, ist wunderschön. Umgeben von hohen Mauern, mit einem Eingangstor und Pförtnerhaus. Im Park zuerst, hinter der Eingangsallee gelegen, das moderne Verwaltungsgebäude. Am Ende der Allee das schön bepflanzte Rondell mit dem römischen Springbrunnen in der Mitte. Dahinter das imposante Hauptgebäude mit Mitteltrakt und riesigen Seitenflügeln, wo die Büros der Ärzte und des Pflegepersonals sind und in den Seitenflügeln die Abteilungen der Kranken. Im Innenhof des Hauptgebäudes die riesige Küche, darüber Angestelltenzimmer, daneben die Wäscherei, die Sattlerei, die Schlosserei, die Näherei und das

Maschinenhaus. Ein Weg, vorbei am Hirschgehege, der Freiluft-Kegelbahn und den freigelegten Grundmauern des Westtores des römischen Lagers Vindonissa, der Jahrhunderte alten Linde vor dem Alten Spital aus dem 16. Jahrhundert, in dem Patientenabteilungen und Angestelltenwohnungen sind, führt zur gotischen Klosterkirche mit den herrlichen Glasmalereien und zur danebengelegenen Agneskapelle. Hinter der Kirche die Stallungen des im Park gelegenen Landwirtschaftsbetriebes und des Hauses, in dem der Oberknecht und der Knecht mit Familien wohnen. Dann verschiedene Patienten-Pavillons, die Schreinerei, das Totenhaus. Dazwischen Gemüse-, Obst- und Blumengarten, Entenweiher, ein Philosophenweg und beinahe verborgen der Schlangenweiher, in dessen Mitte eine Steinskulptur des Neptun mit dem Dreizack thront. Der Park des ehemaligen Klosters, das abgeschlossene Areal der Klinik ist ein eigenes Dorf im Dorf Windisch, wo jeder jeden kennt. Edwin F. liebt es, hier zu sein und Kontakt zu den unterschiedlichsten Personen zu haben, unbesehen davon ob Doktor, Patient, Pfleger oder Handwerker. Klar, in seiner Freizeit trifft er sich mit Kollegen in Windisch in der Sonne oder im Kohlenhof, in Brugg im etwas nobleren Füchslin, das auch über eine Kegelbahn verfügt, um einen Jass zu klopfen und sich ein Bier zu genehmigen. Die Wochenenden und manchmal auch den Feierabend unter der Woche verbringt er mit seiner lieben Olga.

Edwin F. antwortet der Mutter mit vage hingebrummten ja, ja, ja. Der Ätti blinzelt ihm hinter dem Rücken der Mutter zu und zuckt mit den Schultern. Die Mutter packt ihm zum Abschied ein Schinkenbrot ein. „Damit du unterwegs nicht verhungerst". Edwin F. ärgert sich, wie die Mutter ihn mästet. Bereits beim Mittagessen hatte sie ihm mit der Bemerkung, „jetzt habe ich extra dein Lieblingsessen gekocht, enttäusche mich nicht", ein drittes und ein viertes Stück Hackbraten aufgezwungen. Beim Abschied gibt sie ihm mit auf den Weg, „denk darüber nach, was für Sorgen du uns machst". Wieder murmelt Edwin F. „ja, ja, ja". Dann ist er heilsfroh, wieder auf seinem Stahlesel zu sitzen und Teufenthal hinter sich zu lassen.

In der eingegangenen und von Edwin F. an die konkreten Adressaten zu verteilenden Post befindet sich eines schönen Tages eine Postkarte vom Bahnhof Brugg, Abteilung Sperrgut, an den Doktor Hans Günther B.. Die Postkarte kündigt dem Deutschen an, dass in der Abteilung Sperrgut ein Paket aus Deutschland für ihn eingetroffen und nun abzuholen sei. Mit diesem Doktor waren Edwin F.'s Gespräche bisher nie über ein „Bittschön" und „Danke" hinausgegangen. Ausser einmal, an einem der ersten echt lauen Frühlingsabende im Mai. Der Verwalter von Königsfelden, der Vorgesetzte von Edwin F., schlägt vor, dieses schöne Wetter zu nutzen und nach Feierabend ein paar Kegel zu schieben. Auf der antiken Freiluftkegelbahn im Park von Königsfelden. Zwischen dem Hirschgehege und dem alten Spital mit der jahrhundertealten Linde davor. Als sie zur Kegelbahn kommen, sind dort bereits Oberarzt Doktor M. und der Doktor aus Deutschland am Kegeln. Der Verwalter will gleich rechtsumkehrt machen. Doch Oberarzt Doktor M., eine Gemütsmore (eine Seele von Mensch) und einer, dem keiner zu gering ist, um freundliche Worte an ihn zu richten, fordert den Verwalter und Edwin F. auf, unbedingt zu bleiben, um zu viert zu kegeln.

„Ist ihnen doch recht, Herr collega?", fragt Oberarzt Doktor M. den Deutschen. Dieser nickt. Doch beim Kegeln ist man auf das Schieben der Kugeln konzentriert.

Verliert kaum Worte. Ausser Anerkennung für gelungene Würfe, wo die Kegel nur so purzeln. Oder Äusserung der Enttäuschung, wenn kein Kegel oder bloss wenige fallen. Edwin F. bekommt mit, wie Oberarzt Doktor M. und der Deutsche sich ständig gegenseitig hochnehmen (necken) und echt gute Kumpel sind. Edwin F. wagt es in dieser Gesellschaft nicht, es ihnen gleich zu tun, obschon ihm dann und wann gute Bemerkungen auf der Zunge liegen. Das war das allereinzige Mal gewesen, wo Edwin F. sich bisher längere Zeit in der Nähe vom deutschen Doktor aufgehalten hatte.

Edwin F. bietet von sich aus an, den Doktor, falls es sich um ein grosses Paket handle, mit einem Leiterwagen zum Bahnhof zu begleiten. Damit der Herr Doktor das Paket nicht selber zu schleppen brauche. Der Doktor wehrt zuerst ab, scheint sich dann zu besinnen und nimmt die Hilfe von Edwin F. zu guter Letzt etwas verlegen an. Bröselt sogar hervor, „verbindlichsten Dank, Bürolist F.. Echt zuvorkommend von ihnen. Sie müssen wissen, meine Eltern in Breslau hatten mir brieflich bereits angekündigt, dass sie mir mein Fahrrad senden. Ich bin mir sicher, dass Mottl und Vatel mein Fahrrad gut verpacken liessen, damit es unterwegs ja keinen Schaden nimmt. So sind meine Eltern."

In der Abteilung Sperrgut der Schweizerischen Bundesbahnen im Bahnhof Brugg wird dem Doktor ein riesiges, arg beschädigtes, sperriges Paket herausgegeben. Der Beamte entschuldigt sich. Vom Schweizer Zoll sei ein Zustandsprotokoll mitgeliefert, gemäss dem der Schweizer Zoll das Paket in diesem schwer beschädigten Zustand von den Deutschen Zollbehörden in Empfang genommen habe. Dieses Zustandsprotokoll, versehen mit Unterschrift und

Stempel, sei im Doppel abgefasst. Das Doppel sei für den Herrn Doktor, als Beweis der Deutschen Reichsbahn gegenüber, dass der Schaden in Deutschland entstanden sei. Er, der Beamte hier in Brugg, habe für den Herrn Doktor die zuständige Stelle der Deutschen Reichsbahn ausfindig gemacht und deren Anschrift auf einem Zettel für den Herrn Doktor notiert. Edwin F. bekommt mit, wie der Doktor sich überschwänglich beim Beamten bedankt und ihm verstohlen ein grosszügiges Trinkgeld zustecken will. Was jener beleidigt zurückweist. Worauf der Doktor einen hochroten Kopf bekommt und sich abwendet.

Edwin F. verstaut das sperrige und arg verschlissene Paket, aus dem einzelne Teile eines Fahrrades herausragen, auf dem Leiterwagen. Doktor B. will helfen, stellt sich dabei ungeschickt an. Ist Edwin F. im Weg. Dann zieht Edwin F. den Leiterwagen nach Königsfelden. Der Doktor versucht mehrmals, selber an die Deichsel des Leiterwagens zu greifen. Stellt sich dabei so blöd an, dass Edwin F. ihn leicht wegdrängen kann. Edwin F. kann sich vom Anblick dieses Pakets kaum erholen. Er kann sich schlicht nicht vorstellen, wie ein Paket auf einem Bahntransport solchen Schaden nimmt. Da kann es nicht mit rechten Dingen zugegangen sein. Der Miene des Doktors entnimmt er, dass dieser sich auf keine diesbezüglichen Diskussionen einlassen will. In Königsfelden angekommen, bequemt der Doktor sich nicht, Edwin F. zu sagen, wo das Paket abgeladen werden soll. Edwin F. steuert auf einen Velo-Ständer im Küchenhof zu. Der Doktor lässt geschehen. Der Doktor lässt Edwin F. das ramponierte Velo aus dem an den meisten Stellen arg zerrissenen Paket herauszuschälen. Die Kartons und das Packpapier verstaut Edwin F. auf dem Leiterwagen und drückt dem Doktor sein kaum mehr Velo zu nennendes Vehikel in die Hände. Zuvor noch hatte Edwin F. am Rande mitbekommen, wie der Doktor sich in einem unbemerkten Augenblick verstohlen drangemacht hatte, das Adressetikett mit dem Absender vom Packpapier abzukratzen und in seine Jackentasche zu stecken. Edwin F. ahnt, dass diese kleinen und verdächtigen Verhaltensweisen zusammen mit der Distanziertheit des Doktors ungute Gefühle dem Doktor gegenüber aufkommen lassen.

„So, Herr Doktor, das wär's."

„Verbindlichsten Dank, Bürolist F.. Dieses Fahrrad kann ich wohl wegschmeissen."

„Wo denken sie hin, Herr Doktor! Man kann es locker flicken …"

Und schon ist der noble Herr Doktor verschwunden. Nicht ohne zuvor Edwin F. ein hübsches Trinkgeld in die Hand gedrückt zu haben. Edwin F. weist es nicht zurück. Er fragt sich, ob dieser Doktor und Angeber je von seinem hohen Ross runterkommen wird.

Edwin F. erzählt seiner Olga von dem Erlebnis mit dem deutschen Doktor und dessen Velo.

„Ich werde mich hüten, diesem eingebildeten deutschen Doktor je wieder einen Stein in den Garten zu werfen (einen Gefallen zu erweisen)."

„Edi, Edi, pass bloss auf, dass du da nicht in eine dumme Geschichte hineingezogen wirst. Du bist einfach viel zu naiv und zu gutmütig. Dabei muss man gerade bei Deutschen wahnsinnig aufpassen. Heutzutage ist es nicht gut, mit Deutschen zu eng zu verkehren. Soll er doch mit seinem Dreck selber fertig werden. Weisst du, wenn deine Vorgesetzten mitbekommen, dass du mit diesem Deutschen …"

Olga schafft es einmal mehr, die Gedanken, die im Kopf von Edwin F. diffus herumschwirren, in klare Worte zu fassen. Er staunt über ihre Gabe, immer den Durchblick zu behalten. Wenn dieser Doktor sich ihm, Edwin F., gegenüber schon so distanziert zeigt, darf auch er ohne schlechtes Gewissen sich ihm gegenüber distanziert verhalten. Man sollte, denkt Edwin F., solche Dinge auf die leichte Schulter nehmen können. Doch irgendwie … er will diese einsickernden Gedanken gleich wieder verscheuchen. Es gelingt ihm nicht. Irgendwie macht er sich über einen unpraktischen Menschen lustig, der von Erfordernissen eines gewöhnlichen Alltags total überfordert ist. Bestimmt nicht einmal weiss, wie bei einem Velo eine rausgesprungene Fahrradkette wieder reinzuhängen ist.

Prompt kann Edwin F. es sich nicht verkneifen, bei Gelegenheit diesen Doktor anzusprechen und etwas hinterhältig zu fragen, ob er seinen ‚Göppel' (Gefährt) nun wieder in Schwung gebracht hat.

„Ach, Bürolist F., ich wollte sie schon lange fragen, wo es am Ort einen vertrauenswürdigen und guten Fahrradhändler gibt."

„Sie wollen doch nicht das beschädigte Velo wegschmeissen, Herr Doktor! Der Rahmen des Velos ist sehr gut und unbeschädigt. Das Vorderrad auch. Ebenso der Lenker. Die Kette ist zerrissen. Sind aber noch alle Teile vollständig da. Also kein Problem. Und die Acht kann man im Nu aus dem Hinterrad herausdängeln …"

Der Doktor macht in den Augen von Edwin F. eine wahnsinnig lustige Figur, wenn er wie ein wandelndes Fragezeichen in der Landschaft steht. Edwin F. übernimmt sofort die Führung und zeigt, wo es lang geht. Staunend wie ein Kind befolgt der Doktor alle Anweisungen von Edwin F., dem kleinen Bürolisten. Der Doktor holt sein kaputtes Velo dort, wo er es wohl vor den anderen versteckt gehabt hat. Weil der noble Herr Doktor sich offensichtlich schämt, so ein Ding sein Eigen zu nennen. Dann folgt er Edwin F. mit dem Ding ins Maschinenhaus und die Schlosserei. Edwin F. lässt sich in der Schlosserei Putzfäden geben, um sich beim Herumhantieren mit der zerrissenen Kette seine Hände nicht gar zu schmutzig zu machen, wenn er sie aus der Verkeilung mit Zahnrädern und Gestell löst. Er heisst einen der Schlosser, doch bitte die Kette des Velos vom Herrn Doktor zu flicken. Dann bittet Edwin F. den Chef des Maschinenhauses, ihm einen Holzhammer in bestimmter Grösse auszuleihen. Er schraubt das verbogene Rad aus seiner Befestigung, spannt es in einen Schraubstock und beginnt sachte zu dängeln. Der Doktor steht mit weit aufgerissenen Augen daneben. Verfolgt interessiert, was Edwin F. macht. Kriegt vor lauter Staunen seinen Mund nicht mehr zu.

„Mein lieber F., ich staune. Was ein geschickter Mensch alles hinkriegt, unglaublich!"

„Ach, Herr Doktor, das ist keine Zauberei. Obwohl Bürolist, ist meine Leidenschaft das Handwerkliche."

Edwin F. und der Doktor sehen sich in die Augen. Beide grinsen.

„In handwerklichen Dingen bin ich eine Niete."

Edwin F. schluckt die ihm auf der Zunge liegende Bemerkung runter, dass er dies längst bemerkt habe.

Nach Feierabend bei schönstem Wetter trampeln (radeln) Edwin F. und der Doktor durch den Habsburgerwald rauf bis zur Habsburg. Dem Doktor geht beim Hinauffahren beinahe die Puste aus. Er wundert sich, wie locker Edwin F. die Steigung bewältigt. Dieser tröstet ihn, bald werde auch er, der Herr Doktor, wieder Übung haben. In der Gartenwirtschaft auf der Habsburg hält der Doktor Edwin F. mit ein paar Gläsern Bier frei. Lernt dabei von Edwin F., dass man das Bier hier als Stange hell oder Stange dunkel bestelle. Der Doktor schlägt Edwin F. nach einigen Stangen vor, dass sie sich duzen, wie es hier, im Gegensatz zu Deutschland, üblich sei. Edwin F. kann es kaum fassen, dass ein Doktor ihm das Du anbietet. Gleichzeitig aber fährt ihm ein Schrecken durch seine Glieder bei der Vorstellung, wie seine liebe Olga auf diese Entwicklung der Dinge reagieren wird.

„Ja, machen wir Schmollis! Ich bin der Edi", wirft Edwin F. fröhlich hin und spricht von da an den Herrn Doktor mit Hans Günther an.

Olga reagiert einmal mehr total überraschend.

„Edi, Edi, du hast es ja ganz dick hinter den Ohren. Du liegst absolut richtig. Wenn einer verdächtig ist, soll man nicht auf Distanz zu ihm gehen, aber so tun als ob nichts ist. Doch wenn er sich dann verrät, dann muss man handeln. Wenn er für die Nazis heimlich rekrutiert, wenn er ein Spion ist, es gleich nach Aarau und nach Bern melden. Das liebe ich so an dir, Edi, man denkt, ein netter Junge und dann plötzlich merkt man, er ist ein ‚Heimlifeisser' (schlaues Bürschchen)."

Edwin F. will sich für die vielen Biers auf der Habsburg revanchieren. Fragt Hans Günther, ob er ihn vielleicht in den Kohlenhof zu einem Glas Veltliner einladen dürfe. Hans Günther ist begeistert. Merkt jedoch an, dass er den Kohlenhof bereits kenne und sich sehr freuen würde, auch mal etwas anderes kennenzulernen. Beim Spazieren im Dorf habe er die Sonne mit dem schönen Wirtshausschild gesehen. Bestimmt eine traditionelle Schweizer Kneipe. Beim Wort Kneipe zuckt Edwin F. amüsiert zusammen und wirft lachend hin, die Sonne sei sein Stammlokal, eine simple ‚Beiz' (Kneipe). Doch viel zu einfach für einen Doktor wie Hans Günther. In der Sonne verkehrten die einfachen Dorfbewohner.

„Edi, genau da möchte ich hin!"

Edwin F. ist es schon ein bisschen ‚gschmuèch' (bang), ausgerecht mit einem Deutschen im Schlepptau da aufzukreuzen, wo er seine Jassrunde hat. Selbst wenn der Deutsche ein Doktor ist, oder gerade auch, weil er zusätzlich noch Doktor ist. Wie nicht anders zu erwarten war, begrüssen seine Kumpels Edwin F. mit grossem Hallihallo. Edwin F. winkt ihnen verstohlen zu und versucht Hans Günther in den hinteren Teil der Wirtschaft zu drängen, damit sie in Ruhe ein ‚Halbeli' (einen halben Liter) Veltliner trinken können. Doch seine Kumpels lassen keine Ruhe und wollen unbedingt, dass er sich mit dem Fremden zu ihnen setzt und nicht fremde. Einer der Kumpel raunt Edwin F. zu, „wo hast du diesen aufgegabelt, und erst noch einen Deutschen?" Als Edwin F. Hans Günther als Herrn Doktor vorstellt, können seine Kumpels es kaum glauben. Doch Hans Günther interessiert sich gleich für das Kartenspiel, mit dem sie beschäftigt sind. Er wird belehrt, dass sie jassten. „Undènufè, Obènabè, en Schiebèr oder èn gwöhnlichè Bütèr." Im Nu ist Hans Günther in die fröhliche Runde aufgenommen. Zuerst schaut er einige Runden beim Jassen der anderen zu. Dann wird auch er aufgefordert, mal mitzuspielen. Er stellt sich nicht gerade sehr geschickt an, schafft es aber, dass er als halt lausiger Mitspieler in Kauf genommen wird. Alle sind mächtig stolz, diesem deutschen Doktor aus dem Kloster, den sie als Hans Günther anreden dürfen, etwas beizubringen. Zudem wird Edwin F. beneidet für einen so feinen Herrn als Freund.

Auf gemeinsamen Velotouren, wenn sie bei einer Wirtschaft Halt machen und einkehren, geniesst Edwin die Unterhaltungen mit Hans Günther. Hans Günther ist so gescheit, weiss so Vieles, ist in der Welt herumgekommen und kennt sich darin aus. Bloss wenn Hans Günther erzählt, sein grösstes Ziel sei, eine Familie zu gründen, einen Sohn zu haben, schüttelt Edwin seinen Kopf. Das habe alles noch seine Zeit. Er wolle das Leben noch ein wenig geniessen und hoffe, dass seine Olga nicht gleich von Verlobung und Heirat zu reden beginne. Das habe alles ja noch Zeit.

„Wir sind ja noch jung. Auch du, Hans Günther. Wir sind doch Jahrgänger, oder etwa nicht?"

Edwin begreift nicht ganz, dass Hans Günther, als Doktor mit guter Anstellung, nicht seine Hedy oder eine andere aus seinem Harem heiratet, wenn ihm schon so sehr an einer Heirat gelegen ist. Obwohl, denkt Edwin heimlich, vermutlich ist ihm mehr an einem Stammhalter, wie er immer sagt, gelegen als an der Ehe selber. Ob Hans Günther, nach Luthers Rezept, bereits einen Baum gepflanzt hat und nun die Zeugung eines Sohnes bei ihm tatsächlich an der Reihe ist, um als richtiger Mann dazustehen?

Dann wieder, als Hans Günther und Edwin sich treffen, um gemeinsam zu Unternehmungen ins Dorf zu pilgern, ist Hans Günther total geknickt, pfeift, wie Edwin mit grösster Sorge wahrnimmt, aus dem letzten Loch und haucht mit weinerlicher Stimme hin, „die Kuh-Schweizer lieben mich nicht. Nun werfen sie mich endgültig aus ihrem Ländlein raus!"

„Blödsinn!", setzt Edwin an, „ Wir haben auf der Verwaltung die Formulare für die Verlängerung deiner Arbeitsbewilligung ..." Weiter kommt Edwin mit seiner Rede nicht, denn er merkt, wie Hans Günther, der Schlingel, grinst. Dieser Mensch, denkt Edwin, schafft es immer, mir hochdramatisch etwas vorzuspielen. Ich falle darauf rein. Und dann stellt sich heraus, dass alles nur halbsoschlimm oder überhaupt nicht schlimm ist.

„Jetzt bin ich dir beinahe auf den Leim gegangen und habe echt geglaubt, du bist in Schwierigkeiten ..."

„Verliert man seinen Humor, ist dieser endlose Papierkrieg zum junge Hund kriegen!"

Edwin ist auf der Hut und versucht von da an, gleich zu Beginn mitzukriegen, wenn Hans Günther ihn wieder reinlegen will. Mit der Zeit kennt er ihn besser und kann Hans Günthers Übertreibungen besser einschätzen. Bloss Hans Günthers Theater wegen seiner Doktorarbeit kann Edwin nicht einschätzen. Das übersteigt seinen Horizont. Wenn Hans Günther herzerweichend jammert, der Professor aus Bern lasse ihn hängen, trödle absichtlich herum. Dummerweise lässt Edwin etwas darüber bei Olga fallen.

„Dann ist dein Hans Günther überhaupt kein Doktor?!"

„Du, das ist so, also er muss irgendwie schon Doktor sein. Schliesslich arbeitet er in Königsfelden als Doktor. Sie würden ihn nicht ..."

„Mir scheint, wieder eine dieser Klüngeleien. Doch uns geht es nichts an. Man braucht nicht alles zu wissen"

Dann wieder jammert Hans Günther in den höchsten Tönen, dass Arztkollege P., der Glückpilz, habe heiraten können und bald Vater sein werde, während er, der ärmste Hans Günther, verdammt dazu sei, zeit seines Lebens ein Hagestolz zu bleiben und von allen verlassen zu werden. Diesmal stellt Edwin sich dumm und fragt, „was ist ein Hagestolz?", und fügt dann an, „wenn du nicht mehr so oft mit Doktor P. rumsäufst, weil er sich um seine Familie kümmern muss, können wir vermehrt jassen!"

„Bis auch du, Edi, mich hängen lässt", lamentiert Hans Günther weiter, bis er wieder losprustet vor Lachen. Edwin kann bisweilen bloss seinen Kopf schütteln über Hans Günthers Geschwätz. Er wundert sich, wo überall Hans Günther glaubt, Schattenkämpfe ausfechten zu müssen. Als ob er, seiner geringen Körpergrösse und seines blassen Teints zum Trotz, mit seinem Zack-Zack-Schneid und Auftreten nicht Manns genug ist, seinen Mann zu stellen. Was sollte ich erst von mir halten, überlegt Edwin, wo Hans Günther ihm so Vieles voraushat, obwohl sie Jahrgänger sind und eine ähnliche Postur haben. Sein Verhältnis zu Hans Günther ist mit solchen und ähnlichen Überlegungen zu Faden geschlagen.

Olga lässt nicht locker. Sie versteht zwar, dass ihr Edwin im deutschen Doktor einen lässigen Kumpel fürs Jassen und Velofahren gefunden hat, misstraut dem Frieden aber dennoch. Ob der allzu naive und gute Edi sich durch seinen Umgang mit ausgerechnet einem Deutschen nicht in Verruf bringe. Edwin bleibt nicht verborgen, dass auch die andern Doktoren der Klinik mitbekommen haben, wie er als einfacher Bürolist mit einem der ihren, einem Doktor, und erst noch mit dem Deutschen, Umgang pflegt. Edwin weiss, dass Oberarzt Doktor M. der direkte Vorgesetzte von Hans Günther ist. Oberarzt Doktor M. ist sehr zugänglich, spielt sich in seiner Position nie auf und ist immer offen für Anliegen aller Angestellten und Patienten der Klinik. Ihm fällt auch kein Stein aus seiner Krone, wenn er sich nach dem Befinden eines Menschen erkundigt und interessiert zuhört. Edwin fragt Oberarzt Doktor M., ob es aus dessen Sicht in Ordnung sei, dass er mit dem deutschen Doktor ab und zu jasse oder Veloausflüge mache. Oberarzt Doktor M. lacht. Das sei nicht nur in Ordnung, das sei sogar ein grosser Gewinn für beide Seiten. Kollege B. lerne Schweizer Alltag kennen und Leute vom Dorf könnten Vorbehalte gegen Deutsche abbauen. Kollege B. habe es nicht leicht. Da sei ihm diese Abwechslung zu gönnen. Edwin wagt nicht, Oberarzt Doktor M. zu fragen, in welcher Beziehung der Doktor B. es schwer hat. Diese Frage will er auch Hans Günther nicht direkt stellen, solange dieser nicht von sich aus von echten Schwierigkeiten zu erzählen beginnt. Aus seiner Jassrunde spricht er Guschti M., einen im Dorf sehr geschätzten Gemeinderat und sozusagen graue Eminenz der Freisinnigen, auf seinen Umgang mit dem deutschen Doktor an. Stellt ihm direkt die Frage, ob er sich durch diesen Umgang in den Augen der Dorfmächtigen verdächtig mache.

„Typisch du, F., bist eine so ehrliche Haut. Mach dir keine Sorgen. Die Behörden halten ihre Augen offen und haben bei Hans Günther, diesem Doktor B., keine Anzeichen wahrgenommen, dass er sich in irgendeiner Weise politisch betätigt. Glaubst du, dass ich mit diesem Deutschen einen Jass klopfen würde, wenn der geringste Verdacht bei ihm bestünde, dass er für die Nazis agiert!"

Edwin ist mit Hans Günther inzwischen so vertraut, dass er ihm auch, verklausuliert zwar, die Frage stellen kann, die ihm auf der Zunge brennt. Die Frage nach all den ausserordentlich häufigen Privatkorrespondenzen mit Deutschland. Doch nicht bloss mit Deutschland. Auch mit der ganzen Welt. Edwin denkt, bei einem Durchschnittsmensch halten sich die Korrespondenzen im Rahmen, dann und wann ein Brief, zu Festtagen Ansichts- oder Gratulationskarten. Ihn plagt das schlechte Gewissen, weil er zufällig etwas mitbekommt, diesen ausserordentlich hohen Briefempfang aus dem Ausland, was er allenfalls, in der heutigen brenzligen Situation, wo der Feind plötzlich mitten unter uns sein kann, den Behörden melden müsste. Er nimmt die vor einiger Zeit vom Briefträger O. gestellte Frage nach allfälligem Briefmarkentausch als Vorwand, um das Thema anzusprechen und dann geschickt seine echten Fragen ohne Aufsehen spontan einfliessen zu lassen. Hans Günther ist freudig bereit, den Postboten, wie er den Briefträger O. nennt, persönlich kennenzulernen und ihm die für diesen exotischen Briefmarken, die er im Doppel besitzt, zu schenken, allenfalls gegen Schweizer Marken zu tauschen.

„Wie du ja weisst, pilgere ich regelmässig zu den Zusammenkünften des Briefmarkenvereins in Baden."

„Ich staune über die Unmenge von Briefen aus der ganzen Welt, die du immer erhältst. Wie kommst du neben deiner Arbeit überhaupt noch dazu, Briefe zu schreiben? Ich nage stundenlang am Bleistift, wenn ich etwas schreiben sollte und habe dann zum Schluss bloss einen Satz geschrieben, den Brief noch längst nicht beendet. Hoffe dann jeweils, dass ich am nächsten Tag damit weiterkomme."

„Siehst du, Edi, das ist der Unterschied zwischen uns beiden. Du zauberst handwerklich alles hin und ich staune immer wieder, was ein Mensch alles reparieren und herstellen kann! Ich bin ein verhinderter Schriftsteller. Meine Eltern sind in Rente, haben nichts anderes zu tun, als mir zu schreiben. Bombardieren mich mit Briefen und fordern alle Onkel und Tanten, unter dem Vorwand, ich fühlte mich so verlassen in der Fremde, auf, mir oft und möglichst oft zu schreiben. Dieser Brieflawine kann ich kein Ende setzen. Wie auch! Dann haben wir unzählige Abenteurer in der Verwandtschaft, die die entferntesten Winkel der Erde für sich entdecken wollten. Und sie wollen mich unbedingt auf dem Laufenden darüber halten, wie gut es ihnen dort geht. Um mich rumzukriegen, ebenfalls dorthin auszuwandern, wo sie glücklich Fuss gefasst haben."

„Ja, ja, im letzten Jahrhundert, als bei uns Hungersnöte herrschten sind auch von hier Menschen nach Amerika, nach Südamerika, und sogar nach Australien ausgewandert," quittiert Edwin die Ausführungen von Hans Günther, die ihm durchaus glaubhaft erscheinen. Er ist sich sicher, dass Hans Günther ehrlich geantwortet hat. Seine Antwort war wie aus der Kanone geschossen gekommen. Ohne das geringste Zögern. Edwin ist beruhigt. Er beneidet Hans Günther wegen dessen Weltläufigkeit. Die ihm, wo seine gesamte Familie im Aargau lebt, fehlt. Bloss ein Grossonkel war nach Amerika ausgewandert. Vor Jahrzehnten. Doch von ihm hat man nie mehr etwas gehört.

Edwin verheimlicht Olga nicht, wenn er mit Hans Günther ab und zu jassen geht oder eine Velotour unternimmt. Auch bei schönem Wetter und warmen Temperaturen mit ihm per Velo über Mittag ins Strandbad Brugg an der Aare fährt, wo meist eine Runde von Angestellten der Klinik, auch Doktoren, Oberärzte, selten sogar der Chef K. höchstpersönlich und dann und wann auch das feine Fräulein K., die Laborantin von Königsfelden und gleichzeitig die Schwester der Frau von Oberarzt Doktor M., zusammenkommt. Olga bringt von sich aus das Thema Hans Günther nicht mehr aufs Tapet. Was Edwin durchaus recht ist. Hingegen spürt er, dass das Thema dennoch für Olga noch nicht ganz vom Tisch und sie nach wie vor misstrauisch ist. Da kommt ihm ein Umstand günstig zupass. Hans Günther berichtet ihm, dass Fräulein Sch., die Hausbeamtin, sich für ihn stark gemacht und bewirkt habe, dass der Chef K. ihm eine neue, grössere Bude zugeteilt habe, hinter der Abteilung Männer C.. Nun möchte er sich ihr gegenüber erkenntlich zeigen, ihr irgendwie dafür danken. Ob er sie zu einem Nachtessen ins nahe gelegene Baden ins Du Parc einladen solle? Edwin winkt ab. Eine so noble Einladung könnte missverständlich ausgelegt werden. Die Marie, also die Hausbeamtin Fräulein Sch., sei verlobt. Er und die Olga würden sie eben vom Wynenthal her kennen. Die Marie dürfe man nicht ins Gerede bringen. Edwin hat eine Idee, von der er Hans Günther ein kleines Bruchstück weitergibt. Die Marie als Hausbeamtin esse doch gemeinsam mit den Ärzten im Ärzteesszimmer. Er solle die Marie am Donnerstag nach dem gemeinsamen Nachtessen vor allen Doktoren fragen, ob er sie zum Dank für ihre Hilfe beim Wechseln seiner Bude in der Klinik zu einem Gläschen Wein in das Füchslin einladen dürfe. Wenn alle wüssten, worum es geht, sei es für die Marie nicht mehr kompromittierend. Und das Füchslin sei, wie Hans Günther wisse, ein gut bürgerliches, doch nicht ein etepetete Lokal.

„Ohne dich, Edi, würde ich in ein Fettnäpfchen nach dem anderen treten. Wie würde ich ohne dich hier überleben!"

Edwin weiss, dass er am Donnerstag nach dem Nachtessen mit Olga verabredet ist. Er wird ihr vorschlagen, dass sie ins Füchslin auf ein Glas Wein gehen und schauen, ob da zufällig jemand sei, mit dem sie ein Jässchen klopfen könnten. Olga freut sich immer wenn Edwin ihr nicht die etwas ordinäre Sonne, aber das mehrbessere Füchslin vorschlägt. Olga bezweifelt, dass sie im Füchslin eine geeignete Jassrunde finden werden. Zudem sei im Kohlenhof der Veltliner billiger. Edwin besteht darauf, dass sie es im Füchslin versuchen. Sie können ja immer noch, wenn sie dort niemanden antreffen, ohne etwas zu trinken wieder rausgehen und auf den Kohlenhof zusteuern. Gleich beim Eintreten in die Wirtschaft Füchslin nimmt Edwin auf den ersten Blick wahr, dass an einem hübschen Vierertisch bei einem Fenster die Marie mit Hans Günther bei einem ‚Halbeli' sitzt. Er sagt nichts. Olga schaut sich genau um auf der Suche nach einem ihr zusagenden Tisch. Lässt fallen, „am Fenster ist kein Tisch mehr frei … Du, dort sitzt doch die Marie mit … einem fremden Mann. Komm, Edi, tu nicht so geniert. Wir fragen, ob an ihrem Tisch noch Platz ist und wer weiss, vielleicht haben wir da die perfekte Jassrunde beisammen."

Olga staunt nicht schlecht, als der Fremde sich als der deutsche Doktor B., Hans Günther, herausstellt. Im Nu kommt ein gutes Gespräch zustande. Man einigt sich, einen Jass zu klopfen. Auf dem Heimweg gesteht Olga Edwin, dieser Deutsche sei ja ganz ‚zwäg' (in Ordnung) und auch höchst gebildet. Der habe was auf dem Kasten. Und wenn selbst die Marie mit ihm Umgang pflege, dann sei er über alle Zweifel erhaben. Schliesslich könne die Marie sich nichts Unrechtes leisten. Ihr Vater sei doch Oberst der Schweizer Armee. Und erst noch im Generalstab.

3.

Oberarzt Doktor M. liest aus den Akten des Patienten P. den Polizeirapport und wundert sich über die aus seiner Sicht tendenziöse Sichtweise des rapportierenden Polizisten. Anstatt nüchtern beobachtete Tatsachen festzuhalten, lassen sie qualifizierende Ausdrücke in den Text einfliessen, die Ausfluss einer voreingenommenen Sichtweise sind. Er wird gegenüber dem kantonalen Polizeidirektor beim nächsten Kontakt wie beiläufig einfliessen lassen, dass allenfalls eine Schulung der Polizisten in Sachen Rapportieren nützlich sein könnte. Selbstverständlich wird er zuvor mit dem Chef K. darüber reden. Um sich nicht schon wieder dem Vorwurf des eigenmächtigen Vorprellens auszusetzen. Der Chef K. hat sich bezüglich Kontakten der Klinikärzte mit Behörden in Aarau und Bern als empfindlich herausgestellt. Ein etwas zögerliches und feines Klopfen an seine Bürotüre lässt Oberarzt Doktor M. aus seinen Gedanken aufschrecken. Er hasst es, beim Denken gestört zu werden. Störungen verscheuchen gute Gedanken auf Nimmerwiedersehen. Zudem hat ihn dieses eher sanfte Klopfen an seine Bürotüre aufhorchen gemacht. Meist wird heftig geklopft. Er hat keine Ahnung, wer vor der Türe stehen könnte.

„Herein!"

Oberarzt Doktor M. verkneift sich ein Grinsen, als er sieht, wie Bertie, seine Frau, ihren Kopf durch die einen Spalt geöffnete Türe steckt. Mit ihr hat er nicht im Geringsten gerechnet. Bertie vermeidet es, wenn immer möglich, ihn in seinem Büro aufzusuchen.

„Entschuldige, Peter. Ich weiss, dass ich dich bei deiner Arbeit nicht stören sollte. Es ist dringend. Und eine delikate Angelegenheit. Sie kann nicht bis zum Mittagessen warten. Das kleine Peiderlein habe ich für einen Moment bei der Gloria im Vorzimmer von Chef K. abgeliefert, wo er an einem nicht benutzten Schreibpult sitzen darf."

„Weshalb enthältst du mir meinen Sohn vor. Peider ist schliesslich bereits anderthalb Jahre alt und kann auf eigenen Beinchen in mein Büro stapfen."

„Peiderlein ist immer selig, wenn er bei der Gloria sein darf. Zudem soll er nichts zu hören bekommen, was er noch nicht verstehen kann und was nichts für ihn ist. Soeben erhielt ich zuhause einen Telefonanruf. Portier K. von der Telefonzentrale kündigte mir bei uns zuhause einen Telefonanruf aus Deutschland an. Als er sagte, dass er nun verbinde, fiel ich ihm ins Wort und sagte, das sei bestimmt ein Missverständnis. Er solle mit dir verbinden. Er sagte dann, die Dame, deren Name er nicht verstanden hat, habe ausdrücklich Frau Oberarzt Doktor Bertie Mohr verlangt. Die Dame stellte sich als die in Hirschberg wohnende Schwester von Doktor B. heraus. Eine sehr freundliche und feine Dame, wie ich den wenigen Worten, die wir gewechselt haben, entnehmen konnte. Sie teilte mir die traurige Nachricht mit, dass in Breslau der Vater von B., Vatel, an einem Herzschlag gestorben sei. Mottl, die Mutter, habe sogleich einen Brief an B. geschrieben und zur Post gebracht. Der Tod von Vatel jedoch sei für B. ein arger Schlag. Sie möchte nicht, dass ihr Bruder diese Nachricht alleine im stillen Kämmerlein beim Lesen des Briefes von Mottl erfahre. B. habe in Briefen mehrmals erwähnt gehabt, wie verständnisvoll und freundschaftlich Oberarzt Doktor M. und dessen Frau

Gemahlin sich ihm gegenüber verhielten. Nun gelange sie mit der Bitte an mich, Bertie, ihrem Bruder die traurige Nachricht schonend beizubringen, damit er auf den Brief von Mottl vorbereitet sei. Ich habe nicht gewusst, was antworten. Selbstverständlich habe ich der netten Dame gesagt, dass wir ihren Wunsch erfüllen. – Ich kann es B. unmöglich sagen, Peter. Dafür kenne ich ihn zu wenig. Es muss ein Gespräch unter Männern sein. Zudem kennst du B. viel besser als ich. Schliesslich bist du sein Vorgesetzter. Vermutlich macht es keinen Sinn, zuerst Gret einzuweihen. Ich kenne meine kleine Schwester. Sie ist in brenzligen Situationen schnell überfordert. Zudem kennt sie B. ja auch nicht näher. Nur gerade, weil sie als Laborantin mit den Ärzten beruflich zu tun hat. Oder B., falls dieser keine andere Gesellschaft findet, ins Strandbad oder ins Kino begleitet …"

„Oder mit ihm im Kursaal in Baden tanzen geht!"

„Einerlei. Du, du musst B. die schreckliche Nachricht schonend überbringen. Du verstehst es so gut, mit Leuten zu reden. Auch wenn es total schwierig wird. Du hast eine so beruhigende Art."

Peter lächelt. Seine liebe Bertie redet lange um den heissen Brei herum, bis sie endlich zum Punkt kommt. Peter bekommt bereits nach den ersten Worten mit, dass er jetzt gefordert ist. Er lässt Bertie ausreden. Bis ihr die Worte ausgehen. Sie, etwas ungeduldig von einem Fuss auf den andern tretend, hinhaucht, „ich kann mich doch auf dich verlassen, Peter. So, nun muss ich Peiderli bei der Gloria abholen, sonst stellt er ihr noch ihr gesamtes Büro auf den Kopf. Und als Sekretärin von Chef K. hat sie bestimmt Gescheiteres zu tun, als kleine Kinder zu ‚gaumèn' (hüten)" Und weg ist Bertie.

Peter überlegt, dass er das Gespräch mit Kollege B. nicht auf die lange Bank schieben darf. Er muss mit Kollege B. geredet haben, bevor allenfalls K. als Portier des Hauptgebäudes der Klinik und als Telefonist an der Telefonzentrale, der alle hier verkehrenden Personen und Telefonkontakte sieht und mitbekommt und Unbekannte nach ihrer Berechtigung, sich auf dem Klinikareal aufzuhalten, ausquetschen muss, die ihn irritierende Neuigkeit hinter vorgehaltener Hand verbreitet, er habe einen Telefonanruf einer Frau aus dem kriegsführenden Deutschland, aus dem Feindesland, mit der Frau Oberarzt Doktor M. verbinden müssen. Diese Tatsache dann die Runde macht und zu wilden Gerüchten wuchert. Ein Telefonanruf aus Deutschland würde mit Bestimmtheit mit Kollege B. in Verbindung gebracht.

Peter muss Kollege B. sofort in dessen Büro aufsuchen. Um ihn zu erwischen, bevor eine allfällige Gerüchteküche zu brodeln beginnt. Damit dieser für alle Fälle gewappnet ist. Kollege B. teilt das Büro mit Kollege P.. Kollege P. braucht nicht mitzubekommen, was Peter Kollege B. zu übermitteln hat. Obschon Kollege P. und Kollege B., was Peter mit Genugtuung hat beobachten können, inzwischen dicke Freunde sind und Vieles gemeinsam unternehmen. Auch noch nachdem Kollege P. vor rund einem Jahr geheiratet hat, später Vater geworden ist und mit seiner kleinen Familie und einer Spezialbewilligung des Chefs K. und der Gesundheitsdirektion in Aarau ausserhalb von Königsfelden im Dorf Windisch wohnen darf.

Peter ruft Kollege B. an. Dieser ist glücklicherweise an seinem Arbeitsplatz. Peter bittet Kollege

B., umgehend zu ihm ins Büro zu kommen. Peter selber erschrickt ob seines versehentlich entwischten Befehlstons. Befürchtet sogleich, dass der gewissenhafte Kollege B. sich sogleich den Kopf zerbricht, was er bei der Arbeit verbrochen haben könnte, dass sein Oberarzt ihn so herumbefiehlt. Peter schickt in gewollt entspanntem Tonfall nach, „keine Sorge, Herr collega, sie werden nicht geköpft werden." Auch für diesen faulen Ausspruch, denkt Peter, müsste er sich in dieser Situation entschuldigen. Er ist unangemessen und daneben. Armer Kerl, dieser B., denkt Peter weiter. Und, wie sage ich es meinem Kinde?!, während in seiner Vorstellung Kollege B. und seine Beziehung zu ihm im Bruchteil von Sekunden lebendig wird.

Eines schönen Tages, vor mehr als zwei Jahren, hatte Chef K. verkündet, es sei ihm gelungen, die offene Assistenzarztstelle zu besetzen. Die gesamte Belegschaft atmet erleichtert auf. Als der Chef K., wie nebenher, fallen lässt, der neue Mitarbeiter und Kollege sei Deutscher, ziehen die Meisten lange Gesichter.

Peter fand es damals, bevor der Krieg direkt immanent gewesen war und dann vor nicht ganz einem Jahr begonnen hatte, von Chef K. mutig, Offenheit zu zeigen und einen jungen Deutschen einzustellen. Wo Chef K. als Leiter einer kantonalen Klinik sonst immer darauf bedacht ist, mit der kantonalen Gesundheitsdirektion in Aarau gutes Einvernehmen zu bewahren. Unbedingt nicht in ein Wespennest zu greifen. Wo in den höchsten kantonalen Kreisen in Aarau ein unterschwelliger Kampf zwischen deutschfeindlichen und deutschfreundlichen schwelt. Mit seinem Entscheid, einen jungen Deutschen als Assistenzarzt einzustellen und für ihn eine Arbeitsbewilligung zu erlangen, provoziert Chef K. die Einen oder die Andern.

Peter freut sich auf einen jungen deutschen Kollegen. Seit seinem Studiensemester in Berlin haben die Deutschen es ihm mit ihrer Art, alles ungeniert und offen anzusprechen und Widerspruch nicht zu scheuen, angetan. Er liebt an den Deutschen ausgerechnet das, was vielen biederen Schweizern aufstösst, weil sie sich dieser Offenheit gegenüber nicht gewachsen fühlen. Zu Peters grosser Überraschung vollzieht Chef K. unter den Ärzten eine Rochade, indem er da und dort Assistenzärzte und die Assistenzärztin zwischen den verschiedenen Abteilungen verschiebt, so dass der Neue, der Deutsche, ihm, Peter, auf der Männerabteilung unterstellt sein wird.

Der Deutsche hat preussischen Schneid, ist weltgewandt, sehr gebildet und jovial. Peter ist überzeugt, dass er sich als patenter Kollege entpuppen wird. Mit Genugtuung nimmt Peter auch wahr, dass Kollege B. allen Menschen offen und freundlich gegenübertritt, so dass er bald nicht bloss Liebling der holden Weiblichkeit, aber auch willkommener Kollege unter den Assistenzärzten und dem gesamten Personal der Klinik ist. Die ursprünglichen Vorurteile sind bei beinahe Allen wie weggeblasen. Kollege B. berichtet Peter viel Interessantes über Berlin, Breslau, Halle, Heidelberg. Im Nu pflegen sie anregenden Austausch auch über nicht fachliche Themen wie Literatur, Film und Theater, was sie beide sehr interessiert. Wie von selber ergibt sich zwischen Peter und Kollege B. neben dem beruflichen auch ein persönlicher und anregender Kontakt.

Königsfelden, das gesamte, durch hohe Mauern zwischen dem ländlichen Dorf Windisch und dem mittelalterlichen Städtchen Brugg abgeschlossene Areal des ehemaligen Klosters, jetzt des Klinikareals, funktioniert wie ein kleines Dorf. In der Klinik befinden sich rund 600 Patientinnen und Patienten. Von den rund 200 Angestellten der Klinik wohnen das ärztliche und das Personal der Verwaltung und der Landwirtschaftsbetriebe und das Oberpflegepersonal mit ihren Familien in verschiedenen selbst historischen Gebäuden, auch Ein- und Zweifamilienfamilienhäusern aus neuerer Zeit auf dem Klinikareal. Die Wohnung von Chef K. befindet sich im Mittelteil des Hauptgebäudes im ersten Stock. Sie hat riesige Ausmasse und ist mit einem prunkvollen Repräsentationszimmer, dem grünen Saal ausgestattet. Insbesondere die Assistenzärzte und weitere Angestellte der Klinik wohnen in Zimmern, die sich in den weitverzweigten Gebäuden der Klinik, zwischen den Patientenabteilungen befinden. Weiteres Pflegepersonal und in den Klinikbetrieben beschäftigte Handwerker wohnen in den umliegenden Dörfern oder im Städtchen Brugg und kommen meist auf Fahrrädern zur Arbeit im Klinikareal. Für die Assistenzärzte und höhere Angestellte gibt es das so genannte Ärzteesszimmer, in dem diese ihre Mahlzeiten einnehmen.

Peter bewohnt mit seiner Familie ein hübsches Einfamilienhaus im Klinikareal, hinter dem alten Spital aus der Berner Zeit, der gotischen Klosterkirche aus dem 14. Jahrhundert, dem Ententeich und dem Gärtnereibetrieb in der Nähe der Stallungen des Landwirtschaftsbetriebes. Nach dem Mittagessen trinken er und Bertie jeweils einen so genannten schwarzen Kaffee. Peter fragt Kollege B. bald einmal, ob er Lust und Zeit hätte, nach dessen Mittagessen im

Ärzteesszimmer der Klinik zum schwarzen Kaffee zu ihm und seiner Frau zu kommen.

„Meine Frau freut sich, sie kennenzulernen, nachdem man so nah beieinander lebt und sie von ihnen schon gehört hat. Nach dem Mittagessen hören wir uns jeweils um halb Eins die Nachrichten am Radio an und trinken dann unseren schwarzen Kaffee gegen ein Uhr. Wir erwarten sie kurz vor Eins. Dann haben wir ein gutes Stündchen, um etwas zu plaudern, bevor wir zwei uns um Zwei wieder in unsere Arbeit stürzen."

Bertie ist hin von Doktor B., bewundert ihn für seine Bildung, seine Weltläufigkeit, sein elegantes Auftreten und für sein Wissen um die Literatur. Sie stellt mit Erstaunen fest, dass auch er seinen Homer in der Originalsprache, Altgriechisch, liest. Die Beiden vereinbaren, bei Gelegenheit einmal, am Abend bei einem Gläschen Wein ein paar Seiten Homer gemeinsam zu lesen. Peter wiederum entdeckt, dass Kollege B. Schach spielt. Dann und wann spielen sie in der Folge am Abend, ebenfalls bei einem Gläschen Wein, ein Partie Schach. Peter kommt gelegen, dass auch bei Kollege B. die Lust am Schachspielen grösser ist als das Können. Sie spielen demzufolge spielerisch ohne besonderen Druck zum Sieg. Bisweilen ergibt sich, wenn noch andere Besucherinnen oder Besucher auftauchen, Gelegenheit für einen Jass. Oft ist auch Gret, die jüngste Schwester von Bertie, die Vierte im Bunde. Sie arbeitet als Laborantin in der Klinik. Zufällig hatte sie ihre Stelle in Königsfelden am gleichen Tag angetreten wie Kollege B.. Sie bewahrt Doktor B. gegenüber einen kühlen Kopf. Kann ihm Paroli bieten, was auch ihn zu amüsieren scheint. Dann wieder schleppt Peter den Kollegen B. zu seiner Kegel-Runde ins Füchslin mit. Im Nu ergibt sich ein lockerer Kontakt, den, wie Peter mit Genugtuung feststellt, auch Kollege B. zu geniessen und ihm die Fremde vertrauter zu machen scheint. Kollege B. lebt sich gut in seinem neuen Umfeld Königsfelden ein und scheint sich da wohlzufühlen. Total vernarrt ist Kollege B. in das kleine Söhnchen von Peter und Bertie, Peider. Er verwöhnt den Kleinen mit Geschenken. Der Kleine geniesst es.

„Es muss traumhaft sein, einen so strammen Sohn, einen Stammhalter zu haben", lässt Kollege B. wie entrückt fallen. Peter horcht auf. Ihm scheint, dass Kollege B., der noch jung ist und dem die Welt und das Leben offenstehen, ihn um seine familiäre Situation echt beneidet.

„Besonders dann, wenn er partout nicht gehorchen will und trotzend auf den Boden stampft," fügt Peter grinsend an.

Peter bekommt mit, dass Kollege B., was er Bertie geflissentlich verschweigt, wie es scheint, den Ruf eines Weiberhelden hat. Obwohl er gleichzeitig, ganz bürgerlich, von einer Familienidylle und einem Stammhalter zu träumen scheint. Gar manchem weiblichen Wesen verdreht er den Kopf. Und diese lassen sich gerne den Kopf von ihm verdrehen. Zum Glück, denkt Peter, ist Gret gegen solche Sentimentalitäten immun und lässt sich von einem Don Juan nicht sonderlich beeindrucken und schon gar nicht benutzen. Zudem sind, wenn sie mit ihm zusammen ist, meist auch Doktor P., Bürolist F. oder andere Mitarbeiter oder Mitarbeiterinnen der Klinik dabei.

So entpuppt Kollege B. sich für Peter tatsächlich als patenter Kollege und sympathischer Kerl, mit dem neben dem beruflichen Umgang auch ernsthafte Gespräche und unbeschwertes Feiern möglich sind. Kollege B. hatte Peter schon bald nachdem sie zusammenarbeiteten unter dem Siegel der Verschwiegenheit anvertraut, dass die

Psychiatrie ganz und gar nicht sein Wunschgebiet der Medizin sei. Er von seinem Vater, Vatel, und Professor Strassmann in Berlin da hineingedrängt worden sei. Daher wisse er nicht, ob er diesem Fachgebiet gewachsen sei. In der Folge jedoch, erweist er sich als ein Erforscher der menschlichen Psyche mit Gespür, ist lernwillig und interessiert. Und lässt sich anscheinend gerne psychiatrische Gutachten aufbürden, um die sich seine Assistentenkollegen gerne drücken. Grinsend meinte Kollege B., an ihm sei eben ein Schriftsteller verloren gegangen. Als Dichter habe er bereits etliche Veröffentlichungen. Das Gutachtenschreiben komme ihm daher durchaus entgegen. Kollege B.s Gutachten sind perfekt recherchiert und geschrieben. Peter hält ihn bald, nicht nur wegen dessen Gutachtertätigkeit, für die Klinik als unverzichtbar. Was auch ein perfektes Argument ist, wenn es gilt, die Arbeitsbewilligung für Kollege B. bei den Behörden in Aarau zu verlängern. Die Eltern von Kollege B., Vatel und Mottl, kann Peter anlässlich deren Ferienaufenthalts in der Schweiz kurz begrüssen, als sie Kollege B. zur Besichtigung der Klinik in Königsfelden besuchen und auch ein Gespräch mit Chef K. haben. Peters kurzer Blick auf den alten Herrn von Kollege B. zusammen mit B. bestätigt ihm, dass dieser seinen Sprössling noch voll im Griff hat. Chef K. ist von B.'s Eltern total hin. „So differenzierte, interessierte, echt feine Herrschaften. Es war ein riesiges Vergnügen, B.'s alten Herrn in der Klinik herumzuführen. Den im grossen Krieg hochdekorierten Sanitätsrat Doktor. B. und dessen charmante Frau Gemahlin."

Chef K. schwebt einige Zeit bereits die Herausgabe einer periodisch erscheinenden ‚Anstaltszeitung‘ vor. Für einen besseren Zusammenhalt des vielköpfigen Klinikpersonals und für eine ausgewählte Öffentlichkeit als

Referenz der Klinik, die ausserhalb der sie umgebenden Mauern zu wenig bekannt und akzeptiert ist. In Kollege B. findet Chef K. den geeigneten Redaktor für die neu zu konzipierende Zeitung. Peter weiss, dass dieser Auftrag ein nicht ganz selbstverständlicher Vertrauensbeweis von Chef K. gegenüber dem jungen Assistenzarzt ist. Kollege B. erfüllt die Aufgabe mit Bravour. So erscheint jährlich einmal der ,Herbstgruss' mit einer Mischung von Informationen vom Klinikbetrieb, Hintergrundartikeln und auch schriftstellerischen Beiträgen von Patientinnen, Patienten, Mitarbeiterinnen und Mitarbeitern der Klinik.

Die Weltlage verschlechtert sich. Bedenkliche Nachrichten aus Deutschland erreichen die Schweiz. Der Krieg bricht auf Betreiben Deutschlands aus. Peter wundert sich, wie Kollege B., der als Deutscher von der politischen Entwicklung doppelt getroffen ist, alles ohne mit der Wimper zu zucken wegzustecken scheint. Nie ein Sterbenswörtchen darüber fallen lässt, ob er in die Wehrmacht eingezogen wird und falls nicht, weshalb nicht. Auf entsprechende Fragen versichert Kollege B., keinen Militärdienst in Deutschland leisten zu müssen. Eine Begründung, weshalb er sich dessen so sicher sei, bleibt er schuldig. Er arbeitet wie gewohnt mit grossem Engagement weiter. Dabei kommt Etliches an Mehrarbeit auf ihn zu. Die Schweizer Kollegen, auch Peter, werden abwechselnd und für kürzere oder längere Zeit ins Militär aufgeboten. Zusätzliche Arbeit bleibt an Kollege B. hängen, der sie ohne zu murren übernimmt. Stolz zeigt er Peter, der gerade auf Heimurlaub ist und vorübergehend wieder in der Klinik arbeitet, eine Feldpost-Karte, die er von Bürolist F. erhalten hat, der längere Zeit ins Militär eingezogen ist und, dieser Glückspilz, wie Kollege B. anfügt, seine Olga heiraten wird. Staunend, dass Fräulein K., die

Schwägerin von Peter, als Wachtmeister im Frauenhilfsdienst Militär, zeigt Kollege B. Peter auch die von ihr erhaltene Feldpostkarte.

Peter weiss aus eigenem Erleben, was es bedeutet, selber für sich schauen zu müssen und zu sehen, wo man bleibt. Sein Vater, Pfarrer und Nachfahre eines noblen Bündner Geschlechts, doch ohne Vermögen, heiratet eine Tochter aus bestem und zugleich vermögendem Haus. Vor dem grossen Krieg investiert er mit Hoffnung auf grosse Gewinne das gesamte Vermögen seiner Frau in deutsche Papiere. Nach dem grossen Krieg sind die Papiere nichts mehr wert und das Geld ist weg. Sein Vater verdient als Dorfpfarrer zu wenig, um mehreren Söhnen ein Studium finanzieren zu können. Peter muss und will sich als Werkstudent schlecht und recht durch sein Medizinstudium kämpfen. Ohne jeglichen elterlichen Zustupf. Es gelingt ihm, sein Studium durch verschiedene Tätigkeiten, die ihn bisweilen an den Rand der Erschöpfung bringen, selber zu finanzieren. Er bringt sich selber durch. Ohne jegliches Knurren. Sein tatsächlich schwieriges Schicksal hat er als prägende Erfahrung erlebt und ist noch heute irgendwie stolz darauf, dass er trotz allem gut durchgekommen ist und etwas erreicht hat. Darüber zu reden, widerstrebt ihm. Mit dem Wissen um sein eigenes Schicksal kann er sich plastisch vorstellen, dass auch bei einem Deutschen Ende der 30er-, anfangs der 40er-Jahre in der Schweiz nicht alles rund läuft, er mit Schwierigkeiten zu kämpfen hat. Doch Kollege B. hält dicht und ficht allenfalls im Schatten seine Kämpfe aus.

In den unterschiedlichsten Gesprächsrunden wird Kollege B. nicht müde zu betonen, wie er die Sorgen um die politische Weltlage teile, wirkt dabei auf Peter jedoch erstaunlich unbeteiligt und distanziert. Äussert nie persönliche Gedanken. Dabei fällt Peter auf, dass er sich mit Kollege B. locker über allgemeine Themen unterhalten kann. Dieser jedoch abblockt, sobald es darum geht, persönlich zu werden. Peter nimmt es gelassen als seine Eigenart hin. Schliesslich weiss er, dass er sich nicht unerwünscht ins Leben von anderen einmischen soll. Kollege B. ist selber gross und wird wohl seine Gründe haben, so zu kommunizieren, wie er kommuniziert. Doch dann erhascht Peter einmal zufällig einen Blick auf eine Postkarte, die Kollege B. von seinen Eltern aus Breslau erhalten hat. Dabei fällt ihm beim Absender auf, dass neben dem Vornamen der Mutter, Elfriede, der Name Sarah steht, neben dem des Vaters, Eugen, der Name Israel. Peter fällt es wie Schuppen von den Augen. Kollege B. ist nicht, wie er den Anschein erwecken will, freiwillig in der Schweiz. Er ist Jude. Deshalb wird er auch, obwohl Deutscher, nicht ins Militär eingezogen. Kollege B. bezeichnet sich als Lutheraner. Besucht, wie Peter weiss, den Gottesdienst in der protestantischen Kirche von Windisch. Nimmt dort auch an einer Bibelrunde teil. Peter denkt, kluges Kerlchen, die perfekte Tarnung. Kurz darauf vertraut Peter Chef K., mit dem Hintergedanken, durch diese Mitteilung Näheres zu erfahren, im Vertrauen an, er vermute, Kollege B. sei Jude. Chef K. eröffnet ihm, dass Kollege B. ihm, dem Chef, seine Situation unter dem Siegel der Verschwiegenheit gestanden habe. Kollege B.s Eltern hätten sich erst kurz nach der Geburt und vor der Taufe B.s taufen lassen. Kollege B. sei tatsächlich Lutheraner. Nach den deutschen Rassengesetzen wegen der Abstammung dennoch Volljude. Er, Oberarzt Doktor M., solle vom Wissen darum keinen Gebrauch machen. Kollege B. wünsche nicht, dass darüber geredet werde. Durch das erneute Klopfen an seine Bürotüre wird

Peter aus seinem Gedankengesumse um seine Vorgeschichte mit Kollege B. aufgeschreckt.

Peter weiss, gleich wird Kollege B. vor ihm stehen. Er wird ihm die traurige Mitteilung machen müssen. Peter bittet Kollege B., am kleinen Besprechungstisch Platz zu nehmen. Er setzt sich ihm gegenüber. Dem kurzen, erschreckten, von Peter sogleich aufgeschnappten Blick Kollege B.s, wohl über die sonst nicht übliche Behandlung, entnimmt Peter, dass dieser das Ausserordentliche der Situation ahnt. Kollege B. fasst sich nach der Mitteilung sogleich wieder. Er hört sich die traurige Nachricht mit scheinbar stoischer Ruhe an. Dann sagt er mit tonloser Stimme, „ich danke ihnen, Herr collega". Und schickt sich an, aufzustehen und das Büro seines Oberarztes zu verlassen.

„Mein lieber B., sagen sie mir, wenn ich irgendetwas für sie tun kann. Ich fühle mit ihnen. Es ist schrecklich seinen Vater zu verlieren. Und erst noch, wenn es keine Möglichkeit gibt, von ihm angemessen Abschied zu nehmen."

Kollege B. wendet sich noch einmal um. Zeigt sein schmerzverzerrtes Gesicht.

„Ich kann Mottl nicht beistehen. Der Krieg. Deutschland. Ich hier in der Schweiz. Die ärmste Mottl. Alleine."

„Immerhin ist ihre Frau Schwester da."

„Ja. Und die nicht mehr so kleine Ilsetraut. Inzwischen 12 Jahre alt. Und der kleine Pimmer. Karl-Heinz, 6 Jahre. Mottls Enkel. Auf den auch Vatel so unheimlich stolz gewesen war. Und mein Schwager, ein guter Kerl. Der als Banker Mottl beraten kann."

Peter bewahrt in einem Schrank seines Büros für besondere Gelegenheiten eine Flasche Cognac und ein paar Gläser auf. Er bittet Kollege B., noch einmal Platz zu nehmen und bietet ihm einen Cognac an. Peter wird noch immer den Eindruck nicht los, dass er nicht so richtig an ihn rankommt. Dass dieser zwar die oberste Maske der stoischen Ruhe einen kurzen Moment hat fallen lassen und das wahre Gesicht hat aufblitzen lassen, oder vielleicht auch bloss eine weitere Maske. Immerhin öffnet Kollege B. sich Peter gegenüber so weit, dass er ihm gesteht, wie er seinen Vater, den weit herum hoch geachteten Arzt und hoch dekorierten Offizier im grossen Krieg, unendlich bewundere und sich nicht vorstellen könne, ihn nie mehr zu sehen. Das Nazi-Regime müsse ihm so sehr zugesetzt haben. Bestimmt habe Vatels Herz bei all den Erniedrigungen, Kränkungen und Quälereien nicht weiter mithalten können. Peter beobachtet mit leichter Irritation, wie Kollege B. selbst im nunmehr intimen Gespräch Haltung bewahrt und nicht einmal da über seine eigenen Gefühle, seine momentane Befindlichkeit, über seine Hilflosigkeit spricht. Das Gespräch bleibt beim Austausch von angemessenen, durchaus ehrlichen Höflichkeiten. Peter versucht, sich Kollege B.'s tatsächliche psychische Verfassung vorzustellen. Er befürchtet, dass dieser durch und durch kontrollierte Mensch, der niemanden an sich heranzulassen scheint, implodieren könnte. Hinter Kollege B. herzulaufen, um dessen allfällige Reaktionen gleich mitzubekommen, mag Peter nicht. Schliesslich wäre es vermessen, sich als Kindermädchen aufzuspielen und Kollege B. spüren zu lassen, dass man ihm nicht zutraue, zu sich selber Sorge tragen und für sich selber Verantwortung übernehmen zu können.

Nach dem Gespräch mit Kollege B. hat Peter einen blendenden Einfall. Er gibt zwar vor, eher ziellos in den Korridoren der Klinik herumzuschlendern, steuert aber zielstrebig dem Labor zu. Betritt das Labor, locker und langsam, als ob er zufällig vorbeigekommen ist und ihm hier plötzlich einfällt, er könnte seinen Kopf ins Labor hineinstecken. Er will seine Schwägerin Gret, die Laborantin der Klinik, in Königsfelden bekannt als Fräulein K. oder Schwester Marga, mit unschuldiger Miene fragen, wie ihr heutiges Befinden sei.

Peter und Gret verstehen sich blendend. Nicht zuletzt, weil Peter es schaffte, als er neu zur ihn total faszinierenden Familie K. hinzustiess, die glänzend eingeschliffenen Muster innerhalb des Klein- und Grossfamilienverbandes insgeheim zu beobachten und aus Spass am Studium eines scheinbar gelungenen Zusammenlebens einer Grossfamilie dieses analytisch zu hinterfragen. Die besondere Stellung von Gret in der Familie war ihm bald aufgefallen. Gret ist die jüngste der drei K.-Töchter. Alle sind ein Herz und eine Seele. Alle mögen die muntere Art von Gret. Doch etwas, wittert Peter, stimmt da nicht. Bertie meint, er sehe Gespenster. Nänne und Vatter, seine so guten und lieben Schwiegereltern, kann und will er nicht fragen. Peter kann nicht verstehen, weshalb alle sich um diese lebens- und unternehmungslustige junge Frau nicht tatsächlich ausgesprochene Sorgen zu machen scheinen.

Auf einem sonntäglichen Familienspaziergang in Oberrohrdorf, wo die Schwiegereltern wohnen und ein herrschaftliches Anwesen besitzen, geht die gesamte Familie zusammmen mit zufälligen, sich gerade im weit herum bekannten K—Haus aufhaltenden Gästen zuerst zum

‚Galgèhübèl' (Galgenhügel), dann zu den familieneigenen Rebbergen und zum eigenen Wald. Peter schafft es, zusammen mit Gret etwas zurückzubleiben. Er fragt sie, als sie unter sich sind, weshalb sich die gesamte Familie um sie zu sorgen scheine. Gret lacht hell auf.

„Das ist eine lange Geschichte. Ich will dich nicht damit langweilen. Na ja, wo du mich darauf ansprichst … Also, ich war als Kindermädchen und Gouvernante zuerst ein Jahr in Paris, genau wie vor mir Bertie, bei Familie Meyer, dann – auch um Italienisch zu lernen – bei einer Familie in Florenz. Der Mann ein General von Mussolinis Gnaden. Die Frau eine ständig Migräne vorschiebende Schöne. Der kleine Sohn ein quirliges Kerlchen, um das ich mich mit grösster Freude kümmerte. Die Frau floh wegen ihrer Migräne oft ins Landhaus und liess uns in der Stadt zurück. Irgendwie kam ein Gerücht auf, das auch meine Eltern im fernen Oberrohrdorf erreichte. Ich hätte ein Verhältnis mit dem General. Oder zumindest mit dem Chauffeur des Generals. Nun, du hast Vatter, meinen Vater, kennengelernt. Er ist halt so, wie er ist. Ich erhielt in Florenz ein Telegramm. ‚Nänne schwer erkrankt stopp komm sofort zurück stopp wenn du sie noch lebend sehen möchtest'. Du kannst dir vorstellen, wie ich aus dem Häuschen war. Nänne, meine Mutter, diese Seele von Mensch … Hals über Kopf stürze ich nachhause. Zuhause ist Nänne ‚purlimunter' (quietschvergnügt). Seither bin ich das Problemkind. Das man davor bewahren muss, vom guten Weg abzukommen."

„Und, mit wem hattest du das Verhältnis, mit dem General oder dem Chauffeur," fragt Peter neugierig ohne dabei viel zu überlegen.

Gret lacht und bleibt die Antwort schuldig.

Um herauszufinden, wie schwer Gret durch das Verhalten von Vatter verletzt ist, seufzt Peter, „es muss ja schrecklich für dich sein, vom eigenen Vater so hintergangen worden zu sein."

Wiederum lacht Gret. Theoretisch treffe es durchaus zu. Doch Vatter sei eben, wie er sei. Und sie möge ihn sehr, obwohl es nicht immer leicht sei, mit ihm und seinem sturen ‚K.-Grind' (K.-Kopf) klar zu kommen. Klar, gleich nach ihrer Rückkehr aus Florenz und als man sie nicht mehr habe nach Florenz ziehen lassen, habe sie gedacht, die Welt stürze zusammen. Bald aber habe sie gemerkt, dass die Tatsache, wie der schlaue Vatter sie habe erwischen und über den Tisch ziehen können, sie so sehr amüsiere, dass Wut, Ärger und Schmerz wie weggewischt seien. Schliesslich habe sie sich in der Angelegenheit zu keinem Entscheid durchringen müssen. Es sei für sie entschieden worden. Womöglich die beste Lösung für sie. Die Tatsache, dass sie nun das erklärte Sorgenkind der Familie sei, gebe ihr einen angenehmen Spiel- und Freiraum.

„So offen sprichst du nicht mit deiner Schwester und deinen Eltern," fragt Peter.

„Dann würden sie mich endgültig für verrückt erklären. Du, dass sie sich so um mich sorgen, zeigt ja, dass sie mich lieben. Hätte ich dir gegenüber nicht ganz so offen sein sollen? Kommst du nun in Schwierigkeiten mit Bertie?"

„Es bleibt alles unter uns. Unser kleines Geheimnis", beruhigt Peter die nicht echt beunruhigt wirkende Gret. Die grinsend neben ihm hergeht. Ihren Schritt beschleunigt, um wieder zu den anderen aufschliessen.

Seit diesem Bekenntnis herrscht zwischen Gret und Peter ein besonderes Einvernehmen. Selbst Bertie wirft bisweilen scherzhaft hin, „du hättest nicht mich, du hättest Gret heiraten sollen. Sie nimmt, im Gegensatz zu mir, nichts im Leben ernst."

Das gute Einvernehmen zwischen Peter und Gret ist strikte auf geistigen Austausch beschränkt. Gret war bei Antritt ihrer von Peter ihr vermittelten Laborantinnenstelle in der Klinik von Bertie und Peter in deren Einfamilienhaus auf dem Klinikareal ein Zimmer angeboten worden. Sie hatte es vorgezogen, wie die normalen Angestellten der Klinik, ein Zimmer zwischen Patientenabteilungen zugewiesen zu bekommen. So ist es durchaus angemessen, dass Peter dann und wann, wenn er gerade zufällig am Labor vorbeikommt, seinen Kopf ins Labor reinsteckt, schaut, ob Gret da ist, und wenn ja, mit ihr ein paar Worte wechselt.

„Hallo, lange nicht gesehen. Wie geht's dir?," fragt Peter Gret.

Peter sieht, dass Gret gerade mit Reagenzgläsern, Flüssigkeiten und Bunsenbrenner hantiert. Fügt hinzu, er wollte sie nicht stören. Er selber sei auch arg im Schuss.

„Für meinen Lieblingsschwager lasse ich jede Arbeit fallen," gibt Gret lachend zurück, ohne ihren Blick von der Flüssigkeit im Reagenzglas abzuwenden.

Peter kommt rasch zum Punkt. Er benötige dringend ihre Hilfe. Er klärt sie über den Tod von Kollege B.s Vater in Breslau auf, über seine eigene Unmöglichkeit, sich ihm an die Fersen zu hängen, um sicherzustellen, dass er nicht implodiere.

„Eine Katastrophe," entfährt es Gret, „B. ist total auf seinen Vater fixiert. – Nun soll ich …? Alles klar. Befürchtest du im Ernst, dass er sich etwas antun könnte?"

„Ich weiss es nicht."

„Ich gehe gleich zu ihm ins Büro und frage ihn … Im Kino läuft doch dieser neue Zarah Leander-Film. Ich tue, als ob ich vom Tod seines Vaters nichts weiss. Dann kann ich ihn … Ja, ja, lass mich nur machen. – Nicht dass du glaubst, ich hätte es auf ihn abgesehen …", fügt Gret in einem seltsamen Tonfall an.

Der regelmässige Austausch über das Befinden B.s schweisst Peter und Gret zu einer noch verschworeneren Gemeinschaft zusammen. Begegnen sie sich zufällig oder geplant an einem stillen Ort, wo niemand sie hören kann, braucht Peter keine Fragen zu stellen. Gret plätschert gleich los.

„Schwager, mein Schwager, du hast mir eingebrockt, dass ich zur Klagemauer Hans Günthers geworden bin …", klagt Gret in übertrieben dramatischem Tonfall.

„Ihr duzt euch?"

„Du glaubst doch nicht im Ernst, dass ich ihm Persönliches entlocken kann, ohne eine gewisse Nähe vorzugaukeln. Zudem, was ist schon dabei, wenn junge Leute sich duzen. Komm mir bitte nicht mit dem Spruch, dass es sich nicht geziemt, wenn eine kleine Laborantin mit einem Herrgöttchen im weissen Kittel so vertrauten Umgang pflegt. Schliesslich duzt er sich auch mit Edi F., dem Bürolisten. Und überhaupt, dass er als Deutscher nicht ganz so überheblich tut, ist erstaunlich und …"

„Im Ernst, Gret, falls es dich überfordert, über B. zu wachen, können wir die Übung abbrechen. Mir scheint, dass er sich recht gefasst hat …"

„Das mit der Klagemauer, nun, in Wahrheit klagt er nie. So intim sind wir nicht. Bloss Kumpels. Zudem ist es nicht seine Art, über Persönliches zu sprechen. Wie du selber weisst … Als ich deinem Auftrag gemäss es darauf anlegte, Hans Günther bei jeder nur erdenklichen Gelegenheit abzufangen und seinen Puls zu fühlen, hatte er sich mir geflissentlich entzogen. Doch dann wollte es der Zufall, dass wir uns in Baden zufällig begegnet sind. Auf dem Theaterplatz. Vor dem ‚Flieger', dieser monumentalen Skulptur von Hans Trudel. Er stand in Gedanken versunken, diese Figur betrachtend, davor. Ich schlich mich an und erschreckte ihn mit, ‚na, Herr Doktor …'. Er fasste sich rasch wieder. Ich fragte ihn, ob ihm die Skulptur gefalle? Erzählte ihm, dass Nänne, mit diesem Bildhauer, einem Badener Original, befreundet sei. Dass Bertie eine kleine Skulptur von ihm besitzt. Daraus ergab sich ein gutes Gespräch. Er lud mich zu einem Glace-Coupe in den ‚Himmel' ein. Danach sahen wir den Film ‚Pépé le Moko' im Royal an - mit Jean Gabin, genial musst du unbedingt sehen! – und gingen danach, auf seinen Vorschlag hin, noch in den Kursaal tanzen, bevor wir den letzten Zug nach Brugg erwischten. Er hat mir bei dieser Gelegenheit vorgeschlagen, dass wir uns duzen. Wie er von Edi gelernt habe, sei man in der Schweiz viel weniger zurückhaltend beim Duzen als in Deutschland. Und seine ‚Klagen'. Er klagt ja nie. Er zählt mir Geschichten, Vorkommnisse aus Deutschland, mit zynischen Kommentaren, Satire in Reinkultur. Als ob es ihn nichts angeht. Dabei weiss ich genau, dass er oder seine Verwandten in Deutschland genau diese Dinge erlebt haben und erleben. Der Mann ist mir ein Rätsel. Er lässt das, was ihm zustösst, wie nicht an sich ran und lebt daneben fröhlich sein Leben. Ich vermute, dass er das Erlebte in einem Roman verarbeiten will. Und mich gleichsam als Versuchskaninchen nimmt, um herauszufinden, ob die Geschichten funktionieren. An Tatsachen habe ich aus seinen Erzählungen mitbekommen, dass in Deutschland auch Christen, deren Vorfahren Juden waren, als Juden behandelt werden. Das hatte ich nicht gewusst. Dass jüdische Studenten – und auch christliche, deren Vorfahren Juden sind – nicht mehr zum Studium an Universitäten zugelassen sind und keinen Professor finden können, der sie als Doktoranden annimmt. Dass vor dem Krieg, einige Zeit vor dem Krieg, Juden – auch Christen, deren Vorfahren Juden waren – gesondert Aufstellungen über ihr Vermögen an die Behörden abliefern mussten. Dass dann, nach der Reichskristallnacht, die schändlichen Reparationszahlungen, die den Juden auferlegt wurden, auch von Christen, deren Vorfahren Juden waren, geleistet werden mussten. In der Höhe von einem Drittel ihres Vermögens. Dass es Juden, auch Christen, deren Vorfahren Juden waren, kein Gold und auch kein Silber mehr besitzen dürfen. Ihre Edelmetalle den Behörden abliefern mussten, bis auf zwei oder drei Gedecke von Silberbesteck, das in täglichem Gebrauch ist. Dass auf Arier, die mit Jüdinnen verheiratet sind, auch Christinnen, deren Vorfahren Juden sind, unter Druck gesetzt werden, sich von ihren Ehefrauen zu trennen. Es dauerte eine Weile, dass es mir wie Schuppen von den Augen fällt. Hans Günther muss diese Dinge selber oder im nächsten familiären Umfeld erlebt haben. Du, Peter, stell dir vor. Wenn das alles tatsächlich seine Geschichte ist! Und er lässt kein Sterbenswörtchen über eigene Verfolgung fallen. Er muss Schreckliches erlebt haben. Weiterhin erleben. Ohne dass er eine Miene verzieht. Ohne mit einer Wimper zu zucken. Edi hat mir diese Geschichte mit dem total demoliert aus Deutschland angekommenen Velo von Hans Günther erzählt. Wie Hans Günther die Fassung nicht im Geringsten verloren habe. Jetzt ist mir klar, die Grobiane von Nazis haben das ‚jüdische' Eigentum unterwegs absichtlich kaputt geschlagen, obwohl Hans Günthers Eltern, Vatel und Mottl, für die Ausfuhrbewilligung ein Heidengeld hatten bezahle müssen. Kannst du, du gescheites Haus, mir erklären, wie Hans Günther es schafft, dass das Furchtbare an ihm abzuperlen, ihn nicht zu berühren scheint. So dass er ganz normal weiterleben kann. Ich wäre fix und fertig, wenn ich Solches erleben müsste. Der pure Wahnsinn, wie im Schatten eines anscheinend gelingenden Lebens ein Überlebenskampf stattfindet, ohne dass man etwas davon mitbekommt."

Peter erfährt von Gret Dinge über Kollege B., die ihn nicht wirklich erstaunen. Er wundert sich, wie man im Alltag von Menschen, mit denen man aus beruflichen oder welchen Gründen auch immer häufig und nah zusammen ist, die Äusserlichkeit des Tatsächlichen fraglos als gegeben hinnimmt. Er schüttelt seinen Kopf darüber, dass er nicht drauf gekommen war, die eine oder andere Frage zu stellen. Doch nun erzählt ihm Gret, wie sie sich mit Hingabe seinem, Peters Auftrag widmet und beantwortet damit alle an sich offenen, doch als solche nicht bewussten Fragen, die Peter Kollege B. nicht gestellt hat. Er schüttelt vor Verblüffung, wie das Schicksal mit Zufällen spielt, seinen Kopf und hört sich höchst interessiert an, was Gret ihm zu berichten hat.

Für Peter sind sie beide, Gret, die scheinbar kein Interesse an einer neuen Liebesbeziehung hat, und Kollege B., der zu respektieren scheint, dass diese Frau für eine kleine Liebschaft nebenher zu schade ist, das Parade-Beispiel dafür, dass eine gute und wertvolle Freundschaft zwischen Mann und Frau durchaus funktionieren kann.

Dann kommt es, wie es kommen muss. Nicht dass Peter nie an eine mögliche Liebesbeziehung zwischen Gret und Kollege B. gedacht oder die geringsten Einwände dagegen hätte. Inzwischen ist Kollege B. auch für ihn und Bertie Hans Günther. Peter staunt über Gret, die sich einen Deut darum zu kümmern scheint, dass nicht nur im weiteren Umfeld der Klinik, bei den Menschen, die tagtäglich mit Hans Günther und ihr zu tun haben, die Köpfe darüber geschüttelt werden, wie ausgerechnet eine junge Frau aus gutem Hause sich in solchen Zeiten auf ein Techtelmechtel mit einem Ausländer und erst noch einem Deutschen einlässt. Dass Hans Günther diese Beziehung passt, ist Peter klar. Nachdem Hans Günther den Arztkollegen P. und den Bürolisten F. so sehr um deren Heirat und baldige Vaterschaft beneidet, ist klar, dass er nicht mehr auf Liebeleien aus ist, doch auf echte Liebe, die in der Perspektive Familiengründung eine Zukunft hat.

Bereits bevor die Familie in die keimende Liebe von Gret und Hans Günther eingeweiht worden war und Peter wie auf Kohlen sitzt, weil er sein Wissen um diese Liebe selbst seiner Bertie verschweigt, damit nicht vor der Zeit etwas davon, selbst unbeabsichtigt, zu Nänne und Vatter durchdringt, stürzt Gret an einem frühen Montagmorgen im schönen Monat Juli 1940 in Peters Büro. Ihre Worte überschlagen sich beinahe vor Freude und Mitteilungsdrang und ihr Gesicht strahlt.

„Stell dir vor, Peter, gestern bei unserem Ausflug auf die Rigi – so herrlich das schönste Wetter und die Aussicht erst – in der Wirtschaft Rigi-Kaltbad, als Hans Günther einen Glace-Coupe und ich ein Stück Linzertorte assen, wird er auf einmal komisch. Zuerst erschrecke ich. Welche Anwandlung hat er. Wendet sich ab. Weicht meinem Blick aus. Und beginnt dann murmelnd zu reden. Ich denke, ‚ohalätz' (oje), was ist in diesen Mann gefahren, so kenne ich ihn nicht. Er drückt an Worten herum. Bis ich begreife, er will mir seine Abstammung und seine Perspektivlosigkeit im Leben erklären. Und daher die Unmöglichkeit unserer Beziehung. Er könne keine Frau, die er ernst nehme und die er liebe, in seiner beschissenen Situation an sich binden. Wie ein Häufchen Elend sitzt er da und schaufelt wie mechanisch Glace in seinen Mund. Ich bin ja so unmöglich. Anstatt Mitleid zu zeigen, ‚hat es mich vertätscht' (bin ich explodiert), ich musste lachen. Ich entschuldigte mich sogleich. Gestehe ihm, dass ich mir seine Geschichte schon längst zusammengereimt habe. Falls ich ihn nicht so sehr liebte und mir bezüglich unserer Beziehung total egal ist, dass er und seine Familie verfemt sind, hätte ich mich nie und nimmer auf ihn eingelassen. Du hättest sehen sollen, wie dieser Mann, soeben noch ein Häuflein Elend, sich bei meinen Worten aufgerichtet und gestrahlt hat …"

„Er meint es ernst mit dir und er ist eine ehrliche Haut. Er ist nicht der Angeber, als den gewisse Kollegen ihn sehen wollen. Sein Auftreten muss irgendwie ein Schutzpanzer sein, der es ihm ermöglicht, unbehelligt zu überleben. Jetzt ist der Moment, wo du oder ich Bertie in die Geschichte einweihen können, damit sie, die nichts für sich behalten kann, Nänne und Vatter vorwarnt …"

Bertie meint spöttisch, „typisch, meine kleine Schwester, die nichts im Leben ernst nimmt, angelt sich diesen perfekten Galan – also, abgesehen davon, dass er ausgerechnet Deutscher sein muss, doch für einen Deutschen …. Ich kenne niemanden, der so gebildet und so gediegen ist und der beste Mann, den meine kleine Schwester je angeschleppt hat."

Nänne und Vatter nehmen die Neuigkeit interessiert auf, sind schrecklich neugierig auf den Verehrer von Gret. Warten aber geduldig ab, bis zur erlösenden Frage von Gret, ob sie am Sonntag einen Bekannten – „Nichts Ernsthaftes, ein Ausländer, der hier keine Verwandten hat und daher am Sonntag immer alleine ist." – nachhause nach Oberrohrdorf bringen dürfe.

„Hast du es dir auch genau überlegt, meine Kleine, wir sind so einfache Leute, und ein Arzt in unserem Haus…?", gibt Nänne scheinheilig zu bedenken.

Nänne ist hin von Hans Günther. Sie gerät ins Schwärmen.

„Ein so gebildeter Mensch. So gute Manieren. So offen und freundlich. Na ja, einer Frau schmeichelt es eben, wenn einer so galant ist, nicht so ein derber Holzpflock. Und er stammt aus dem Land meines Lieblingsdichters, Heine!", lässt Nänne sich nach dem ersten Besuch Hans Günthers über ihn aus, als Peter sie fragt, wie er ihr gefalle. Peter staunt immer wieder über die spontane Menschenkenntnis seiner Schwiegermutter.

„Aber Peter, glaub bloss nicht, du musst mit uns Frauen aus Höflichkeit Konversation machen. Die Männer sind im Leuen. Ja, ja, auch Herr Doktor B.. Vatter hat ihn gleich mitgeschleppt. Gesagt, damit sie, Herr Doktor, auch das gewöhnliche Volk hier im Dorf kennenlernen. Der Herr Doktor ist ihm begeistert gefolgt. Geh rüber in den Leuen, Peter, …."

Peter schwant Schreckliches, als ihm mehrmals von Persönlichkeiten in Politik und Gesellschaft in der Region zu Ohren kommt, wie darüber gelästert wird, dass ausgerechnet K., diese in der Region beruflich und politisch markante Persönlichkeit, dieser liberale, weltoffene und senkrechte Schweizer, seine jüngste Tochter so wenig im Griff habe, dass sie mit einem Deutschen – man stelle sich vor: ausgerechnet einem Deutschen! - rummache. Peter warnt Vatter K., seinen rechthaberischen Schwiegervater mit dem sturen ,K.-Grind' (K.-Kopf) vor dem, was er zufällig aufgeschnappt habe. Vatter K. schaut Peter gross an. Peter rutscht spontan in die Rolle eines kleinen Schuljungen. Vatter K. lacht prustend los. Als ausgewachsener Mann habe man sich gefälligst von solchem Geschwätz nicht beeindrucken zu lassen. Für ihn zähle einzig der Mensch. Doktor B. sei ein aufrechter Mann. Er verstehe die Wahl seiner Jüngsten. Selbst wenn er arg enttäuscht sei, dass auch seine jüngste Tochter, genauso wie die beiden älteren, sich einen Arzt gefischt habe, wo doch ein Tierarzt ein tatsächlicher Gewinn wäre bei all den Tieren in seinem Stall.

Peter staunt nicht schlecht, wie sich zwischen seiner Schwiegerfamilie und Hans Günther auf Anhieb ein Vertrauensverhältnis einstellt. Nänne und Vatter sehen Hans Günther von Anfang an als einen der Ihren. Peter und Gret sind total verblüfft, als Hans Günther ihnen zusammengefasst als Geschichte das Leben von Vatter und Nänne so serviert, wie sie es bloss ansatzweise kennen. Mit Einzelheiten, die Vatter und Nänne ihnen nicht erzählt hatten. Peter hatte Vatter als verschlossen erlebt.

„Ach, komm schon, Peter! Einer der landesweit im Berufsverband und regional in der Politik eine grosse graue Eminenz ist und auf den alle hören, kann kein introvertierter Mensch sein. Ihr habt ihn bloss nie richtig gepackt, dass er euch nie was von sich erzählt hat. Ich mag diese alten Leutchen. Tragt Sorge zu ihnen. Sie sind etwas ganz Besonderes. Aus den Bruchstück-Erzählungen von Herrn und Frau K. kann ich mir deren Leben nun plastisch zusammenreimen, zu einem spannenden Roman. – Euer knorriger Vatter ist, wie ihr beide wisst, kein Mann von grossen Worten. Doch wenn er etwas sagt und ins Erzählen kommt, oft brummend, dann hatte es Hand und Fuss. Sich auszumalen, wie er als liberaler Politiker im Dorf, in der Region und im Kanton eine weitherum geschätzte Respektsperson ist. Als Käse- und Milchhändler mit Käsereien in verschiedenen Regionen der Schweiz und auch einer Käserei in Savoyen muss er ein geschickter Geschäftsmann und Unternehmer sein. Vatter ist ein gerissener Erzähler. Als ältester Sohn eines gut betuchten Milch- und Käsehändlers und Landwirts geht er, wie es das bäuerliche Erbrecht in der Gegend regelt, beim Erbe des elterlichen Hofs leer aus, weil der Jüngste den Hof erbt. In der Überlegung, dass die Eltern für eine angemessene Erziehung der älteren Söhne auf jeden Fall noch aufkommen können. So kam Vatter als der älteste Sohn in den Genuss eines Nobelinternats im Welschland, um den richtigen Schliff zu bekommen. In der Gesellschaft der noblen Herrensöhnchen im Internat im Welschland wurde Vatter als Tölpel vom Land verspottet, bis er den noblen Lackaffen zeigt, ,wo der Bartli den Most holt' (wie die Dinge liegen), und bei einem Sonntagsspaziergang den Rädelsführer bei einem ,Hosèlupf ungschpizt chopfvora' (einem Zweikampf kopfvoran) in das Wiesenbord katapultiert. Von da an ist Vatter respektiert. Fühlt sich dennoch in diesem Internat nicht am richtigen Ort. Macht sich schlau, dass er im Hinblick auf eine Berufskarriere, wie er sie sich vorstellt, gescheiter eine Handelsschule in Neuenburg besuchen würde. Seine Eltern hatten das Schulgeld des Internats im Welschland für den mehrjährigen Aufenthalt gleich zu Beginn bezahlt gehabt. Vatter, der junge Schnösel, arrangiert ein Gespräch mit dem Internatsdirektor und handelt mit ihm aus, dass er das von den Eltern bereits bezahlte Schuldgeld herausbekommt, wenn er nachweist, dass er in der Handelsschule in Neuenburg aufgenommen wird und dort ein Diplom wird machen können. Das ist die Geschichte von Vatter, der bereits als Jüngling weiss, was er will, wo sein Platz ist, dranbleibt und das erreicht, was er sich vornimmt. Nach seinem Diplom in Neuenburg, absolviert Vatter noch eine Lehre als Käser, um danach wohl gerüstet seine Sporen als Käse- und Milchhändler abzuverdienen und um sich in der Region in ausreichender Distanz zum Betrieb seines Vaters im Nu einen besten Ruf zu schaffen. Er pachtet Käsereien. Handelt mit Milch und Käse. Übernimmt Ämter im Verband und ist als junger Mann bereits ein gemachter Mann. Er übernimmt auch eine Käserei in Egolzwil im Kanton Luzern, einem Nachbardorf des heimatlichen Dagmersellen, wo sein Vater residiert. Im katholischen Egolzwil setzte er als Reformierter sich in ein Wespennest. Männiglich schüttelte den Kopf darüber, dass ausgerechnet ein Reformierter die lokale Käserei übernimmt. Mit seiner weltoffenen, jovialen Art überzeugt Vatter die Egolzwiler eines Besseren, dass nämlich auch ein Reformierter an einem sonst katholischen Ort guten Käse machen kann. Dabei hilft ihm auch die Tatsache, dass er der älteste Sohn des reichen Käse- und Milchhändlers aus Dagmersellen ist. Er hat die Egolzwiler bald im Sack. – Als Vatter erst kurz in Egolzwil ist, sitzt er nach Feierabend mit seinem Angestellten auf dem Bänklein vor der Käserei, die an der Dorfstrasse liegt, und raucht eine Toscanelli. Eine hübsche junge Frau geht vorüber. Vatter schaut ihr mit leuchtenden Augen nach. Der Angestellte murmelt, diese Frau müsse er sich aus dem Kopf schlagen. Sie sei eine Mehrbessere. Habe es hoch im Kopf. Zudem sei sie, wie alle Leute hier im Dorf, katholisch, also nichts für ihn, den Reformierten. Zudem gehe das Gerücht, dass der Hof des Vaters dieser jungen Frau überschuldet sei. Ihr Vater hänge, anstatt sich um sein Wagnergewerbe und den Hof zu kümmern, immer mit dem Fabrikanten Straehl aus Zofingen bei den Pfahlbauer-Ausgrabungen im an seinen Hof angrenzenden Wauwiler Moos herum. Er sei zwar eine Respektsperson in der Gemeinde, geniesse einen guten Ruf, sei ehrenamtlich Waisenvogt. Doch eben katholisch und vermutlich habe er den Buckel voller Schulden. – Vatter hat Feuer gefangen für die junge Frau, Nänne. Allen Hindernissen zum Trotz heiraten sie 1904. Nicht in Egolzwil und nicht in Dagmersellen. Aber im Tessin, wo ein Bruder Vatters gerade in Stellung ist und eine gediegene Hochzeit in kleinstem Rahmen fernab von Familie und engerer Heimat organisiert. Vatters Familie ist entsetzt, dass ihr Ältester ausgerechnet eine Katholische, vor allem aber eine Mausarme heiratet. Nännes Familie schaut über den Makel der Religion hinweg, nachdem Vatter die Schulden seines Schwiegervaters übernimmt. Der Handel Vatters blühte. Dem Paar werden je im Abstand von drei Jahren drei Töchter geboren. Vatter, vor allem aber Nänne ärgert sich, dass der katholische Pfarrer in Egolzwil sie andauernd bekniet, ihre Töchter katholisch taufen zu lassen, da sonst ihr und den Töchtern das Fegefeuer drohe. Vatter sieht sich nach einem neuen Wohnsitz um und wird im zufälligerweise ebenfalls katholischen Oberrohrdorf, im Bezirk Baden, im Aargau, fündig. Ein ideales herrschaftliches Haus mit Umschwung, einer Käserei, einer Bürstenfabrik, Wald und Rebbergen. – Kaum hatte die junge

Familie sich in Oberrohrdorf niedergelassen, stehen im Ort Gemeinderatswahlen an. Weil der Neuzuzüger Vatter ein gemachter Mann ist und weil es an Kandidaten für das Amt eines Gemeinderates fehlt, wird Vatter, obwohl reformiert und Neuzuzüger gebeten, sich für die Wahl aufstellen zu lassen. So wird der reformierte Neuzuzüger Vatter im katholischen Oberrohrdorf 1912 gleich als Gemeinderat gewählt. Von 1922 bis 1941 ist er Gemeindeammann (Gemeindepräsident) und eine geachtete Persönlichkeit, die in kommunalen, regionalen, kantonalen und nationalen Gremien gefragt ist. Vatter hört meist zu, gilt als ruhiger Mensch. Doch wenn er seinen Mund öffnet, dann hat das, was er sagt, Hand und Fuss. Ausser wenn er der neuen Serviertochter im Leuen brummend, etwas polternd klar zu machen versucht, das Paket Rauchwaren, die Toscanelli, die sie ihm bringt, kosteten nicht 95, wie sie behauptet, sondern 85 Rappen wie eh und je. Der Wirt heisst mit einem kurzen Blick die Serviertochter zurück zur Theke zu kommen. Flüstert ihr zu, wenn der ‚Ammè' (obwohl Vatter als Gemeindeammann / Gemeindepräsident von seinem Amt altershalber zurückgetreten ist, ist und bleibt er für die Dorfbewohner der ‚Ammè") nicht mitgekriegt habe, dass seine geliebten Toscanelli, die eigens für ihn im Sortiment der Wirtschaft geführt werden, aufgeschlagen hätten, gebe man ihm ohne Widerrede recht und verrechne ihm den alten Preis. Der Ammann sei ja sonst in allen Belangen der grosszügigste Mensch. Ihn reue nie, wenn Not am Mann oder an der Frau sei, auch mit namhaften Beträgen unter die Arme zu greifen. – Grosszügigkeit und Beliebtheit bei den Leuten in der Gegend teilt Nänne mit Vatter. Nänne wird von der Bevölkerung, genauso wie Vatter ‚Vatter' oder ‚Ammè' genannt wird, ‚Nänne' genannt, weil sie sich klar verbeten hat, Frau Ammann genannt zu werden. Nänne ist sich ihrer

Pflichten als Frau des Gemeindepräsidenten bewusst und kümmert sich unauffällig, wie beiläufig um Menschen in der Gemeinde, die in Not sind. Geprägt ist Nänne vor allem durch ihr weltläufiges Elternhaus. Obwohl auf dem Land aufgewachsen und ohne die geringsten städtischen Allüren wurde ihr vom Elternhaus die Freude und der Respekt an kulturell wertvollem Alten, an Kunst, Literatur und Schönem und auch Neugierde auf alles, was kreucht und fleucht, vermittelt. Aufgewachsen in einem stattlichen Bauernhaus, lernte sie Kunst, wertvolle Antiquitäten, eine beeindruckende Bibliothek und Mitbringsel aus aller Welt bei ihrem Götti, ihrem Patenonkel, dem Fabrikanten Gustav Straehl in dessen nobler Villa in Zofingen kennen. Gustav Straehl war ein Freund ihres Vaters gewesen. Gustav Straehl und ihr Vater waren wie verrückt nach den Pfahlbauerausgrabungen im Wauwiler Moos und verbrachten viel Zeit bei den Ausgrabungen und kannten jede Publikation über Pfahlbauerausgrabungen in der Schweiz. Durch ihren Patenonkel gewinnt sie Einblick in grossbürgerlichen Lebensstil. So will sie unbedingt aus der kleinen Welt von Egolzwil ausbrechen, nicht, wie es in Bauernfamilien üblich ist, im Hof helfen, bis ein Bauer um ihre Hand anhält. Sie will einen Beruf erlernen, in die grosse weite Welt hinaus. Ihr ist es wichtig, auf eigenen Füssen zu stehen und ein freies Leben zu führen. Nicht finanziell abhängig sein von Eltern oder Mann. Sie erlernte den damals respektierten Beruf einer Saaltochter im noblen Kurhotel Brestenberg am Hallwylersee. Mit ihrem eigenen Geld kann sie ihrer Leidenschaft für Literatur frönen und sich eine kleine Bibliothek anschaffen. Dann lernt sie Vatter kennen und lieben. Heiratet ihn gegen den Willen der Eltern. Beweist damit ihre Unabhängigkeit. Bildet sich aber nichts darauf ein. Sucht nach der Heirat die Aussöhnung mit ihren Eltern, ihren Schwiegereltern und den

Geschwistern von Vatter. Mit Charme gewinnt sie die Herzen aller ihrer Nächsten. Unternimmt schon bald, was in ihren Kreisen eher unüblich ist, mit den Schwestern von Vatter Bildungsreisen nach Florenz, Paris, Heidelberg, besucht mit ihnen Museen. Vatter hält dieses Getue um Kunst für Weiberkram, lässt seine Frau aber gewähren. Nänne ermahnt Vatter schelmisch lächelnd, dass sie nicht auf seine Grosszügigkeit angewiesen sei. Schliesslich erwirtschafte sie sich eigenes Geld durch Hühnerzucht, Haltung von Bienen und Verkauf von Gemüse und Ost aus dem von ihr bewirtschafteten Garten. – Ich bewundere diese Bodenständigkeit und diese Verwurzelung im und auf dem Lande bei aller Offenheit für die ganze Welt. Stoff für einen Roman!"

"Unterstehe dich, das Leben von Nänne und Vatter in einem Roman an die Öffentlichkeit zu zerren!", quittiert Gret mit heftigem Aufschrei, der Peter aufhorchen lässt, Hans Günthers Erzählung. "Wir sind eine anständige Familie!"

Peter beobachtet, wie Gret ihre heftige Reaktion, kaum ist sie draussen, peinlich ist. Sie dem Blick von Hans Günther ausweicht, der ob Grets Reaktion wie ein begossener Pudel dasitzt und nicht weiss, wie er nun seinerseits reagieren soll. Stille herrscht. Die eisig ist. Jedoch kurz vor dem Schmelzen. Noch fehlt die winzige Erhöhung der Temperatur, um das Eis zum Brechen zu bringen.

"Gret, ich staune," ruft Peter aus, "du liebst doch Romane und Hans Günther hat uns die Geschichte von Nänne und Vatter so plastisch erzählt, wie nur einer, der von draussen kommt, sie erfassen und wiedergeben kann …"

"Ja, schon, aber …", bröselt Gret hervor. Hans Günther ergreift ihre Hand, führt sie sanft zu seinem Mund, drückt einen Kuss drauf, um dann seinen Mund zu Grets Mund zu lenken.

Die Liebe zwischen Gret und Hans Günther ist manifest. Nach und nach tröpfeln die zu einem Exilanten-Alltag gehörenden Schwierigkeiten zu Peter, Gret und Grets Familie durch. Das wiederum beschert Peter Spontanbesuche von Gret in seinem Büro.

„Soeben hat Hans Günther Post aus Aarau bekommen. Du, das ist die Höhe. Zwar ist seine Aufenthaltsbewilligung verlängert worden, jedoch unter dem Titel Toleranzbewilligung ‚Erstreckung der Frist zur Ausreise aus der Schweiz'. Er arbeitet hier. Er hält hier als Arzt die Festung, während die Schweizer Ärzte der Klinik im Militär sind. Und das ist der Dank! Peter, du musst unbedingt Regierungsrat S. anrufen und ihn fragen, ob es da mit rechten Dingen zugeht, Ob die bei der Fremdenpolizei noch ganz bei Trost sind. Er soll diesen Wisch sofort rückgängig machen!"

Im Beisein von Gret ruft Peter Regierungsrat S. an. Dieser gesteht, über die neuste Wendung in der Politik in Bern genauso empört, aber machtlos zu sein. So bleiben Gret und Peter nichts anderes übrig, als Hans Günther zu zeigen, dass sie voll und ganz hinter ihm stehen. Sich ihre Beine ausreissen, um seinen Aufenthalt in der Schweiz abzusichern. Nänne und Vatter sind mit von der Partie. Von ausserhalb der Familie Stehenden ist bloss Chef K. der Klinik eingeweiht. Er gibt sein Bestes und lässt seine Beziehungen spielen, kann aber auch nicht mehr für Hans Günther erreichen. Und wieder wundert Peter sich, wie Hans Günther im Alltag ruhig Blut zu bewahren scheint und sich vor seinen Kollegen und dem Personals der Klinik von seinen Turbulenzen nichts anmerken lässt.

Ein Schweizer Kollege von Peter und Hans Günther in Königsfelden äussert in einem Kollegenkreis hinter Hans Günthers Rücken die Vermutung, dass B. als Person und insbesondere als Deutscher ein Rätsel sei und der Verdacht, dass er ein einsatzbereiter junger Deutscher sein könnte, nicht von der Hand zu weisen sei. Diese Äusserung verbreitet sich im Nu als Gerücht und Tatsache, der gemäss Doktor B. ein gezielt eingesetzter Ableger der deutschen Nationalsozialisten in der Schweiz ist. Das Gerücht kommt auch Peter, Gret und insbesondere Hans Günther zu Ohren. Hans Günther explodiert und fordert Peter in ruhigerem, von der Erregung immer noch gedrängtem Tonfall unter vier Augen auf, von diesem Kollegen umgehend eine Richtigstellung, eine Entschuldigung und eine Erklärung für seine entwürdigende Behauptung zu verlangen. Peter will die Situation etwas entspannen. Wirft Hans Günther locker und grinsend die rhetorisch gemeinte Frage hin, „und, bist du tatsächlich ein einsatzbereiter junger Deutscher?". Nun platzt Hans Günther endgültig der Kragen. In seiner Anspannung versteht er den Spass von Peter nicht. Scheint im Ernst zu glauben, dass nun auch Peter, den er als Freund und Vertrauten betrachtet, ihm misstraue und solch absurdes Zeugs zumute. Peter hat die grösste Mühe, Hans Günther davon zu überzeugen, dass seine Bemerkung ein Scherz gewesen ist, für den er sich jetzt, wo er total danebengegangen ist, in aller Form zu entschuldigen versucht.

„Dennoch, Hans Günther, ich verstehe deine heftige Reaktion. Doch musst du dir angewöhnen, auf eine solche und ähnliche Fragen mit heiterer Gelassenheit zu reagieren. Entweder auf zynische Art, z. B. mit einem ‚aber klar, habe ich doch aus meiner Parteizugehörigkeit nie ein

Hehl gemacht und trage ich das Parteiabzeichen nicht schon seit jeher offen am Revers meines Jacketts?', oder auf die entwaffnende Art mit einem ‚wenn dem so wäre, hätte ich dich längst für die Nazis gewinnen müssen!'. Dass du so sehr aus der Fassung gerätst, ist für Dritte, nun ja, zusätzlich verdächtig. Überlege es dir."

Peter hofft, dass der schockierte Hans Günther wieder Boden unter den Füssen der Wirklichkeit erlangt und ihm nichts nachträgt wegen seiner unbedacht geäusserte Bemerkung. Kaum ist Hans Günther aus seinem Büro, sucht er Gret auf, um ihr seinen Fehltritt zu schildern und sie zu bitten, auf Hans Günther einzuwirken, dass er ihm, Peter, dafür nichts nachtrage.

Peter ahnt, dass mit Hans Günther etwas nicht stimmt. In letzter Zeit ist er zwar scheissfreundlich, wenn sie sich über den Weg laufen, geht ihm, Peter, jedoch spürbar aus dem Weg. Diese tatsächlichen Schattenkämpfe mit Hans Günther, den er den Umständen entsprechend nicht nur als guten Kollegen, mit dem er freundschaftlichen Umgang pflegen kann, aber als Schwager in spe betrachtet, sind für Peter eine Herausforderung. Ein Mensch, der ungewollt fern seiner Heimat und am Ort, wo es ihn hin verschlagen hat, unerwünscht ist und selber schauen muss, wie er weiter kommt, befindet sich in einem dynamischen Sturm der Gefühle, der zusätzlich zu den tatsächlichen Schwierigkeiten bei der Sorge um Arbeit und Wohnen für ständige Unruhe, Zweifel, Ängste sorgt, die, bedingt durch eine Ausnahmesituation, durchaus begründet sind. Peter beginnt die Person Hans Günthers nach und nach mit anderen Augen zu sehen. Während Gret in ihrer geerdeten, unaufgeregten Art die Veränderung an Hans Günther zwar wahrnimmt, aber seinen Worten Glauben schenkt und nicht weiter hinterfragt, regt sich in Peter der Fachmann. In seiner déformation professionelle denkt er bei diesem Rückzug Hans Günthers sogleich an eine sich anbahnende Depression. Gret winkt ab. Peter brauche sich keine Sorgen um Hans Günther zu machen. Er sei schlicht zu beschäftigt, um daneben noch Zeit für gesellschaftlichen Umgang zu haben. Auch sie bekomme es zu spüren. Sie habe Verständnis dafür. Seine Gutachtentätigkeit beschäftige ihn ungemein und schliesslich seien seine Gutachten so überragend gut, weil er überdurchschnittliches Engagement zeige. Und das brauche Zeit. Hinzu komme, dass er als Perfektionist eben auch schrecklich viel Zeit für die Anstaltszeitung benötige. Freizeit, nota bene. Und in seiner Freizeit – nun, man müsse jemanden, der so viel Energie habe, einfach bewundern – forsche er über einen ehemaligen Emigranten aus Deutschland in der Schweiz in der ersten Hälfte des 19ten Jahrhunderts, August Ludwig Follen, um einen Essay für die Medizinische Wochenzeitschrift zu schreiben. Da sei es doch nichts als logisch, dass sie etwas zurückstecken müsse. Sie tue es gerne, wenn sie sehe, wie er in seiner Arbeit richtiggehend aufgehe und von seinen tatsächlichen Problemen als Ausländer in Kriegszeiten hier in der Schweiz abgelenkt werde.

Peter traut dem Frieden nicht. Er geht auf Hans Günther zu. Bertie treffe sich mit Freundinnen in Zürich. Er sei dazu verdonnert, zuhause zu sein und auf den kleinen Peider aufzupassen. Ob Hans Günther zufällig nichts Gescheiteres zu tun habe und ihm Gesellschaft leisten könne? Hans Günther drückt sich lange rum, ringt nach Ausreden, schiebt Arbeitsüberlastung vor, zudem sei die neue Ausgabe der Anstaltszeitung ‚Herbstgruss' fällig, um nach einiger Zeit Peters Drängen resigniert dennoch nachzugeben.

Peter hat alles perfekt eingefädelt. Bertie, die Gret fragen will, ob sie den kleinen Peider hüten komme, erklärt er, er bleibe zuhause, weil Hans Günther angekündigt habe, in einer dringenden Angelegenheit vielleicht reinzuschauen. Was Hans Günther wolle, wisse er nicht. Daher möchte er auch nicht Gret dazu einladen.

„Nein, nein, mache dir keine Mühe, mein liebes Bertielein. Du brauchst nichts vorzubereiten. Vielleicht kommt Hans Günther ja nicht. Vielleicht ist das, was er besprechen möchte, schnell gesagt. Und falls er dennoch sitzen bleiben sollte, wird dein in Haushaltsdingen nicht bewanderter Mann schon noch zwei Gläser, eine Flasche Wein und den Zapfenzieher finden."

Kaum ist Bertie aus dem Haus, erklärt Peter der Hausangestellten, sie könne Feierabend machen. Er komme alleine klar. Dann stellt er auf dem Salontisch zwei Champagner-Gläser und Salzbrezeln auf. Holt aus dem Keller eine Flasche Nebiolo Spumante, von der er weiss, dass Hans Günther sie mag. Schliesslich hatte Hans Günther diese Flasche und noch eine weitere Flasche davon früher einmal als Gastgeschenke mitgebracht gehabt. Stellt die Flasche in den Eiskübel und wartet bis es an der Haustüre klingelt.

Hans Günther wirkt zerfahren, entschuldigt sich, er habe bloss wenig Zeit, könne Peter, so gerne er es möchte, bloss kurz Gesellschaft leisten. Ob Peiderlein bereits im Bett sei? Beim Betreten der Stube fällt Hans Günthers Blick, wie Peter befriedigt feststellt, als Erstes auf den Eiskübel und auf die Flasche, die darin steckt.

„Peter, weshalb weisst Du, dass Nebiolo Spumante mein absoluter Lieblingswein ist!!!", ruft Hans

Günther strahlend aus und freut sich sichtlich riesig ob der Überraschung.

Peter verheimlicht Hans Günther, dass die von Gret Peter und Bertie einmal mit verdrehten Augen gemachte Mitteilung, ihr Hans Günther ‚liebe‘ Nebiolo Spumante inzwischen hinter Hans Günthers Rücken zum geflügelten Wort geworden ist, für sie, die sich, wenn schon Schaumwein, Champagner gewohnt sind.

Peter will Hans Günthers klare Absicht, sich trotz der Freude über den überraschenden Nebiolo Spumante, im Nu wieder abzusetzen, durchkreuzen. Was ihm dank der Wohlerzogenheit und der Freude am Genuss Hans Günthers gelingt, indem er ihn richtiggehend abfüllt, sogar die zweite Flasche Nebiolo Spumante aus dem Keller holt und Hans Günther nach und nach dazu bringt, seine Fassung zu verlieren.

Zum ersten Mal erlebt Peter, wie der sonst so zackig auftretende, immer fröhlich beschwingte Hans Günther, wenn er nicht gerade explodiert und eine Schau der besonderen Art abzieht, innerlich zusammenbricht, wie ein Häufchen Elend dasitzt, Glas um Glas in sich hineinschüttet und mit monotoner Stimme schimpft, was das Zeugs hält. Seinen Jammer kleinlaut preisgibt.

„Ich bin ein Versager. Ein totaler Versager. Hier besauf ich mich – und weiss nicht mehr weiter. Vatel, da oben im Himmel, kann triumphieren. Aus mir wird nie etwas Rechtes werden. Du hättest Vatel kennen sollen. Ich kann ihm nie das Wasser reichen! Hier werde ich wie der letzte Dreck behandelt und ich kann dem nichts entgegenhalten. Ich bin zu schwach, zu feige, was weiss ich … Vatel war nicht so gewesen, wie die Väter hier. Er hat nichts von Verweichlichung gehalten. Vatel war als Sanitätsoffizier in stramm sitzender Uniform im Felde gewesen. Wie hatte ich ihn bewundert. Gleichzeitig darum beneidet, dass er in den Krieg ziehen durfte. Ich und meine Freunde hatten Europakarten, auf denen wir die Fortschritte der deutschen Armeen und die Positionen der Feinde Deutschlands festhielten. Mottl war so stolz auf mich gewesen, den Jungen, der zu einem richtigen und wehrhaften Mann heranzuwachsen schien. Wurde ich als kleiner Junge gefragt, was mein Berufswunsch sei, kam wie aus der Kanone geschossen ‚General-Feldmarschall von Hindenburg!'. Alles Weibische war bei uns verpönt. Ganz abgesehen davon, dass Mottl und die Mütter meiner Freunde uns ausgelacht hätten, wenn wir als Jungen uns für Weiberkram interessiert hätten. Meine Eltern hatten, obwohl in der schlesischen Kleinstadt Jauer, einen städtischen, bürgerlichen Haushalt mit einem strengen Regime, das mir als Kind selbstverständlich erschienen war. Ich wuchs in diese Strenge hinein. Intimitäten, Austausch von Zärtlichkeiten mit Erwachsenen waren verpönt gewesen. Mottl, die aus einer in ihrer Kindheit noch wohlhabenden Textilfabrikanten-Familie stammte, kannte sich aus in Sachen gepflegtem Lebensstil. Erklärte selbst Vatel, den sie abgöttisch bewunderte und dem sie durch und durch ergeben war, was sich nach feiner Lebensart gehöre und was nicht. Vatel hatte immer lachend betont, dass er aus einfachen Verhältnissen stamme und als proletarischer Mann mit einer aristokratischen Frau, ach, verheiratet sei. Selbstverständlich konnte ich bereits damals Vatels Spott, Ironie und Zynismus heraushören. Auch Vatels Vater, Grossvater Gustav, war Fabrikant gewesen. Mit sehr erfolgreichen Phasen. Wo Vatel zuhause von einer Hauslehrerin, einem Fräulein von Stein, unterrichtet worden war. Wo Amtspersonen an Grossvater Gustav, den Besitzer einer Zinkhütte in der k.u.k. Doppelmonarchie, herantraten, um ihm gegen entsprechende Spende einen Adelstitel anzubieten. Grossvater Gustav hatte das Ansinnen weit von sich gewiesen. Grossvater Gustav, den Vatel schon immer als jähzornig und autoritär erlebt hatte, meldete Vatel nach erfolgreich bestandenem Abitur ohne Rücksprache mit Vatel auf einer Bank als Lehrling an. Schliesslich musste der älteste Sohn künftig die Geschäfte seines Vaters übernehmen. Vatel begehrte auf. Er hatte andere Pläne. Es kostete ihn einen harten Kampf, bis er endlich studieren konnte. Vatel hätte am liebsten seinen Neigungen folgend Geschichte studiert. Als Realist wusste er, dass mit einem Geschichtsstudium für ihn ausschliesslich die akademische Laufbahn in Frage gekommen wäre. Als Professor an einer Universität war der Verdienst zu tief, um eine Familie standesgemäss ernähren zu können. Als Professor müsste man über ein Vermögen der Familie verfügen. Grossvater Gustavs Geschäfte liefen just zu der Zeit nicht gut. Vatel wusste, dass er nicht mit einem Familienvermögen, von dem er hätte zehren können, rechnen durfte. Vatel musste auf den Traum Geschichts-Professor pfeifen. Er musste selber dafür sorgen, möglichst rasch finanziell auf eigenen Beinen zu stehen. Und damit rechnen, sehr wahrscheinlich auch die Ausbildungen seiner jüngeren Brüder finanzieren zu müssen. Das Medizinstudium war damals das kürzestes Studium und dauerte vier Jahre. Unmittelbar nach dem Studium winkt bei Eröffnung einer eigenen Praxis der gute Verdienst. Nolens volens entschliesst Vatel sich für das Medizinstudium. Vatel setzt seinen Kopf durch und eröffnet mit noch nicht ganz 24 Jahren 1895 seine ärztliche Praxis in der schlesischen Kleinstadt Jauer. Die Praxis läuft von Anfang an gut. Vatel kann seine Familie nach deren Bedürfnissen und Wünschen unterstützen. Er ermöglicht Grossvater Gustav die Dinge, die dieser für standesgemäss hält, aber sich nicht mehr selber leisten kann. So schenkt Vatel Grossvater Gustav um die Jahrhundertwende das neuste Modell Schreibmaschine, ein Schreibgerät mit drehbarem Kugelkopf, und dann eine goldene Taschenuhr mit neustem Wunderwerk. Und Mottls Familie! Mottl bewahrt immer Haltung. Sie kann nichts erschüttern. Glaubst du, sie hätte sich einmal über die Begehrlichkeiten ihres Schwiegervaters, Grossvater Gustav, beschwert! Dem Spott, der Ironie, dem Zynismus Vatels setzte sie immer ruhige Gelassenheit als Gegenpol gegenüber. Sie lässt sich nie etwas anmerken, wenn sie leidet. Und sie muss gelitten haben und leidet jetzt erst recht. Während ich hier ganz und gar die Fassung verliere. Mottls Familie mütterlicherseits hatte es im Getreidehandel und mit Ölpressen zu erheblichem Wohlstand gebracht, bis nach der Hochzeit ihrer Mutter, Grossmutter Rosalie, mit einem wohlhabenden Textilfabrikanten, Grossvater Jacques, anlässlich des Wiener Börsenkrachs ihr Grossvater Jonas sein gesamtes Vermögen verliert und an einem Herzschlag stirbt. Grossvater Jacques, der Vater von Mottl, stirbt mit 43 Jahren an Krebs, als Mottl 14 Jahre alt ist. Das gut laufende Geschäft muss verkauft werden. Die Kinder bekommen einen Vormund. Mottl weiss, dass sie als junge Frau ohne erhebliche Mitgift, keine Chancen hat, einen standesgemässen Ehemann zu finden. Sie wird bei ihrer verwitweten Mutter bleiben. Umso grösser ist ihre Freude, als ein junger Arzt aus der Kleinstadt Jauer und aus gutem Hause, Vatel, sie, als sie im Theater von Breslau in einer Loge sitzt, entdeckt, sich in sie verliebt und um ihre Hand bemüht. Vatel verdient blendend mit seiner Praxis. Rutscht als Arzt in verschiedene Ehrenämter nach und geniesst in der Region als Arzt einen besten Ruf. Vatel und Mottl machen ausgedehnte

Reisen. Vatel hat kurz vor dem grossen Krieg als einer der Ersten in der Kleinstadt ein Automobil. Beim Kauf eines Automobils bekam der Käufer damals den Fahrausweis geschenkt. Also setzt der technikbegeisterte Vatel sich sehr zum Entsetzen von Mottl selber ans Steuer seines Automobils. Nachdem die Fahrkünste Vatels sein Automobil samt Inhalt in einen Strassengraben hineinmanövrieren und die Insassen das Umkippen des Automobils zwar überleben, jedoch leicht verletzt sind, wird der noch im Dienst der Familie stehende Kutscher zum Chauffeur umfunktioniert. Mottl atmet auf. Für sie ändert sich nicht viel. Denn die Kutscher, nun die Chauffeure, haben traditionell einen ausgeprägten Hang, zum Küchenpersonal. Was klar gegen Mottl moralische Vorstellungen verstösst und nach Möglichkeit zu unterbinden ist. Eine Tochter wird dem Paar geschenkt, Ilse. Acht Jahre später auch ein Sohn, ich. Mottl und Vatel ist es ein Bedürfnis, jetzt, nachdem Grossvater Gustav seit zwei Jahren tot ist, ihren Neigungen zu folgen, sich, das Töchterchen und mich, den Neugeborenen, taufen zu lassen. Auch und nicht zuletzt, um für mich den künftigen Weg in die Gesellschaft zu ebnen. Antisemitismus ist bereits immer dagewesen. Schlag nach in Harry Graf Kesslers Rathenau-Biografie. Dann kommt der Krieg. Mottl und Vatel zeichnen ihr gesamtes Vermögen in Kriegsanleihen. Dem Aufruf „Gold gab ich für Eisen" folgend, spendet Mottl schweren Herzens ihren wertvollen Familienschmuck zur Finanzierung des Kriegs. Dann plagt sie das schlechte Gewissen, weil sie ihr Lieblingsschmuckstück, eine wertvolle Perlenkette mit prunkvollem Schloss zurückbehalten hat. Schwersten Herzens macht sie sich auf ins Amt, um auch diese Kette zu spenden. Der Bescheid des Beamten ist, „gnädige Frau, Perlen sind kein Gold, können nicht eingeschmolzen werden, sie können ihre Kette unbesorgt behalten." Ungefähr um die gleiche Zeit liest Vatel in der Zeitung die Notiz, dass im Kronprinzenpalais zu Berlin eingebrochen worden und eine wertvollste Sammlung von goldenen Schnupftabakdosen gestohlen worden war. Vatel hat diese Meldung mit zynischem Grinsen und dem Spruch, quod licet Jovi non licet bovi, quittiert. Im grossen Krieg ist die Praxis Vatels geschlossen. Nach dem Krieg stehen Mottl und Vatel vor dem Nichts. Trauern dem Kaiserreich nach. Können sich mit den neu angebrochenen politischen Zeiten nicht anfreunden. Befürchten den totalen Zusammenbruch und den Bolschewismus. Kaum nimmt Vatel seine Praxistätigkeit wieder auf, bringt er es erneut zu Wohlstand, so dass der gewohnte Lebensstil nicht gefährdet ist. Ilse und ich amüsieren uns, dass Vatel als Respektsperson in der Friedenskirche zu Jauer drei reservierte Logenplätze hat, die mit je seiner Visitenkarte für ihn reserviert sind: als Mitglied der Offiziersgesellschaft, als Mitglied der Ärztegesellschaft und als Privatperson. Wann immer die Praxis es erlaubt, werden grosse Reisen in Europa unternommen. Für mich wird mit der Begründung, dass der des Autofahrens nicht mächtige Vatel zu Abendstunden, wenn der Chauffeur nicht im Dienst sei, müsse zu Arztbesuchen fahren können, eine amtliche Spezialbewilligung eingeholt, dass ich mit 16 Jahren bereits die Fahrprüfung ablegen darf. Ilse setzt ihren Kopf durch und braucht nicht untätig zuhause zu sitzen, bis sie einen Mann gefunden hat. Sie darf einen Beruf lernen. Für Vatel ist klar, die einzige Berufslehre, die für sein Töchterlein in Frage kommt, ist eine Lehre als Praxishilfe in seiner Arztpraxis. Ilse rebelliert. Sehr zum Entsetzen von Mottl und Vatel. Sie verstehen die aufmüpfige Tochter nicht mehr, bei der sie es nie an etwas hatten fehlen lassen. Ilse setzt sich durch. In der Region macht sie von sich reden, indem sie die erste Frau ist, die eine Bankenlehre absolviert. Ihre

Bankenlehre in der Regionalkasse mündet da hinein, dass sie den Direktor der Regionalkasse ehelicht. Ihr Mann ist begeistert von Technik und fährt einen Sportwagen, was insbesondere mich beeindruckt. Die politische Haltung von Vatel und auch Mottl habe ich übernommen. Ich achtete darauf, alles zu tun, was meine Mannhaftigkeit fördert. Ich betreibe bis zur Erschöpfung Leichtathletik. Daneben schreibe ich Gedichte, oft mit vaterländischem Inhalt. Mit meinen Gedichten habe ich recht Erfolg. Ich kann Gedichte an Soiréen vortragen und zwei Gedichtbände in einem Leipziger Verlag veröffentlichen. Nach dem Abitur hätte ich am liebsten Germanistik und Geschichte studiert. Vatel jedoch befürchtet, dass der immer stärker werdende Antisemitismus, gekoppelt nun mit Rassenlehre, auch für mich, seinen Sprössling, nachteilige Folgen zeitigen könnte. Er rät mir daher, aus Vernunft Medizin zu studieren. Ärzte würden immer und überall gebraucht. Ich lasse mich überzeugen. Als Student fröne ich, sehr zur Freude von Vatel, dem Schiess- und dem Reitsport und schliesse mich der Mode der jungen Leute folgend Wandergruppen an. Geprägt von den als Kind mitbekommenen Eindrücken vom grossen Krieg und von Vatel in beeindruckender Uniform schliesse ich mich dem „Stahlhelm" an, einer konservativen Vereinigung von ehemaligen Frontkämpfern. Im politischen Hickhack zwischen Bolschewisten und Nationalsozialisten neigt der „Stahlhelm" klar dem Nationalsozialismus zu, was für mich das kleinere Übel ist. Der Bolschewismus, der insbesondere bei Intellektuellen hoch im Schwang ist, muss mit allen Mitteln bekämpft werden. Mit der Wahl von Hitler zum Reichskanzler zeigt sich sehr rasch, dass die Nazis auch Vatels Praxis aufs Korn nehmen. Vatel hat ein bestimmtes Alter erreicht und seine Schäfchen auf dem Trockenen, so dass es ihm nicht allzu arg ist, seine gut laufende Praxis, in der die Krankenkassen an ‚jüdische' Ärzte keine entstandenen Patientenkosten mehr zurückvergüten, aufzugeben und der Kleinstadt, wo er von der allseits geachteten Respektsperson zur gesellschaftlichen heissen Kartoffel wird, den Rücken zu kehren und in der Anonymität der Grossstadt Breslau, wo er das umfassende Kulturangebot riesig geniesst, als verfemter Deutscher unterzutauchen. Ich bleibe dem „Stahlhelm" bis 1935 treu, bis ich als Nichtarier ausgeschlossen werde. Jetzt bin ich hier gestrandet. Unerwünscht, angefeindet. Und zuhause gehen meine Leute vor die Hunde und ich stecke hier fest, kann nichts unternehmen. Muss schauen, dass nicht auch ich noch untergehe. Wobei das das kleinste Übel wäre. Was wird aus Mottl, aus Ilse, aus Pimmer, aus Trautel zuhause in Schlesien! Und ich hocke ohnmächtig, bis zum Hals in den Fluten hier und kann nichts, nichts machen. Du verstehst, mit dem Rüstzeug, das ich aus meinem geliebten Deutschland mitgebracht habe, bin ich, was ich je länger desto deutlicher mit Schrecken erkenne, nicht in der Lage, mich mit den freiheitsliebenden Eidgenossen herumzuschlagen. Mir sind Kraft und Motivation dazu endgültig abhandengekommen," fügt Hans Günther trocken an. Dann ändert sich sein Gesichtsausdruck. Seine Miene wird wieder fröhlich. Er will nach seinem Glas greifen. Doch das ist leer. Peter beeilt sich, es augenblicklich nachzufüllen. Mit einem Nicken bedankt Hans Günther sich und leert das Glas in einem Schluck.

„Ich habe einen totalen Idioten aus mir gemacht. Entschuldige, Peter. Vergiss, was ich gesagt habe. Oje, bereits so spät. Ich bitte um Verzeihung, dass ich dich mit meinem Scheiss so lange aufgehalten habe. Ich hoffe, du nimmst es mir nicht übel. Der Mensch benötigt nun mal Hoffnung, damit es weitergeht. Wenn's dann auch total anders rauskommt als geplant oder erhofft! – Und da anscheinend die Stunde der Wahrheit ist: dieser Nebiolo Spumante ist ein grauenhaftes Gesöff! Dass ich immer vorgegeben habe, ihn so zu lieben, ist reine Nostalgie. Vatel hatte seit seiner ersten Italienreise voller Verzückung vom Nebiolo Spumante geschwärmt. Es gab für ihn nichts Besseres als eben Nebiolo Spumante. Doch jetzt, wenn ich mich richtig erinnere, zuhause hatten wir immer deutschen Sekt oder französischen Champagner. Den von ihm so verherrlichten Nebiolo Spumante hatte er in Schlesien wohl nicht zu kaufen gekriegt. Das hatte Vatel in der Verwandtschaft auch den Titel Sektonkel eingebracht. Einerlei, ich danke Dir. Ich will deine Gastfreundschaft nicht länger strapazieren."

Peter hält dicht. Weder Bertie noch Gret erzählt er von Hans Günthers Bekenntnis und seinem kurzen moralischen Einknicken. Auch Hans Günther kommt nie auf das, was er Peter anvertraut hat, zurück. Doch Peter spürt, dass in ihrem Verhältnis sich etwas zum Besseren geändert hat. Und Hans Günther klar wieder besser drauf ist. Und Gret stellt nach wenigen Tagen Peter gegenüber fest, „Hans Günther ist wieder der Alte. Ich hatte immer gesagt, seine üble Laune hängt damit zusammen, dass er Perfektionist ist und immer zu Vieles auf einmal anpacken will."

Eines schönen Tages überrascht Gret Peter mit der nicht tatsächlich überraschenden, die Situation jedoch dramatisch verändernden Neuigkeit, jetzt sei genug ‚Heu dundè' (vorgefallen), sie werde Hans Günther heiraten, ‚ghauè oder gstochè' (komme, was da wolle). Einerseits bewundert Peter seine Schwägerin für ihren Mut, andrerseits wundert er sich über die von ihr bei dieser Mitteilung gewählte Formulierung und den kämpferischen Tonfall. Im anschliessenden Gespräch erfährt Peter, dass es Gret total ausgehängt habe, wie Hans Günther um seinen Aufenthalt, seine Arbeit immer und immer wieder kämpfen müsse. Obwohl sie sich liebten und heiraten wollten, sei er so anständig und zurückhaltend, dass er auf keinen Fall heiraten und sie als Schweizerin damit in die Bredouille bringen wolle. Nun habe sie ihm klipp und klar eröffnet, ihr seien alle Konsequenzen wurst, nun werde geheiratet. Hans Günther sei schon etwas paff. Doch er werde sich in ihren Entschluss schicken.

Bevor Peter über die Mitteilung von Gret mit Bertie spricht und bevor er Hans Günther auf diese neuste Entwicklung anspricht schliesst er sich mit dem Ehemann der mittleren K.-Tochter Annie, Hans, kurz. Dieser ist ein klarer Kopf und familiär mit renommierten Juristen verbandelt. Hans äussert Bedenken über eine Verheiratung von Gret mit Hans Günther in diesem Zeitpunkt und rät Peter, er solle Hans Günther bereden, wegen der Formalitäten die Hilfe eines Rechtsanwalts in Anspruch zu nehmen. Und ihm gleich seinen, Hans' Verwandten, Fürsprecher Dr.iur. B. in Bern empfehlen, der für seine moderaten Honorare bekannt sei. Selbstverständlich würden die Kosten nicht an Hans Günther oder Gret hängen bleiben. Er, Hans, werde für alles aufkommen.

Fürsprecher Dr.iur. B. informiert Hans Günther mit der niederschmetternden Rechtspraxis, die das Aufenthaltsrecht von mit Ausländern verheirateten Schweizerinnen an das Aufenthaltsrecht ihres ausländischen Ehemannes koppelt. Was im Klartext heisst, dass ein mit einer Schweizerin verheirateter Ausländern bezüglich seines Aufenthaltsstatus keine Vorteile geniesst. Falls er ausgewiesen wird, verliert hingegen auch seine Schweizer Ehefrau ihr Aufenthaltsrecht in der Schweiz. Unter diesen Umständen ist an eine Heirat von Gret und Hans Günther, was auch Gret einsieht, nicht zu denken. Schweren Herzens machen sie weiter wie bisher. Neben Chef K. und Peter setzt sich nun auch das politische Schwergewicht Vatter vehement bei den zuständigen Ämtern und Amtspersonen für den weiteren Verbleib von Hans Günther in der Schweiz ein.

Mottl in Breslau darf ihre langjährige arische Hausangestellte nicht weiter beschäftigen. Sie bekommt als ,Jüdin' in ihre ,jüdische Wohnung' Einquartierung von Leidensgenossen, die ihre Wohnungen verloren haben. Wird in ein Sammellager für nichtarische Christen deportiert, wo sie im Kloster Grüssau bei Landeshut in einer kleinen Kammer mit anderen Gefangenen dahinvegetiert. Hans Günther bemüht sich um eine Einreisebewilligung für Mottl in die Schweiz. Hans Günthers Gesuch wird von Nänne und Vatter unterstützt, die sich bereit erklären, Mottl im K.-Haus in Oberrohrdorf aufzunehmen. Gegen eine Kaution von 10'000 Franken wird die Einreisebewilligung erteilt. Bei einem Einkommen von monatlich 200 Franken ist Hans Günther nicht in der Lage, die Kaution aus eigenen Mitteln zu leisten. Nänne und Vatter springen über Gret in die Bresche und schiessen das Geld vor. Die Ausreise Mottls aus Deutschland verzögert sich aus in Deutschland gesetzten formellen Gründen.

Hans informiert Peter, dass er von Fürsprecher Dr.iur. B., seinem Verwandten vernommen habe, die rechtliche Praxis der Schweiz bezüglich Schweizerinnen, die mit Ausländern verheiratet seien, habe sich geändert. Eine Schweizer Ehefrau, die mit einem Ausländer verheiratet sei, behalte nun ihren selbständigen Wohnsitz in der Schweiz, selbst falls ihr Ehemann ausgewiesen würde. Damit sind die Hindernisse für eine Heirat beseitigt. Zudem wird Hans Günther von Deutschland ausgebürgert. Ist nun staatenlos. Kann nirgends hin abgeschoben werden. Gret und Hans Günther können heiraten. Wegen des Krieges und wegen der Sorgen um Hans Günthers restliche Familie in Deutschland, in kleinstem Rahmen. Auf dem Standesamt in Windisch mit Peter und Edwin F. als Trauzeugen. Dann die kirchliche Feier, gestaltet von Pfarrer Victor Maag, ehemals Pfarrer in Mellingen nun an der Predigerkirche in Zürich, in der Grossmünsterkapelle in Zürich. Mit anschliessendem Essen im Hotel Storchen an der Limmat in Zürich, eingeladen von Vatter und Nänne.

VATER UND SOHN IM LAUFE VON 40 JAHREN

4.

Hans Günther ist ausser sich vor Freude. Gret, sein geliebtes Scheusälchen, sein Goldfasan schenkt ihm am 3. Dezember 1945 den heiss ersehnten und lange gewünschten Stammhalter und Sohn Rainer. Genannt nach Rainer Maria Rilke, dem Dichteridol von Hans Günther. Ein gesunder, strammer Junge. Erst noch zufällig am Geburtstag von Hans Günthers geliebtem Vatel geboren. Wenn Vatel diesen Enkel noch hätte erleben dürfen, schwirrt Hans Günther spontan durch den Kopf. Der heiss ersehnte Sohn bedeutet für Hans Günther so etwas wie eine neue Heimat, denn Rainer ist von Geburt an Schweizer, weil er von seinem staatenlosen Vater keine Staatsbürgerschaft kriegen kann. Er ist Hans Günthers Zukunft und der Beweis, dass es weitergeht. In eine wunderbare Zukunft hinein. Die Freude in der ganzen Familie ist riesengross. Hans, Grets Schwager und Ehemann ihrer mittleren Schwester Annie, ist als Arzt Geburtshelfer und sorgt sich vorbildlich um Mutter und Kind. Hans Günther schreibt am 3. Dezember 1945 mit geschwellter Brust und voller Stolz in sein Tagebuch:

> Ich habe also einen Sohn! Unendlich glücklich und dankbar. Rainer wird er heissen. Bei der Arbeit bin ich gar nicht bei der Sache. Zahnarzt. Keller & Hofmann Rainerleins Geburtsanzeigen, die auch heute bereits auf morgen früh parat gemacht werden. !!!! Glücklich – glücklich – glücklich – glücklich – glücklich!!!!

Am nächsten Tag schnappt Hans Günther sich in seiner Mittagspause unter Verzicht auf das gemeinsame Mittagessen mit der Kollegin und den Kollegen im Ärzteesszimmer der Klinik einen Schnellzug und pilgert nach Zürich. Stürzt dort seiner nicht gerade rosigen finanziellen Lage zum Trotz übermütig und stolz in ein nobles Juweliergeschäft. Liest ein hübsches goldenes Armband aus, das er für sein Scheusälchen ersteht. Amüsiert sich bei der Vorstellung, wie die Kollegin und die Kollegen, einmal mehr, über seine Extravaganzen ihre Köpfe schütteln würden, falls sie ahnten, was er nun schon wieder angestellt hat. Er kommt zurück zur Arbeit, als ob nichts gewesen ist. Er ist schrecklich unkonzentriert vor Freude. Die Frage, weshalb er beim gemeinsamen Mittagessen gefehlt habe, quittiert er mit einem Grinsen und mit Gebrammel von na ja, soso, und und … Die Kollegin und die Kollegen werfen sich verschwörerische Blicke zu und einer wirft in die Runde, „der frischgebackene Vater, ach!" Derweil verzwatzelt Hans Günther beinahe, bis er nach Feierabend nach Menziken reisen kann, um dort im Spital seine geliebte Gret mit dem goldenen Armband zu überraschen und Rainer, den Sprössling, zu bestaunen.

Zufällig geraten Hans Günther bei der Durchsicht von Papieren die spärlichen Notizen des vor nunmehr sechs Jahren aus tiefgequälter Seele ausgelaufenen Roman-Anfangs ‚Schattenkämpfe' in die Hände. Wo er seine ersten Schritte als Exilant in der Fremde zu beschreiben versucht. Der alte Plunder ist Hans Günther so etwas von über, dass er die paar handgeschriebenen Seiten zerreisst und in den Papierkorb wirft. Ab heute will er unbedingt nicht mehr an das Vergangene denken. Pfeift auf das, was nicht nur gewesen, aber total schwer zu ertragen gewesen war. Seine verklärenden Gedanken zur Geschichte zielen auf die

Zeit, bevor das Leben von Hans Günther und seinen Lieben aus den Fugen geraten war. Und da muss er dafür sorgen, dass sein Prinz von der heilen Welt, aus der sein Vater stammt, noch einen Schimmer mitbekommt. Hans Günther fantasiert spontan, wie später einmal, wenn er längst unter der Erde und vermodert sein wird, zum Beispiel der dannzumal längst greisenhafte Rainer aus der Perspektive eines freien Geistes aufgrund dieser Notizen sein, Hans Günthers Leben, bruchstückhaft und absolut unzulänglich in einer Satire oder einem Roman zusammenklauben wird, die das tatsächlich Geschehene, das Hans Günther nun zum Überleben verdrängen muss, nie und nimmer in seiner Wucht einfangen kann. Dieser Tagtraum erheitert Hans Günther ungemein und beschert ihm einen Lachanfall. Sollen andere Schattenkämpfe kämpfen. Er will sich im Hier und Jetzt um seinen Sprössling mit dem erlauchten Ziel vivat crescat floreat kümmern.

Das Beste für seinen Sprössling zu wollen und es auch tatsächlich zu schaffen, ihm nur das Beste und ausschliesslich das Beste zu geben, auf dass dieser perfekt gedeihe, sind, das muss Hans Günther erkennen, zwei verschiedene Paar Schuhe. Immer sind es banale Dinge, die sich dem beinahe erhaschten Glück in den Weg stellen und es irgendwie vergällen. Sein Glück könnte perfekt sein, wenn da, zum Beispiel, nicht die Wohnungsfrage wäre.

Die Klinikleitung kann ihm trotz frühzeitig eingereichtem Gesuch keine für eine kleine Familie mit Kleinkind geeignete Wohnung auf dem Areal von Königsfelden anbieten. So ist Hans Günther dazu verdonnert, trotz Kleinfamilie weiterhin in seiner Bude zu hausen, die mit Verbindungstüre neben der Bude liegt, die Gret als

Laborantin der Klinik nach der Verheiratung mit ihm, dem Arzt, zugewiesen worden war. Die beiden Buden ohne eigenes Bad und ohne eigene Toilette eignen sich nicht für ein Paar mit einem Kleinkind. Peter, der inzwischen als Nachfolger des alten Chefs K. Direktor der Heil- und Pflegeanstalt Königsfelden geworden ist und alles versucht, um für Gret und Hans Günther und das Kind in einem der vielen Gebäude im Park von Königsfelden eine geeignete Wohnung oder Wohnmöglichkeit zu finden, kann beim besten Willen keine geeignete Lösung präsentieren. So zieht Gret mit Rainerlein für die Dauer, bis auf dem Klinikareal eine für eine Kleinfamilie geeignete Wohnung erhältlich ist, zu ihren Eltern, Nänne und Vatter nach Oberrohrdorf. Und Hans Günther ist dazu verdammt, Wochenend-Vater zu spielen, wenn er an freien Wochenenden Frau und Kind in Oberohrdorf besucht.

Kollege P. hatte mehr Glück gehabt. Mit beharrlich vorgebrachten Argumenten hatte er die Bewilligung der Direktion der Klinik und der Gesundheitsdirektion in Aarau bewirkt gehabt, ausnahmsweise als Arzt ausserhalb des Klinikareals zu wohnen. P. hatte für sich und seine Familie prompt ein Haus in Windisch, im Wagnerhof gekauft. P. und seine Frau sind seit der Heirat und nun mit dem Familienzuwachs glücklich vereint und können das Familienleben geniessen.

Hans Günther ärgert sich, dass er in der Wohnungsangelegenheit nicht forscher aufgetreten war. Nachträglich ist er überzeugt, dass sich bei entsprechenden Forderungen eine Lösung hätte finden können. Doch seine gute Erziehung und sein Anstand verbieten ihm, für sich etwas heftig zu fordern. Gleichzeitig ist ihm klar, wenn sich in seinem Innern zu viel aufstaut, vergisst er sich selber und explodiert. Wenn er explodiert, schreit er unvernünftig in der Gegend herum. Schämt sich danach ungemein. Solche Explosionen muss und will er auf jeden Fall vermeiden. Hatte sich keine solche Explosion bei der Wohnungsfrage leisten können und wollen. Aus der Literatur schallt ihm die Aufforderung entgegen, „sieh vorwärts, Werner, und nicht hinter dich!". Dieses Schiller-Zitat zieht einen Schweif von Zitatblitzen hinter sich her . „Wer da?", „Der Rest ist Schweigen" und so weiter, bis wieder Ruhe einkehrt mit „Was grinsest du mir hohler Schädel her". Der Tumult in Gustavs Kopf nimmt bisweilen verrückte Ausmasse an. Intuitiv aber greift er, an seinem Arbeitstisch sitzend, wieder nach den Akten, in deren Studium er vertieft gewesen war, bis das gedankliche Gehader ihn abschweifen liess. Nun will er weiterlesen. Obacht, sagt er sich, sonst lande ich bei all den verrückten Gedanken noch in der Klapsmühle. Bei diesem Gedanken bricht Hans Günther spontan in ein Gelächter aus. Sogleich schaut er angstvoll um sich, ob sein Büro-Kollege P. sein unvermitteltes und grundloses Lachen mitbekommen hat.

Der kurze Blick in P.s Richtung, lässt Hans Günther aufschnaufen. Kollege P. scheint so sehr in seine Arbeit vertieft, dass er nichts von Hans Günthers Lachanfall mitbekommen zu haben scheint. Kollege P. schwebt, schiesst Hans Günther durch den Kopf, auf einer rosaroten Wolke. Was Hans Günther durchaus nachempfinden kann. Kollege P. und Hans Günther und auch Gret und Kollege P.s Frau hatten sich köstlich amüsiert gehabt, als sie im gleichen Zeitpunkt im Frühling feststellten, dass sowohl Kollege P.s Frau als auch Gret, Kollege P.s Frau zum zweiten, Gret zum ersten Mal, schwanger sind. Inzwischen sind beide Kinder geschlüpft. Beides sind Söhne. Kollege P.s Andreas ist einen Tag nach Hans Günthers Rainer geboren.

Die Vorstellung, dass Hans Günther den kernigen Kollegen P. spontan mit einer rosaroten Wolke in Verbindung gebracht hatte, amüsiert Hans Günther. Er wundert sich, wie zufällig die gegensätzlichsten Dinge, Menschen und Gegebenheiten oft zusammenfinden. Diesen Gedanken mit Kollege P. und der rosaroten Wolke muss er memorieren. Der Gedanke ist zu putzig. Der Gedanke darf nicht ins schwarze Loch der Erinnerung plumpsen und auf Ewig und Immer verschwunden bleiben.

Hans Günther neckt Kollegen P. mit der Bemerkung, „und, wie lebt es sich als frischgebackener Vater eines Sohnes?" Kollege P. sieht von seiner Arbeit auf. Grinst Hans Günther an und schüttelt seinen Kopf.

Die überschwängliche Freude des frischgebackenen Vaters Hans Günther bekommt jeweils einen gewaltigen Dämpfer, wenn er den Säugling-Sohn Rainer in Oberohrdorf in seinen Armen hält und dieser in die Windeln scheisst. Gesäubert werden muss. Hans Günther ertappt sich dabei, dass er allen Ernstes erhofft und erwartet hatte, der Sohn katapultiere ihn, den Vater, in einen immerwährenden Glückzustand, der alles Übrige des nervenzehrenden Alltags zu vernachlässigbarer Winzigkeit zusammenschrumpfen lasse, so dass es wie verschwunden ist. Denkste, muss Hans Günther sich spontan sagen. Die in freudiger Erwartung aufgeblasene Vaterseins-Illusion zerplatzt in gewissen Momenten wie ein Luftballon. Auch wenn der Kleine schreit und nicht zu beruhigen ist. Ernüchterung macht sich breit. Eine Ernüchterung, die der frischgebackene Vater bei der Gratulationsflut, die ihn plötzlich einnebelt, nicht zeigen darf. Er möchte unbedingt niemanden enttäuschen. Gute Miene zum keineswegs bösen, aber dennoch von schleppender Alltäglichkeit geprägten Spiel machen. Hans Günther befürchtet, dass die lieben Menschen in seinem nächsten Umfeld, die ihm wohlgesinnt sind und ihn immer unterstützen, jetzt, wo sein sehnlichster Wunsch in Erfüllung gegangen ist, ihn nicht verstehen werden, wenn er trotz des grossen Glücks dieses Gesicht zeigt, von dem kürzlich unabhängig voneinander drei ihm wichtige Menschen ihm zugeworfen hatten, „dir sieht man immer gleich an, wenn dir etwas nicht in den Kram passt." Dieses Gesicht, das er den andern ohne Wissen zeigt und das er selber nicht sieht, verrät ihn. Offensichtlich gelingt es ihm schlecht, seine Devise, immer nur lächeln, auf seinen tatsächlichen Gesichtsausdruck umzusetzen. Diese Menschen, die nicht mit seinen Schwierigkeiten zu kämpfen haben, leben einen geordneten Alltag und wissen nicht, wie es ist, wenn alles im weiteren, nicht von allen wahrnehmbaren Umfeld drunter und drüber geht und die schrecklichsten Dramen sich abspielen. Hans Günther verflucht seinen ihm angeborenen Denkzwang. Er stellt sich vor, wie ein einfaches Gemüt sich schlicht und einfach freuen kann. Sich seine Freude von niemandem und nichts verderben lässt. Der Gedanke, dass er, der als nicht ganz ungescheites Wesen, sich zeitweise in total verqueren Vorstellungen wiegt, produziert ihm ein amüsiertes Grinsen ins Gesicht. Genau in dem Moment, wo sein geliebtes Scheusälchen, sein Goldfasan, seine Gret ihm den frisch gewickelten, nicht mehr stinkenden, doch angenehm duftenden Sprössling Rainer zurück in seine Arme legt. Dabei mit verschmitztem Lächeln, das Hans Günther dankbar wahrnimmt, fallen lässt, „dein seliges Lächeln über deinen Rainer, das deine oft allzu ernste Miene seit er da ist, vertrieben hat, ist mir die grösste Freude, liebster Hansel, und gibt mir den Mut über alle Schwierigkeiten hinweg zu finden." Hans Günther darf bei diesen Worten seiner geliebten, doch nach der Geburt etwas fragilen Gret keine Miene verziehen. Als Arzt, der aus Neigung sich am liebsten auf dem Gebiet der Frauenheilkunde betätigt hätte, nun aber, der Not des Flüchtlings aus Deutschland in der Schweiz folgend, in der von ihm anfänglich verabscheuten Psychiatrie gelandet ist, diagnostizierte er in ihm eingepflanzter Professionalität bei seinem Weibchen, das oft gedämpfter Stimmung ist, beim Stillen wegen entzündeter Brustwarzen Probleme hat und das Stillen aufgeben muss, einen Anflug von postnataler Depression. Erschrickt darob ungemein. Kann sich das zufällig Erkannte nicht mehr aus seiner Birne schlagen. Behält die ‚Diagnose' jedoch für sich, muss von da an erleben, wie diese ‚Diagnose' immer bei jeder passenden und unpassenden Gelegenheit in die Erinnerung juckt und sorgt sich ab sofort im Geheimen um das Wohlbefinden seines Weibchens. Unser Glück, redet er sich standhaft ein, ist nun perfekt. Hans Günther bemüht sich, seine mild lächelnde Gret anzustrahlen und die Nähe von Rainer in seinen Armen zu spüren. Den Moment zu geniessen. Denn bald schon ist das Wochenende vorüber und er muss alleine von Oberrohrdorf zurück in die Klinik pilgern, wo er die Arbeitswoche alleine in seiner Bude, in seinem Büro, auf den Patientenabteilungen verbringt. Kein Anlass, Trübsal zu blasen. Bald, bald kommen bessere Zeiten. Schliesslich hatte er alles in allem Glück gehabt und ist, wie Mottl ihm in ihren Briefen mehrmals geschrieben hatte, ein Sonntagskind.

Hans Günther erträgt mit Fassung, wie sein Rainer fern von ihm seine erste Zeit erlebt. Kann ihn nicht anschauen, wie er tagtäglich aussieht und sich ganz, ganz wenig, aber doch stetig verändert. Er kann am Alltag seines kleinen Sohnes bloss besuchsweise an Wochenenden oder dienstfreien Tagen teilhaben. Dann aber ist die kleine Familie im offenen Haus seiner Schwiegereltern, Nänne und Vatter, immer umgeben von unzähligen Leuten. Hans Günther verbittet sich, die Situation, die an sich unter den gegebenen Umständen ideal ist, nörgelnd zu hinterfragen.

Der glücklich frischgebackene Vater Hans Günther des so sehnlichst gewünschten und ihm nun endlich geschenkten, meist ruhigen, dann und wann genüssliche Glucks-Laute von sich gebenden, manchmal auch schreienden Söhnleins Rainer verflucht einmal mehr seinen Hang zum Denken. Weshalb kommen ihm ständig irritierende Gedanken in die Quere! Weshalb kann er nicht, wie einfache Gemüter, das geniessen, was er im Hier und Jetzt hat und in Händen hält. Nach dem Motto, quand on n'a pas ce qu'on aime, il faut aimer ce qu'on a. Er hat ja so Vieles, selbst wenn … Weshalb bloss muss ihm immer das Aufstossen, was leicht zu verdrängen wäre, er aber um nichts auf der Welt verdrängen und locker wegstecken kann! In Hans Günthers riesige Freude über den Sohn sickert die in seinem Innersten gärende, im normalen Alltag leicht zu verdrängende Bitternis über das unerbittliche Schicksal hinein, dass ihm ein normales Familienleben, wie es andere als selbstverständlich nehmen, noch nicht vergönnt ist. Das traute Familienglück trotz der unschuldigen Zuversicht Grets bei realistischer Betrachtung der Gegebenheiten in den Sternen geschrieben steht. Hans Günther ist heilsfroh, wie seine geliebte Gret praktisch denkt und in ihrer unterkühlten Art sich nicht aus der Ruhe bringen lässt.

Hans Günthers Glück ist perfekt. Er kann an all seine Freunde, Verwandten und Bekannten, verstreut auf die ganze Welt, das erste Foto von Vater und Sohn senden, mit der Bemerkung, nun sei sein Glück perfekt. Tatsächlich ist Hans Günthers Glück beinahe perfekt. Als ihm beim Anblick von Gret in Oberohrdorf wieder einmal seine heimliche Diagnose der postnatalen Depression in seine Erinnerung springt, kommt er nicht umhin, seine Sorge um seine geliebte Gret mit Nänne zu teilen. Die gütige, lebenskluge, gebildete, gescheite Nänne beruhigt Hans Günther. Das Greti müsse sich an die neue Situation erst gewöhnen. Das werde sich schon geben. Er, Hans Günther, solle ruhig mit Vatter in den Leuen gehen, um an dessen Jass-Runde teilzuhaben. Hans Günther ist erleichtert. So dankbar, dass er in dieser Schweizerfamilie mit so offenen Armen empfangen worden ist. Im Leuen, wo Vatter darauf besteht, dass er, Hans Günther, nicht bloss zuschaue, aber mitjasse, muss Hans Günther sorgsam darauf achten, nicht aus Versehen falsche Karten auszuspielen, um nicht von Vatter polternd gerügt zu werden.

5.

Als älteste von drei Schwestern hatte Bertie sich immer verantwortlich gefühlt für ihre jüngeren Schwestern. Insbesondere für die Jüngste, Gret, die sechs Jahre jünger ist als sie. Der mit seinen Geschäften und mit Politik im Dorf, in der Region, im ganzen Land und im Ausland ständig beschäftigte und für die Freisinnigen und für den Schützen- und andere Vereine ebenfalls engagierte Vatter ist zu wenig anwesend, um die wahre Situation wahrzunehmen. Die herzensgute Nänne findet ihre Töchter so etwas Besonderes und so gelungen, dass es ihr nie auch nur im Traum einfallen würde, ihrer Jüngsten ins Gewissen zu reden und sie zu ermahnen, fleissiger zu sein und etwas zu lernen. Diese ständige Sorge um die etwas gar leichtlebige Gret, die im Leben nichts ernst zu nehmen scheint, ist Bertie geblieben, obwohl Gret nun eine verheiratete Frau und Mutter eines kleinen Söhnleins ist. Familie ist und bleibt nun mal Familie. Zum Glück hat ja Gret jetzt ihren Hans Günther, der eine echte Bereicherung der Familie ist.

Peider, der Sohn von Bertie, inzwischen sieben Jahre alt, ist ganz aus dem Häuschen, dass seine ‚Gotte' (Patentante) Gret einen kleinen Buben hat. Betrachtet den Kleinen von Gotte Gret, Rainerlein, als seinen Bruder und lässt sich diesen Glauben nicht ausreden. In der Schule, der ersten Klasse, berichtet er stolz, er habe ein Brüderlein bekommen. Bekommt eine Schülerin oder ein Schüler dieser ersten Klasse ein Geschwisterchen, singen alle Schülerinnen und Schüler der Klasse unter dem Dirigat der Lehrerin ein schönes Liedchen zu Ehren des neuen Erdenbürgers. Die Lehrerin mag nicht glauben, dass Peider ein Brüderlein bekommen hat.

„Ich bin deiner Mutter noch vor einer Woche im Dorf begegnet. Sie hat mir überhaupt nichts davon erzählt, dass sie ein Kindlein bekommen wird."

„Und wenn ich sage, ich habe ein Brüderlein. Es heisst Rainer und ist ganz, ganz klein. Der Kleine."

Um Peider nicht zu enttäuschen, heisst die Lehrerin die Klasse aufstehen und das Lied ,Im Aargäu sind zwöi Lièbi' (Im Aargau sind zwei Liebe) anstimmen und Peider steht mit geschwellter Brust da und freut sich riesig. Am nächsten Tag muss er der Lehrerin kleinlaut gestehen, sein ,Muèti' habe gesagt, der Kleine gehöre ,Gotte' Gret und sei nicht wirklich sein Bruder. Doch für ihn sei der Kleine sein Bruder.

Die Misere, dass auf dem ganzen Klosterareal für die junge Familie keine hübsche Wohnung aufzutreiben ist, findet Bertie schauderös und redet Peter ins Gewissen.

„Vergiss nicht, es geht um deine Schwägerin, auf die du so viel gibst, ihren Mann und ihr kleines Kind!"

„Gerade weil es die Familie meiner Schwägerin ist, darf ich als Direktor die Welt nicht auf den Kopf stellen. Die Innenräume dieser vielen neueren, alten und uralten Gebäude in Königsfelden sind nun mal nicht als Familienwohnungen konzipiert. Oder erwartest Du, dass ich ihnen in der Krypta der Klosterkirche eine hübsche kleine Wohnung herrichten lasse!"

„Vati, mit dir kann man nicht diskutieren."

„Muèterli, das dürftest du längst gemerkt haben."

Im Grunde ist Bertie erleichtert, dass Gret mit dem Kleinen vorerst bei Nänne und Vatter in Oberrohrdorf bleibt. Dort hat sie, die mit dem Kleinen rasch mal überfordert sein könnte, die notwendige Hilfe bei der Pflege des Säuglings durch Nänne und alle hilfreichen Geister, die immer im K.-Haus herumschwirren. Hans Günther hätte bei seinem beruflichen Engagement weder genügend Zeit noch Energie, um sich um Gret und den Kleinen zu kümmern. Ganz abgesehen davon, dass die Pflege von Säuglingen Frauensache ist. Gret wäre tagsüber gerade in einer Wohnung in Königsfelden meist mit dem kleinen Kind alleine. So ist die vorübergehende Lösung, die getroffen wurde, aus Berties Sicht, nicht unbedingt schlecht.

Damit Hans Günther als Strohwitwer unter der Woche nicht zu viel Trübsal blasen muss, bitten sie und Peter ihn öfter nach dem Abendessen zu einem Glas Wein, was Peider total freut. Wenn Onkel Hans Günther kommt, ist der Junge ganz aus dem Häuschen. Dann spielen Peter und Hans Günther entweder Schach oder Hans Günther und Bertie lesen gemeinsam in der Odyssee auf Griechisch.

Bei diesen Gelegenheiten wird Hans Günther nicht müde, sein Erstaunen darüber zu äussern, wie Nänne und Vatter ihrer ländlichen Umgebung zum Trotz, für eine Weltläufigkeit stehen, die ihn, der er aus bildungsbürgerlicher, standesbewusster, preussischer Herkunft stammt, in diesem kleinen Dorf Oberrohrdorf mit Landleben exotisch anmutet. Wie dankbar er ist, dass das Schicksal ihn in eine für ihn so wundersame, exotische Welt verschlagen hat. Bertie ist stolz auf ihre Herkunft. Es freut sie, dass Hans Günther diese Herkunft richtig einschätzt.

Dann wieder schwärmt er davon, wie er sich mit Nänne wunderbar über Literatur austauschen kann. Dass er hier in der Schweiz und erst noch auf dem Land eine Frau finde, die Heinrich Heine verehre, aber auch Börne, Herwegh, Freiligrath und Zschokke kenne, hätte er am Wenigsten erwartet. Überdies teile sie seine Bewunderung für den deutschen Maler Caspar David Friedrich, könne es aber nicht lassen, ihm das Werk des Schweizer Malers Hodler näher zu bringen. Sie mache ihn ebenfalls auf die Künstler Amiet, Hubacher und Trudel aufmerksam. Diese Künstler, die sie persönlich kenne und die als namhafte Künstler mit ihr, der „einfachen Frau vom Land", wie sie sich selber bezeichnet, verkehren. Er habe total den Narren gefressen an dieser feinsinnigen Schwiegermutter, die zu allem und jedem hübsche Geschichten zu erzählen wisse. Die den Bezug zu ihrem ländlichen Alltag plastisch werden lassen. Die nüchterne Bertie ist von Hans Günthers Überschwang, der bedenklich an Angeberei grenzt, seltsam berührt, gleichzeitig fühlt sie sich aber auch geschmeichelt, weil er ihr Elternhaus, wie sie findet, zu recht so lobt.

Bertie und auch Peter sind glücklich, dass ihr Schwager so kulturbeflissen ist. Bertie ist zudem neugierig auf die Geschichten, die Nänne Hans Günther anvertraut hat. Schliesslich gingen viele dieser Geschichten in einem gewöhnlichen Alltag schlicht unter.

Hans Günther ist ein begnadeter Geschichtenerzähler und benötigt bloss ein Stichwort, um sogleich loszulegen. Als der Bildhauer Hermann Hubacher Nänne eine kleine Bronce-Skulptur habe schenken wollen, habe sie die wunderschöne Skulptur als Geschenk abgelehnt und darauf bestanden, zumindest die Kosten des Gusses zu übernehmen. Der Guss habe 6'000 Franken gekostet. Was sie aus ihrem eigenen Geld bezahlt habe. Vatter habe dann kopfschüttelnd gefragt, was sie denn für das ‚Titti‘ (das Püppchen), damit meinte er die ‚Hubacherin‘, die Bronce-Skulptur einer stehenden Frau in griechisch anmutendem bodenlangem Gewand, bezahlt habe. „He nun, so etwas wie 600 Franken,“ murmelt Nänne. Vatter habe sich entsetzt gezeigt. Eine Schande, dass für ein solches ‚Titti‘ 600 Franken bezahlt würden, wo mit diesem Geld eine Bauernfamilie ein Kalb kaufen könnte. Selbstverständlich habe Vatter Nännes Schwindelei durchschaut und mit Augenzwinkern, schmunzelnd sein Entsetzen gebrummt. Nänne liebe Vatter dafür, wie er in allem auf dem Boden der Wirklichkeit bleibe, ihr Tun dennoch respektiere und sie gewähren lasse. Vatter spiele gerne den widerborstigen Brummbär und versuche damit, seinen Erfolg als gut vernetzten Geschäftsmann und Macher zu überspielen. Sein Interesse an der grossen, weiten Welt komme nicht von ungefähr. Als kleines Kind bereits habe er die ersten Brocken Französisch gelernt und seine Liebe für Frankreich immer beibehalten. Auf dem Hof seiner Eltern seien nach 1871 Soldaten der in der Schweiz internierten Burbaki-Armee platziert gewesen. Die französisch sprechenden Soldaten hätten ihren Spass an diesem Kleinkind, Vatter, gehabt. Ihm französische Brocken beizubringen versucht. So sei das erste Wort, das Vatter als Kleinkind gesprochen habe, ‚pomme‘ (Apfel) gewesen. Und mit dem unverständlichen Begriff ‚Pfyffe-Lampe‘n Öl‘ (das unsinnige Wort Pfeifen-Lampen-Öl als Verschweizerdeutschung des französischen ‚vive l’empereur‘) habe das Kind sich ebenfalls abgemüht.

Bertie meint, man müsste diese Geschichten unbedingt aufschreiben und festhalten, damit sie für die nächste Generation nicht verloren gehen.

„Du bist ja jetzt Vater eines Sohnes, Hans Günther. Das verpflichtet! Und du kannst so gut Schreiben. Nicht nur für dein Rainerlein. Auch unser kleiner Peider und wir alle könnten davon profitieren."

Bertie merkt, dass Hans Günther einer guten Gelegenheit aufgelauert hatte, um ein vertrauliches Gespräch mit ihr zu führen. Sie fühlt sich geschmeichelt und ist sehr neugierig auf das, was er ihr anvertrauen wird. Er befürchte, beginnt er zögernd zu sprechen, dass das kleine Söhnchen in Oberrohrdorf verhätschelt werde. Das sei keine Kritik an Nänne und Vatter, doch liege ihm daran, dass sein Sohn nicht zu sehr verwöhnt werde. Bertie lacht Hans Günther aus. Gefühlsduselei und Verhätschelung sei nicht im Geringsten das Ding von Nänne und Vatter. Sie selber sei das beste Beispiel dafür, wie nüchtern und kühl Nänne und Vatter mit Kindern umspringen. Als sie zwölf Jahre alt geworden und die Frage aufgetaucht sei, wo sie die Bezirksschule, die es im kleinen Dorf Oberrohrdorf nie gegeben hat, besuchen solle, im benachbarten Mellingen oder Baden, sei in Rothrist, weit weg von Oberrohrdorf in einem andern Teil des Aargau, gerade eine Bezirksschule gebaut und eröffnet worden. In Rothrist habe damals die alte ‚Gotte' von Vatter gelebt. Sie habe es als alleinstehende Frau und Modistin zu erheblichem Wohlstand gebracht. Durch die Strohhut-Industrie in Wohlen und Umgebung seien Hüte aus dem Aargau in der gesamten damals bekannten und bereisbaren Welt begehrt gewesen. Die ‚Gotte' habe als Modistin Kundschaft für Hüte in ganz Europa bedient, sei ihrer Kundschaft durch halb Europa, gleichsam als Störmodistin, nachgereist und habe damit viel

Geld verdient. Die ‚Gotte' habe dann festgestellt, dass sie als beste Steuerzahlerin in Rothrist die neue Bezirksschule zum grössten Teil selber finanziert und dabei doch als Altledige und alte Jungfer kein Kind habe, das nun die Schule besuche. Ihr Neffe, Vatter, solle unbedingt eine seiner Töchter zu ihr in Pflege geben. Damit zumindest ein Familienmitglied in den Genuss der neuen Bezirksschule komme. So sei sie, Bertie, von ihrer Familie getrennt und bei der uralten ‚Gotte' und deren ebenfalls uralten Magd in das stattliche Haus an der Hauptstrasse in Rothrist platziert worden. Sie habe schrecklich unter Heimweh gelitten. In der Schule habe sie sich moralisch verpflichtet gefühlt, weil die ‚Gotte' ja den Bau der Schule bezahlt habe, alle angebotenen Freifächer, oder zumindest möglichst viele davon, zu belegen, um zur Genugtuung der ‚Gotte' vom Angebot der Schule so viel als möglich zu profitieren. Als es darum gegangen sei, wer von der Klasse Latein, dann auch Griechisch lernen wolle, habe sie sich verpflichtet gefühlt, sich zu melden. Mit der uralten ‚Gotte' und der uralten Magd habe sie diese Dinge nicht besprechen können. So sei sie die Einzige ihres Jahrgangs gewesen, die Latein- und Griechisch-Unterricht genossen habe. Nänne und Vatter hätten überhaupt nicht verstanden, weshalb sie in Rothrist so unglücklich sei. Die uralte ‚Gotte' sei eben schon sehr speziell gewesen. Einmal habe sie gesehen, wie die ‚Gotte' auf dem ‚Bänkli' (kleine Bank) vor dem Haus in der letzten Abendsonne die Zeitung lese. Die Zeitung jedoch verkehrt in den Händen halte. Sie habe die ‚Gotte' darauf angesprochen. „Sie, Gotte, ihr habt ja die Zeitung verkehrt in der Hand." Die ‚Gotte' habe unwirsch geantwortet, das spiele keine Rolle. Mit dieser blöden Brille sehe sie sowieso nichts und könne die Zeitung unmöglich lesen. „Sie, Gotte, dann müssen wir zum Optiker in die Stadt fahren und ihnen eine neue, bessere Brille besorgen."

Blödsinn, habe die ‚Gotte' gesagt. Ohne Brille würde sie die Zeitung bestens lesen können. Was aber tratschen die Leute im Dorf herum, wenn sie sehen, wie die alte Schachtel die Zeitung noch ohne Brille liest!

Hans Günther amüsiert sich über diese Geschichten und Geschichtchen aus dem familiären Legendenfundus. Und Bertie fügt noch an, er brauche sich nicht die geringsten Sorgen zu machen, dass der kleine Rainer in Oberrohrdorf von Nänne und Vatter verhätschelt werde. Sie seien zwar liebe und gute Menschen, doch gefühlsduselig zu sein, nein, das könne man ihnen nicht nachsagen. Berties Achtung vor Hans Günther in seiner Rolle als Vater steigt. Er kümmert sich darum, was aus seinem kleinen Söhnchen werden soll. Er wird, so ahnt sie, Präsenz bei dessen Erziehung zeigen und Gret die notwendige Stütze sein, die sie benötigt, um als Mutter gut zu funktionieren und ihrer Mutterschaft mit dem notwendigen Ernst zu begegnen.

Bertie bekommt mit, dass Hans Günther eine neue Sorge hat, die ihn von seiner Sorge um seine kleine Familie ablenkt. Hans Günther erhält die empörende Mitteilung von seiner Bank in Brugg, dass sein Geld auf seinem Schweizer Bankkonto gestützt auf ein neu erlassenes Gesetz als ‚deutscher Besitz' gesperrt ist und er nicht mehr darüber verfügen kann. Bertie kann es kaum fassen, dass ein inzwischen Staatenloser, ehemals Deutscher, der in Nazi-Deutschland aus rassischen Gründen verfolgt worden war, nun plötzlich wieder als normaler Deutscher behandelt und als solcher, nach dem Krieg, in der neutralen Schweiz als Feind behandelt wird, ebenso wie sein Vermögen in der Schweiz. Bertie dringt auf Peter und Vatter ein, sich um Gottes willen für Hans Günther und sein Geld einzusetzen.

Beide strecken ihre Waffen. Das sei nun mal, so tragisch und schwer zu ertragen es sei, Ironie des Schicksals, wie die Politik sie gelegentlich schreibe und gegen die der einzelne Bürger machtlos sei.

Eines schönen Tages kommt Hans Günther mit der Neuigkeit, dass Kollege P. ihn darauf aufmerksam gemacht habe, in einem Nachbarhaus am Wagnerhof sei in einem Zweifamilienhaus von Baumeister R. eine hübsche Dreizimmerwohnung mit zusätzlicher Mansarde frei geworden. Zu Berties grossem Erstaunen erklärt Peter sogleich, ein Gesuch von Hans Günther um Bewilligung, ausserhalb des Klinikareals in Windisch zu wohnen, werde er ohne weiteres befürworten und bei der Gesundheitsdirektion in Aarau sich stark machen, dass es von dort durchgewinkt werde. Bertie kennt Frau Baumeister R. und verspricht, wenn Gret das nächste Mal auf Besuch in Königsfelden sei, werden sie zusammen Frau Baumeister R. besuchen und bei ihr Tee trinken. So sei ihnen die Wohnung sicher. Hans Günther kann für sich und seine kleine Familie die Wohnung auf Frühjahr 1947 mieten. Bertie und Peter sehen, dass das Glück von Gret und Hans Günther nun perfekt ist. Endlich ist die kleine Familie vereint. Kann ein normales Familienleben pflegen. Peider ist ausser sich vor Freude, dass sein Bruder – er lässt sich nicht ausreden, dass der Kleine von ‚Gotte' Gret nicht sein Bruder ist – nun ganz in der Nähe wohnt und er mit ihm spielen kann, wann immer er will. Auch Gret scheint sich riesig auf die neue Wohnung zu freuen. Sie erweist sich als geniale Innenarchitektin und bald schon ist die Wohnung wohnlich eingerichtet. Im Mansardenzimmer hat Hans Günther sein eigenes Reich. Bei künftigen Besuchen von Verwandten aus Deutschland, die in Bälde wieder möglich sein werden, da die Grenzen soeben wieder aufgegangen sind, kann das Mansardenzimmer als Gästezimmer benutzt werden.

Zum Empfang des Sohnes in der neuen Familienwohnung will Hans Günther, wie er Bertie erzählt, im Spielwarengeschäft in Brugg für Rainerlein ein Kuscheltier besorgen. Bertie begleitet ihn ins Spielwarengeschäft. Für den Sprössling muss es etwas Besonderes sein. Nicht einer dieser gewöhnlichen Teddy-Bären. Hans Günthers Blick schweift über die Gestelle voller Plüschtiere. Sein Blick bleibt unwillkürlich hängen. An einem weissen Windhund. Ein hart gestopfter, schlanker Körper aus Leinen mit textilem, schütterem Fell. Buschiger, langer Schwanz. Ein in die Nasenspitze langgezogener, harter Kopf. Vier harte, dünne Stecken-Beine. Zwei lumpige Schlappohren. Gläserne, braune Knopfaugen. Der Anblick dieses Plüschtieres weckt in Hans Günther, wie er Bertie gesteht, alte Erinnerungen, die ihm Tränen in seine Augen treiben. Mottl und Vatel hatten es immer geliebt, sich am freien Ärztenachmittag in Liegnitz mit dem Liegnitzer Arzt Paul G. und dessen Frau Erna zu treffen. Hans Günther hatte sich mit deren gleichaltrigem Sohn Heino angefreundet. Begleitete seine Eltern oft zu diesen Treffen und den gemeinsamen Ausflügen. Erna G., eine sehr schicke und attraktive Erscheinung, macht, wo immer sie erscheint, Furore, auch mit ihrem prächtigen Barsoi, ihrem Windhund. Diesen Plüsch-Windhund, der ihn an Erna G.s Barsoi erinnert, muss er für seinen Sohn erstehen. Bertie ist irgendwie stolz auf den exklusiven Geschmack ihres Schwagers. Sie lacht fröhlich auf.

„Dieses steife Plüschtier soll zum Kuscheln sein! Hans Günther, Hans Günther!"

Der kleine Sohn dreht und wendet den Plüsch-Windhund, bis er auf den buschigen, kuscheligen Schwanz stösst. Ihn drückt er an sich. Sein Plüschtier an dessen Schwanz haltend, schleppt er es, sobald er vorerst auf wackligen Beinchen gehen kann, mit sich herum, in der neuen Wohnung. Im Wagnerhof. In Windisch.

6.

Gret blüht auf. Endlich eine eigene Wohnung. Eigene vier Wände, die sie und ihre kleine Familie bewohnen. Sie ist froh, der Behütung in ihrem Elternhaus, die zwar bequem gewesen war und sie entlastet hatte, entflohen zu sein. Nun kann sie endlich ihren Alltag nach ihrem eigenen Gusto selber organisieren. Vor allem auch als Gastgeberin im eigenen Heim fungieren. Sie liebt Gesellschaft, die sie sich selber auswählen und geniessen kann. Doch bald schon merkt sie, wie schwierig es ist, ihre Vorstellungen unter einen Hut zu bringen. Da ist der Kleine für den sie rund um die Uhr da zu sein hat. Er ist putzig, gedeiht prächtig und bereitet ihr viel Freude. Gleichzeitig aber beschränkt er ihre Möglichkeiten, ihren Alltag nach Lust und Laune zu gestalten. Die örtliche Nähe zu ihrer ältesten Schwester Bertie kommt ihr zwar entgegen. Sie kann den Kleinen bei ihr abliefern, wenn sie Freundinnen und Bekannte auswärts treffen möchte. Gleichzeitig aber ist Berties Peider bereits Schüler und sie kann ihr das Kleinkind nicht immer zumuten. Hans Günther wiederum ist zu beschäftigt, als dass er Zeit finden würde, die Betreuung des Kleinen von Zeit zu Zeit zu übernehmen. Ganz abgesehen davon, dass Gret bald mitbekommt, wie wenig der sehr begeisterte und stolze Vater mit einem Kleinkind anfangen kann. Viel eher davon träumt, was er mit seinem Sohn alles wird anstellen können, wenn dieser grösser und vernünftiger ist.

Gret weiss, dass das Preussentum an ihrem Hans Günther, dem nunmehr Staatenlosen, fest klebt, obwohl

Deutschland ihm äusserlich zumindest verlorengegangen ist. Er gibt seinen Glauben an Deutschland und die guten Deutschen nicht auf. Das bewundert sie an ihm. Sie ermuntert ihn auch, jetzt, nach dem Krieg, seine beinahe pathologische Vorsicht abzulegen und dem Verein Neues Deutschland, der vom Emigranten Wolfgang Langhoff gegründet worden war und inzwischen auch legal ist, beizutreten. Die Bewunderung für ihren Hans Günther treibt Gret dennoch in einen Zwiespalt, wenn sie beobachtet, wie Hans Günther, im Scherz zwar, voller Ironie, auf preussische Art, mit burschikoser Strenge, auf das Söhnchen einredet. Doch das Söhnchen scheint sich vom Tonfall Hans Günthers nicht beeindrucken zu lassen. Spontan denkt Gret, schön wäre es, wenn das Söhnchen die sanfte Art von Nänne entwickelt und nicht das Zack-Zack-Preussische von Hans Günther. Dieser Gedanke irritiert Gret. Gibt ihr zu denken.

Überhaupt ist nicht alles ganz so rosig, wie Gret es sich erträumt hatte. Die hübschen Sonntagsspaziergänge mit Mann und Kinderwagen. Die wenigen Momente, wo sie zu Dritt in der Stube sind und Hans Günther und sie sich an den Tönen und Wortbrocken und Satzfetzen, die der Kleine von sich gibt, ergötzen. Wenn sie bei Freunden, Verwandten, Bekannten zu Besuch sind oder diese sie besuchen und sie stolz ihren Sprössling vorführen und bewundern lassen. All das täuscht nicht über die Alltagsmomente hinweg, wo Gret an ihre Grenzen stösst. Wenn der Kleine ihr kaum Ruhe lässt. Wenn sie ahnt, dass Hans Günther das, was ihn bedrückt mit ironischen Scherzen überspielt und ihr nicht sagen kann oder will, was ihn belastet. Wenn Hans Günther als Deutscher Anfeindungen ausgesetzt ist. Was zwar selten geschieht, weil er inzwischen recht bekannt und als Arzt geschätzt ist. Doch wenn er wegen seiner Herkunft gemieden oder herablassend behandelt wird, leidet Gret mit. Wenn dann wieder amtliche Papiere ins Haus flattern und Hans Günther ob der Zumutungen ganz aus dem Häuschen gerät. Geradezu erfrischend sind die vielen Briefe, die Hans Günther von Freunden und Verwandten, die auf die ganze Welt zerstreut sind, erhält. Dann erzählt er so gerne und meisterhaft, wie sein Leben früher in Schlesien mit all den Verwandten und Freunden gewesen ist. Diese Freude am Erzählen und Erinnern vergällen nicht einmal die in den meisten Briefen enthaltenen schrecklichen Nachrichten über Verwandte und Freunde, die die Verfolgung nicht überlebt haben, in Konzentrationslagern ermordet worden sind. Machtlos ist Gret auch in Anbetracht der Sorge von Hans Günther um seine Schwester Ilse und deren Familie, die in Schlesien das Kriegsende erlebt haben, 1946 aus Schlesien, wie alle Deutschen, vertrieben worden zu sein scheinen, von denen er aber seit Jahren keine Nachricht mehr hat, weil der Postverkehr mit Deutschland eingestellt ist. Gret, die von Natur aus ein fröhlicher und offener Mensch ist, muss sich oft sehr bemühen, um ob all der Alltagssorgen nicht ihren Kopf hängen zu lassen. Sie weiss, dass sie Hans Günther in dieser für ihn so schwierigen Zeit eine Stütze sein muss. Sie darf keine Schwäche zeigen. Sonst würde auch er sich gehen lassen. Der Alltag bedeutet für sie oft Druck von zu vielen Seiten. Doch grundsätzlich ist sie glücklich über die eigene Wohnung und ihre kleine Familie, die auch in schwierigen Zeiten zu strahlen vermag. Mit ihren Sorgen und Nöten will sie niemanden in ihrer Umgebung belasten. Bloss Peter, ihrem Schwager, gegenüber wagt sie bisweilen sich zu öffnen, insbesondere wenn er nicht locker lässt und wissen will, wie es ihr nicht offiziell, doch tatsächlich geht. Das tut ihr gut und gibt ihr Kraft. Ihre Sorge, dass sie ob all dieser Alltagsdinge den Kleinen vernachlässige, verscheucht Peter mit der Bemerkung, dass der Kleine zu einem munteren und recht selbständigen Kerlchen heranwachse. Das würde nicht der Fall sein, wenn er vernachlässigt würde.

„Hans Günther kann nicht allzu viel mit Kleinkindern anfangen und ich, ich habe manchmal schlicht nicht mehr die Kraft …", bricht es aus Gret hinaus.

„Welche Eltern sind perfekt?! Schau den Kleinen an und freue dich, wie er gedeiht. Zermartere nicht dein Gehirn," wirft Peter mit ermutigendem Lächeln hin.

Bei Gret macht sich in Momenten der seelischen Erschöpfung diese Stimmung breit, wo nichts mehr zählt, ihr alles egal ist und es bloss noch darum geht, das eigene Gleichgewicht wieder zu finden. In solchen Momenten würde sie am liebsten den gesamten Bettel hinschmeissen. Den Kleinen Bertie schenken, die ein solches Geschrei um ihn veranstaltet. Und Hans Günther sich selber überlassen. Würde ihre Arbeit als Laborantin wieder aufnehmen, die sie so sehr erfüllt. Schon bloss das Zulassen solcher Gedanken schürt in Gret ein schlechtes Gewissen und das Gefühl, undankbar zu sein.

Ein Teil von Hans Günthers Angespanntheit legt sich, als Post aus Deutschland von seiner Schwester Ilse eintrifft. Die ganze Familie hat die Vertreibung aus Schlesien, das von Russen und Polen eingenommen worden war, die Flucht nach Westdeutschland heil überstanden. Die Familie ist zwar getrennt. Die Kinder sind in Westdeutschland in Schullagern untergebracht, Ilse getrennt auch von ihrem Ehemann. Gret schlägt Hans Günther vor, er solle zumindest die Kinder für Ferien in die Schweiz einladen.

„Können wir uns das leisten. Sie haben alles verloren. Sie kommen ohne nichts"

Gret schüttelt ihren Kopf und grinst. Sie braucht nicht einmal zu erwähnen, dass auf Vatter und Nänne in finanziellen Engpässen immer Verlass ist. So kommt es, dass im Sommer 1947 der inzwischen Fünfzehnjährige Neffe von Hans Günther, Karl-Heinz, ehemals Pimmer genannt, den Hans Günther während zehn Jahren nicht mehr gesehen hatte, nun ein schlaksiger, hochgeschossener Jüngling, der in der Schweiz zum ersten Mal wieder richtig zu futtern bekommt, in Windisch und Oberrohrdorf weilt. Sehr zur Freude vom kleinen Rainer, der über den grossen Onkel staunt, der da plötzlich auftaucht, aber ein Cousin sein soll, genauso wie Peider. Sobald andere Menschen rum sind – und das ist oft der Fall – gelten Gret und Hans Günther für den kleinen Rainer nichts mehr. Gret wundert sich, wie furchtlos mit breitem Grinsen im kleinen Gesichtchen der Kleine auf fremde Menschen zugeht und keine Scheu zu kennen scheint. Hans Günther ist sichtlich froh, dass er kaum mehr mit seinem noch unverständigen, oft trotzigen kleinen Sprössling am Boden herumzukriechen braucht und nicht ständig ein kleines Klammeräffchen abzuwehren braucht, das zu den unmöglichsten Zeiten an ihm herumkrabbelt und seine Aufmerksamkeit fordert. Hans Günther erwähnt auch Gret gegenüber, wie sehr es ihm Genugtuung bereitet, dass Rainerlein als neugierig die Welt erkundender kleiner Junge nicht ständig an Rockzipfeln von Frauen hängt, die ihn, weil er so süss ist, bloss verhätscheln.

Wie aus allen Wolken fällt Gret, als Hans Günther nach dem Öffnen seiner Post total geknickt dasitzt, Tränen unterdrückt und Gret zwei Briefe hin schmeisst.

„Da lies!," würgt er in herrischem Ton hervor.

Ein Brief stammt, wie Gret weiss, von der Primarschullehrerin Hans Günthers in Heidelberg, während des letzten Jahres des ersten Weltkriegs, als er dort eingeschult worden war. Sehr zum Entsetzen von Mottl, die sich schwer damit abfinden kann, dass ihr Söhnchen eine öffentliche Schule besuchen muss. Mit dieser Lehrerin behält Hans Günther, der auch ein oder zwei Semester in Heidelberg studiert hatte, über all die Jahre Kontakt. Fräulein Maria S., wie ihr Name lautet, rät Hans Günther dringend davon ab, nach Deutschland zurückzukehren, um sich in Deutschland eine Existenz als Arzt aufzubauen. Die Verhältnisse seien zu chaotisch und die Aussichten sehr schlecht. Es könne noch lange dauern, bis Deutschland sich erhole. Ihr Rat stütze sich auf unzählige Gespräche, die sie mit Ärzten in Heidelberg geführt habe. Der zweite Brief ist offensichtlich von einem Medizinprofessor, den Hans Günther während seines Semesters in Heidelberg kennengelernt hatte. Auch er rät, wie Fräulein S., zurzeit dringend von einer Rücksiedlung nach Deutschland ab.

Gret glaubt zu träumen. Kein Sterbenswörtchen hatte Hans Günther ihr gegenüber fallen gelassen, dass er eine Rückkehr nach Deutschland plant. Sie ist total geschockt, dass er Dritte in seine Pläne einweiht, bevor er sie mit ihr bespricht.

„Entschuldige, Hans Günther, doch so geht es schlicht nicht. Wir sind eine Familie. Du kannst nicht einfach über mich verfügen, ohne dass du mich fragst, was ich …"

„Mein Goldfasan, ich wollte dich nicht beunruhigen, bevor ich mich versichert hatte, ob tatsächlich eine Rückkehr nach Deutschland ratsam und sinnvoll ist," presst Hans Günther unter Tränen hervor. „Wir hätten gemeinsam entschieden. Wenn du nicht gewollt hättest, wären wir sowieso hier geblieben. Wie wir jetzt auch bleiben. Doch musst du mich verstehen, mit all den Aufregungen immer über meine Aufenthalts- und Arbeitsbewilligung hier ..."

„Jetzt kannst du doch ein Einbürgerungsgesuch stellen, dann wird alles hier viel besser ..."

Gret beobachtet konsterniert und irritiert, wie Klein-Rainerlein am Nachmittag die längste Zeit auf dem Balkon der Wohnung steht, seine Wangen an das Geländer geschmiegt, seinen Blick auf das Geschehen auf der Strasse gerichtet. Es ist ihr peinlich, wie der Bub die längste Zeit gebannt das Geschehen auf dem Weg unten verfolgt. Auf dem Weg unten formiert sich der Leichenzug vom alten Vater St., der im Nachbarhaus verstorben ist. Zuerst fährt der Leichenwagen, gezogen von zwei Pferden auf die Sackgasse ein. Wird gewendet. Wartet. Die Pferde scharren unruhig auf dem Kiesweg des Wagnerhofs. Rainerlein starrt fasziniert hin. Nach einiger Zeit kommt aus dem Hauseingang des am Ende der Sackgasse etwas tiefer gelegenen Nachbarhauses zuerst ein Weihrauchfass schwingender Ministrant im schwarzen Talar mit weissen Spitzen-Bäffchen die Treppe von der Haustüre zum Gartentor und zum auf dem Wagnerhof wartenden Leichenwagen hoch. Gefolgt von einem weiteren Ministranten, der ein Holzkreuz trägt. Nun ist Klein Rainerlein mit keiner Gewalt mehr von seinem Hochsitz wegzukriegen. Gret versucht mehrmals, ihn in die Wohnung zurück zu locken, mit Aufforderungen, mit Versprechen von Süssigkeiten, wenn er reinkomme. Mit der Androhung, ihn nicht mehr zu lieben, wenn er nun nicht endlich gehorche und in die Wohnung reinkomme. Ihre Bemühungen zeitigen keinen Erfolg. Inzwischen wallt aus dem Trauerhaus der Priester in wallendem Gewand hoch zum Leichenwagen. Gleich hinter ihm sechs Männer in schwarzen Anzügen, die den Sarg tragen. Dahinter die schwarz gekleidete Trauerfamilie. Dann setzt sich der Trauerzug, angeführt vom Landjäger R., dann der Leichenwagen, gezogen von den Pferden, dahinter die trauernde Familie bedächtigen Schrittes in Bewegung, um am Ende des Wagnerhofs in die Lindenhofstrasse einzubiegen. Das Spektakel dauert über eine Stunde. Klein-Rainerlein harrt die ganze Zeit über mucksmäuschenstill aus. Gret sorgt sich, dass Rainerlein Dinge mitbekommt, für die er zu klein ist. Als sie Hans Günther ihre Sorge am Abend mitteilt, wirft dieser in ironischem Spott hin, wer Augen habe, der wolle etwas sehen. Hans Günther lässt sich selbst mit der Bemerkung, er sei der Spezialist in Sachen Psyche, nicht dazu bewegen, Rainerlein das Beobachtete in geeigneter Form zu erklären.

Gret ist erneut schwanger. Hans Günther ist stolz, dass Rainerlein ein Geschwisterchen bekommt.

Hans Günther berichtet Gret, als er an einem späten Nachmittag von der Arbeit nachhause kommt, wie er beobachtet hat, dass sein Sprössling vor dem Nachbarhaus der T.s in T.s Garten mit deren Tochter Hildegard im Sandkasten spielt. Im Moment, wo er die beiden wahrgenommen habe, ohne dass sie ihn hätten sich nähern sehen, seien die beiden wie erstarrt im Sandkasten gehockt. Rainerlein starrt entsetzt und angeekelt Hildegard an. Aus Hildegards Nase rinnen Bäche von Rotz. Hildegard fängt diese Bäche von Rotz genüsslich mit ihrer Zunge ein und befördert sie in ihren Mund. Hans Günther, den dieser Anblick, wie er Gret gesteht, geekelt habe, fragt sich ernsthaft, ob diese Hildegard der richtige Umgang für seinen

Sprössling sei. Ob er von ihr nicht Dinge lerne, die ekelhaft sind. Gret schüttelt ihren Kopf über die Weltfremdheit ihres Hans Günther.

Gret freut sich, dass ihr Hans Günther zur Geburt von Bettina für die Geburtsanzeige dichtet, ‚Rainerlein, zwei Jahr allein, hat seit heute ein Schwesterlein'. Kurz nach der Geburt von Bettina hält Hans Günther, wie Gret zufällig dem offen daliegenden Tagebuch entnimmt, in diesem fest, ‚Rainer bockt in letzter Zeit etwas zu reichlich. Mithin lese ich ihm nach dem Znacht den Struwelpeter vor'. Gret scheint, dass Hans Günther überglücklich ist, nun auch ein Jüngferchen zu haben, das er nach Strich und Faden verwöhnen darf. Es ist nicht auf ein männliches Ideal zu trimmen wie der Bub. Hans Günther scheint vernarrt in die etwas pummelige Trulla und macht Rainerlein, der immer wieder trotzt, klar, dass das Jüngferchen, das oft quietschvergnügt ist, sein Liebling ist. Gret wundert sich, wie wenig die Reaktion des Vaters den Sohn zu berühren scheint. Sie sorgt sich, dass der kleine Rainer sein kleines Schwesterlein oft quält. Beginnt es zu heulen, steht er wie die Unschuld vom Lande daneben. Dritten gegenüber erklärt er offen, die Eltern sollten das schreiende, kleine Ding dorthin zurückbringen, wo sie es geholt hätten. Er benötige es nicht.

Die Klinik kann der jungen Familie endlich eine Wohnung auf dem Klinikareal anbieten. Im Mitteltrakt des Hauptgebäudes, im obersten, zweiten Stockwerk. Drei riesige Zimmer mit einem Bad, eigenen Toiletten, Küche und zwei riesigen eigenen Korridoren. Diese zur Privatwohnung erklärten Räumlichkeiten sind nicht zusammenhängend. Bestehen aus zwei Blöcken, zwischen denen an öffentlich zugänglichen Räumen das steinerne, riesige Treppenhaus mit rund 180 Stufen vom Erdgeschoss bis ins zweite Stockwerk, eine riesige Eingangshalle mit vier dicken, hohen Säulen aus Papier Maché und teils überdeckt mit einem flachen Glasdach, das durch den darüber liegenden Estrich spärliches Tageslicht in die Halle lässt. Dann liegt auch der klinikeigene Festsaal mit Theaterbühne und angeschlossenen Funktionsräumlichkeiten zwischen den beiden Blöcken der Privatwohnung. Gret und Hans Günther stören diese Gegebenheiten nicht. Im Gegenteil, Gret geniesst es, so wieder am Puls der Klinik teilzuhaben. Die Raumhöhe des zweiten Stockwerks ist, wie auch beim ersten Stockwerk, rund vier Meter. Im Erdgeschoss, das geprägt ist von der grossen Stein-Eingangshalle mit zwei Reihen von je sechs Steinsäulen, dazwischen ein breiter Durchgangsweg, ist wesentlich höher. Im gesamten ersten Stockwerk der Klinik befindet sich die Direktionswohnung mit pompösen Repräsentationsräumen. Diese Wohnung bewohnen, seit Peter Direktor der Klinik ist, Bertie, Peter und Peider, zusammen mit zwei Dienstmädchen. Gret ahnt, dass der Umzug aus der bescheidenen Dreizimmer-Wohnung im Dorf mit dazugehörendem Mansardenzimmer in die palastartige Wohnung im Mitteltrakt des Hauptgebäudes von Königsfelden grosse Veränderungen und neue Perspektiven, Beziehungen und Anknüpfungen bringt. Die Nähe zu Bertie und ihrer Familie ist Gret einerseits angenehm, andrerseits weiss sie, dass Hans Günther sich gesellschaftlich von ihnen nicht vereinnahmen lassen, seine eigenen Beziehungen pflegen will.

7.

Gloria platzt einmal mehr vor Spott über die ach so gescheiten Herren der Schöpfung, wenn es um praktische Dinge geht, beinahe der Kragen. Die ach so gescheiten Herren der Schöpfung scheinen vor lauter Gescheitheit ein Brett vor dem Kopf zu haben und die einfachste Lösung eines Problems nicht sehen zu wollen. So dass sie, Gloria, die kleine Tipse, die niemand wirklich ernst nimmt, in Erscheinung treten muss. Alle staunen, dass ausgerechnet ihr etwas so Gescheites einfällt. Und zum Schluss, wenn alles funktioniert, streiten die Herren der Schöpfung darum, welcher von ihnen als erster auf diese geniale Idee gekommen ist.

Genauso soeben abgelaufen in Sachen Wohnung Doktor B.. Doktor B. hat bei Gloria ein Stein im Brett. Ihr gefällt seine galant-charmante Art. Dass man sich mit ihm auch über ernsthafte Dinge, zum Beispiel die Oper und Literatur unterhalten kann. Zudem ist er einer der wenigen Männer, dem ihr Anblick Freude zu bereiten scheint. Sie ist sich ihrer fraulich üppigen Rundungen bewusst, streicht sie mit eng anliegen Röcken, Blusen und Pullovern gerne heraus. Sie ist stolz darauf, körperlich mehr bieten zu können, als eine flache Bügelbrettfigur mit zwei Rosinen als Brüsten. Zudem scheint Doktor B. sich nicht an den kursierenden, bösen Gerüchten über ihre Vorgeschichte zu stossen, die ihm bestimmt zugetragen wurden und die andere veranlassen, sich ihr gegenüber überheblich zu zeigen. Einerlei, Gloria spürt immer wieder, wie Doktor B.s

Blick an ihren Rundungen hier und dort spontan mit sichtlichem Vergnügen hängen bleibt. Als Doktor B. vor bald zehn Jahren seine Tätigkeit als Assistenzarzt in Königsfelden aufgenommen hatte, zufällig am gleich Tag wie Schwester Marga, die Laborantin, die sich dann später den immer munteren Doktor B. geangelt hat und Frau Doktor B. geworden ist, war Gloria noch in anderer Funktion in der Klinik tätig gewesen. Als Doktor M. dann ärztlicher Direktor von Königsfelden wurde, hatte er sie als seine Sekretärin gerufen, weil auch er auf Geschwätz nichts gibt und ihre fachlichen Qualitäten zu schätzen weiss.

Zuerst jammern der Verwalter und der Buchhalter von Königsfelden, der Revisor aus Aarau beanstande, und dies zu Recht, dass zwei der Assistenzärzte von Königsfelden, Doktor P. und Doktor B., ausserhalb der Klinik im Dorf Windisch wohnen, wo klar Wohnsitzpflicht des ärztlichen Personals im Klosterareal vorgeschrieben ist. Dann jammert Direktor M., Glorias Chef, dass just zwei Assistenzärzte gekündigt hätten. Es brauchte Gloria um herauszufinden, dass die beiden die Klinik verlassenden Assistenzärzte als unverheiratete Männer in recht luxuriösen, in der Nähe von einander liegenden Räumlichkeiten des Hauptgebäudes von Königsfelden gehaust hatten. Der eine in Räumen, die einer Zweizimmerwohnung gleichkommen, mit Küche und Bad und Toilette, der andere in einer sehr geräumigen Einzimmerwohnung, ohne Küche, doch mit Toilette. Erkläre man diese nicht gerade nebeneinander liegenden Wohneinheiten zu einer Wohnung, könne man einen der im Dorf Windisch wohnenden Ärzte zurück in die Klinik holen. Zum Beispiel den Doktor B. mit seiner kleinen Familie, der in einer jederzeit kündbaren Mietwohnung wohne. Da Doktor P. ja das Haus, in dem er in Windisch wohne, gekauft habe, sei es ihm weniger zuzumuten, zurück ins Kloster zu ziehen. Damit wäre auch Schwester Marga, wie Gloria sie nach wie vor nennt, die heutige Frau Doktor B., die Gloria gut mag, obwohl sie total verschieden sind, wieder in Königsfelden. Gloria würde sie öfter sehen und sprechen. Schwester Marga übte, obwohl höhere Tochter aus guter Familie, bis zu ihrer Verheiratung mit Doktor B. und der Geburt des ersten Sohnes als Laborantin einen normalen Beruf aus. Zudem ist sie überhaupt nicht eingebildet. Auch als nunmehr Frau Doktor B. hat sie sich nicht verändert. Gloria rechnet es Schwester Marga auch hoch an, dass sie ihr gegenüber nie abweisend gewesen war, wie andere, die wegen ihrer Geschichte moralische Vorbehalte gegen sie haben. Obwohl das Schicksal sie, Gloria, für ihren Fehltritt, den sie nie bereut hat, hart gebüsst hat. Gloria wundert sich, dass ihr Chef, der sonst gut für seinen Schwager Doktor B. und seine Schwägerin Gret, Frau Doktor B. oder Schwester Marga schaut, nicht selber auf diese geniale Idee mit diesen frei werdenden Räumlichkeiten als Wohnung für Doktor B. und dessen Familie gekommen war.

Doktor B. und Schwester Marga sind begeistert von dieser Wohnung. Sie stören sich nicht daran, dass zwischen den beiden Wohneinheiten eine riesige Säulenhalle als Eingangsbereich zum riesigen Festsaal der Klinik mit eigener Theaterbühne und kleinen Funktionsräumen liegen. Schwester Marga meint, es sei perfekt. Im Wohnbereich mit Küche, Bad, Toilette und zwei Zimmern würden sie ihr Schlafzimmer und das Kinderzimmer einrichten, im anderen Bereich mit dem rund hundert Quadratmeter grossen Raum, dem Korridor und der Toilette die Stube mit Sitzgruppe und Essbereich. Die Räume sind riesig, schlossartig. Von der Wohnung im zweiten Stock des Gebäudes in sein Büro braucht Doktor B., an der Direktorenwohnung mit der riesigen Säulenhalle im Eingangsbereich und dem prunkvoller Grünen Saal im ersten Stock vorbei, insgesamt bloss sechs Treppenfluchten à je dreissig Stufen runterzurennen und schon ist er in seinem Büro im Erdgeschoss und am Puls des Geschehens. Zu den Mahlzeiten ist er im Nu oben bei seiner Familie.

Gloria bekommt von ihrem Logenplatz im Sekretariat des Direktors der Klinik im Erdgeschoss des Hauptgebäudes der Klinik neben ihrer Arbeit ungewollt auch Einiges mehr mit über die Lebensgewohnheiten und den privaten Alltag der Ärzte, die im Hauptgebäude wohnen. Ihr Chef, Direktor M., hatte schon bald, nachdem er zum Direktor befördert worden und aus dem Einfamilienhaus hinter der Klosterkirche beim Stall in die Direktionswohnung im Hauptgebäude umgezogen war, mitbekommen, dass sein Sohn Peider, wenn dieser seinen Vater, den Chef, aufsuchen will, in ihrem Büro hängen bleibt. Sie liebt es, wenn der Primarschüler Peider aus seinem Leben erzählt. Nun, da auch Doktor B. und Schwester Marga mit ihren beiden Kleinen im Hauptgebäude wohnen, folgt auch der kleine Rainer, der bereits selbständig in diesem riesigen Gebäude umhergehen kann, den Spuren seines von ihm bewunderten grossen Cousins Peider und landet in ihrem Büro. Doktor B. und Schwester Marga versuchen zwar, dem kleinen Rainer zu erklären, dass sie, Gloria, arbeiten müsse und er sie nicht stören dürfe, doch der Kleine hört nicht auf seine Eltern und taucht nach Lust und Laune im Büro von Gloria auf. Gloria erklärt seinen Eltern, dass der Kleine sie nicht störe. Er setze sich an den freien Schreibtisch in ihrem Büro, fühle sich dann stolz wie ein Erwachsener. Wenn sie ihm Papier und Farbstifte gebe, zeichne er voller Inbrunst und störe sie nicht im Geringsten bei ihrer Arbeit. Gloria, die Kinder sehr gut mag, freut sich, dass sie, nachdem Peider älter und selbständiger geworden ist und nicht mehr so häufig bei ihr im Büro auftaucht, Anlaufstelle für den Kleinen, Rainer, ist. Gloria bekommt mit, dass Rainer von seinem älteren Cousin Peider – liebevoll – der Kleine genannt wird. Die übrigen Familienmitglieder, vor allem Herr und Frau Direktor M. übernehmen diese Bezeichnung. Gloria übernimmt sie ebenfalls spontan. Ein weiterer Kontakt mit dem Kleinen ergibt sich im Rahmen von Glorias beruflicher Tätigkeit.

In jungen Jahren hatte Gloria eine Gesangsausbildung genossen und ganz andere Lebensträume gehabt. Der Krieg und die Notwendigkeit, einen guten Brotberuf zu haben, hatten ihr einen Strich durch ihre Rechnung gemacht. Unglücklich darüber war sie nie gewesen. Wegen ihrer Gesangs- und Musikausbildung war sie darauf gekommen, dass sie mit Patientinnen der Klinik einen Chor aufbauen und leiten könnte. Der Chef ist begeistert von diesem Vorschlag. Mit Hilfe der Ärzte und des Pflegepersonals eruiert sie die Patientinnen, die gerne im Chor mitwirken und dazu in der Lage sind. Die Patientinnen die für den Chor ausgewählt werden, sind begeistert und Gloria hat grossen Spass daran. Chorproben und Chorauftritte finden im Festsaal der Klinik statt, wo das klinikeigene Klavier steht. Der Festsaal liegt zwischen den beiden Wohntrakten der Wohnung von Doktor B. und seiner Familie. Der Kleine, Rainer, checkt rasch, wann die wöchentliche Chorprobe stattfindet. Schleicht sich zuerst durch die elterliche Wohnung und verschiedene Türen in den Festsaal. Gloria fordert ihn auf, aus seinem Versteck hinter einer Säule hervorzukommen. Wenn er sich ruhig verhalte und nicht störe, dürfe er ohne weiteres zuhören und ebenfalls im Festsaal bleiben.

Der Kleine gesteht Gloria, dass er ihren, Glorias, Gesang und ihr Klavierspiel liebe. Ein besonderer Genuss sind ihm das Dabeisein und das Zuhören, wenn Gloria Klavier und Gesang ausserhalb der Chorproben im Festsaal für sich alleine übt. So kommt es, dass Gloria sich für Doktor B.s, den Kleinen und bald auch sein kleines Schwesterchen zu einem Fixpunkt mit beschränktem Familienanschluss entwickelt. Dann und wann lädt sie den Kleinen und sein Schwesterchen auch zu sich nachhause ein. Dann wünscht sich der Kleine immer Omeletten mit Hackfleischfüllung. Er liebe diese Speise. Zuhause gebe es sie nie.

Schwester Marga unterhält sich mit Gloria gerne über Mode und lässt sich von ihr anhand von Modemagazinen beraten, wenn es darum geht, der Störschneiderin, die jährlich zweimal ein paar Tage bei den Familien Doktor B. und Direktor M. verbringt, Auftrag für neue Kleider zu geben. Doktor B. wiederum findet immer wieder einen Vorwand, um ins Büro von Gloria zu platzen, gibt dann vor, sich für die Störung zu entschuldigen. Lässt sich dann von Gloria gerne auf einen kleinen Schwatz in ihr Büro einladen. Neulich hat er das Rauchen von Zigaretten aufgegeben. Erklärt, um seine Raucherei zu reduzieren, sich bloss noch wenige Stumpen oder seltener Zigarren zu genehmigen. Bietet jedoch Gloria ihm eine ihrer Mary Longs an, mag er die Zigarette aus Höflichkeit nicht auszuschlagen. Gloria weiss, wenn ihm der Sinn nach einer Zigarette steht, platzt er in ihr Büro. Dann unterhalten sie sich über Neuerscheinungen auf dem Gebiet der Literatur und über die neusten Opernaufführungen in Zürich. Themen, die sie beide brennend interessieren. Pro forma entschuldigt Doktor B. sich immer wieder bei Gloria, dass seine beiden Kinder sie so oft belästigen. Gloria beruhigt Doktor B.. Sie liebe Kinder und sie seien so wohlerzogen, dass sie sie bei der Arbeit nie störten. Insbesondere der Kleine sei ja so feinsinnig und so kreativ.

„Schön, wie sie das sagen, Fräulein G.," wirft Doktor B. zwischen zwei Zügen aus der Mary Long hin, „doch sollte er auch lernen, sich mit andern Jungs zu raufen, anstatt immer gleich davonzurennen!"

Der Kleine zeichnet schrecklich gerne. Als kleiner Junge ungelenk und aus kindlich wilder Fantasie heraus. Mit zunehmendem Alter entwickelt er eine ausgesprochene Fertigkeit im Zeichnen und Gloria sieht, dass er echt Talent zum Zeichnen hat. Der Kleine zeichnet vor allem Frauen. Schöne Frauen. Sie kritisiert seine Zeichnungen und regt Korrekturen an, wenn die Proportionen der Figuren nicht stimmen. Leitet ihn an, die Figuren in Modemagazinen, die sie ihm reicht, zu studieren. Um dann anhand der Fotografien zu erkennen, wie er seine Zeichnungen perfektionieren könne. Der Kleine vertieft sich in die Zeitschriften. Dann legt er los. Aus seiner Fantasie zeichnet er Frauen in schönsten Abendroben. Mit so viel Können und Formgefühl, dass Gloria total begeistert ist.

„Weshalb zeichnest du ausschliesslich Frauen und keine Männer," fragt Gloria den Kleinen.

Der Kleine sieht Gloria mit ernstem Blick an und hebt dann zu seiner Belehrung an.

„Frauen sind schön, Fräulein G.!"

„Männer etwa nicht?"

Der Kleine stutzt. Schaut Gloria an, wie wenn sie den grössten Unsinn behauptet hätte. Dann kriegt er einen Lachanfall. So dass Gloria sich fragt, ob er je wieder zu lachen aufhört. Diese Reaktion des Kleinen berührt Gloria seltsam. Der Kleine beklagt oft bitterlich, dass die Eltern von ihm schrecklich viel mehr fordern, als von seiner kleinen Schwester. Er werde für ein gewisses Tun oder Nichttun ausgescholten, während die Eltern seine kleine Schwester bei gleichem Tun oder Nichttun belächeln und nicht tadeln. Auch Gloria bekommt mit, wie Doktor B. als stolzer Vater sein Jüngferchen, wie er es nennt, nach Strich und Faden verwöhnt und milde lächelnd betrachtet, während er von seinem Sprössling, wie er den Kleinen nennt, klar zackiges Auftreten und Wehrhaftigkeit fordert. Der Kleine, der nun mal kein wilder Kerl ist, schneidet eine Grimasse, wenn sein Vater ihn zurechtweist und scheint sich nicht weiter beeindrucken zu lassen.

Nach der Arbeit, bevor sie nachhause geht, packt Gloria die neusten Zeichnungen des Kleinen und zeigt sie stolz Schwester Marga, Frau Direktor M. und anderen Frauen. In diese Runde platzt auch Doktor B.. Er bekommt mit, wie die Frauen sich amüsieren und sich an den Zeichnungen ergötzen. Bis eine der Frauen entzückt ruft, „der Kleine wird bestimmt einmal Modeschöpfer werden, ein zweiter Dior!" Gloria fällt auf, wie Doktor B.s Gesichtsausdruck bei diesen Worten bares Entsetzen zeigt. Anstatt sich über die Kreativität seines Jungen freuen, tut er es anscheinend als weibisches Getue ab. Als er bemerkt, wie sie, Gloria, ihn anschaut, zieht er eine Grimasse und schüttelt seinen Kopf. Ein Sohn mit solchen Talenten scheint für den gebildeten und so charmanten Doktor B. als Vater eine schwer zu schluckende Kröte zu sein. Doktor B. macht kein

Hehl daraus, dass er den um sieben Jahre älteren Cousin des Kleinen, Peider, der eine Sportskanone und gewissermassen ein Haudegen ist, total bewundert und zu tiefst bedauert, dass sein Sprössling diesem Peider, den der Kleine so sehr bewundert und bei dem er immer rumhängt, nicht nachschlägt.

Gloria kann das Heranwachsen des Kleinen aus einer Aussenperspektive beobachten und bekommt so Einiges mit, das sie interessiert und das sie selber bei ihrem eigenen Sohn, Butzli, nie hatte miterleben dürfen.

Der Kleine ist inzwischen stolzer Kindergärtner. Darf selbständig ohne Begleitung den Park von Königsfelden verlassen. Vorsichtig, nach links und rechts schauend, die viel befahrene Zürcherstrasse überqueren. Ins Dorf hinein stechen und den ihm vertrauten Weg bis zum Haus gehen, wo der Kindergarten sich befindet. Eines schönen Tages sucht Doktor B. wieder einmal Gloria in ihrem Büro auf. Zu ihrem Erstaunen ist Doktor B. diesmal nicht so beschwingt und ironisch verschmitzt wie sonst. Entgegen seiner Gewohnheit wartet er nicht ab, bis sie ihn auffordert Platz zu nehmen. Er setzt sich unaufgefordert auf den nicht benutzen Schreibtisch in ihrem Büro. Nimmt wie mechanisch die Mary Long-Zigarette, die sie ihm sogleich anbietet, und stiert vor sich in den Boden.

„Fräulein G., sie kennen mich seit Jahren und ich schätze sie ausserordentlich als Vertrauensperson. Wie soll ich mich verhalten? Ich weiss nicht weiter. Tituliert Rainer mich vor dem Vater einer Kindergarten-Mitschülerin, einem einfachen Arbeiter, als ihm klar zu machen versuche, dass er nicht so verträumt sein dürfe und nicht einmal zu wissen, wo er wohnt und wie er mit Nachnamen heisst, mit einem ‚Vati du bist dumm!' und stampft dabei trotzig auf den Boden. Der einfache Arbeiter musste das Lachen unterdrücken. Der Herr Doktor, der von seinem Sohn als dumm beschimpft wird! Wie stehe ich als Vater vor diesem einfachen Mann da!"

Gloria kennt einen Teil des Hintergrunds dieser Geschichte bereits vom Vortag. Am späteren Nachmittag war Schwester Marga aufgeregt in Glorias Büro gestürmt und hatte gefragt, ob der Kleine hier bei ihr sei. Er hätte bereits vor weit über einer Stunde aus dem Kindergarten zurück sein sollen. Gloria versucht, die fassungslose Schwester Marga zu beruhigen. Der Kleine werde bestimmt gleich auftauchen. Später hatte Gloria bei einem Blick aus dem Fenster mitbekommen, wie Doktor B. aus dem Hauptgebäude eilt und am Rondell mit dem römischen Springbrunnen vorbei in Richtung Dorf geht. Sie nimmt an, dass Doktor B. von Schwester Marga aufgefordert worden war, sich im Kindergarten und im Dorf auf die Suche nach seinem Sprössling zu machen. Der Chef weiss ebenfalls bereits vom Verschwinden des Kleinen. Ist sich aber sicher, dass der Kleine wieder auftauchen wird. Selbst kleine Kinder bräuchten ihre Freiräume und tauchten dann in der Regel wieder auf, sobald sie Hunger hätten. Einige Zeit später, wiederum bei einem Blick aus ihrem Bürofenster nimmt Gloria mit Erleichterung wahr, wie Vater und Sohn einträchtig am Rondell vorbei in Richtung Hauptgebäude stapfen. Das heisst, Vater und Sohn gehen neben einander her. Beide starren im Gehen je auf den Boden und Gloria ahnt, dass zwischen den beiden keine gute Stimmung herrscht. Nun also hat Gloria die Erklärung, weshalb gestern dicke Luft geherrscht hatte, weiss aber noch immer nicht, was vorgefallen war. Sie ist sich sicher, dass der Kleine bald bei ihr erscheinen und Näheres erzählen wird. Doktor B. will sie über die näheren Umstände nicht ausquetschen. Sie tröstet ihn damit, dass Kinder ihren Gefühlen freien Lauf lassen und halt bisweilen in Wut etwas sagten, das kurz darauf wieder vergessen sei.

„Sie haben recht, Fräulein G.. Meine Frau hat schon gesagt, ich dürfte Rainer nicht so hart anpacken und dürfte seine Launen nicht zu ernst nehmen. Danke für die Zigarette. Es hat mir gut getan, mit ihnen zu reden," sagt Doktor B.. Drückt die Zigarette im Aschenbecher aus und zottelt ab.

Kurz darauf steckt der Kleine nach zartem Anklopfen seinen Kopf durch den Spalt der leicht geöffneten Bürotüre, schiebt sich dann ganz in Glorias Büro hinein, pflanzt sich stolz vor ihr auf, schaut sie an und fragt strahlend, „schauen sie, Fräulein G., sehen sie etwas?".

Gloria lächelt den Jungen an. Mustert ihn von Kopf bis Fuss und schüttelt ihren Kopf zum Zeichen, dass sie nichts Aussergewöhnliches sehe.

„Der richtige Schuh ist am richtigen Fuss. Ohne dass Hedeli oder die Kindergartentante mir geholfen hat. Und die Schuhbändel habe ich auch selbst gebunden. Die Mäschchen sind nicht ganz so schön, wie wenn Hedeli …"

Gloria gibt vor, die in den Schuhen steckenden Füsse des Kleinen staunend anzustarren, und nickt in begeisterter Anerkennung.

„Und was hast du gestern ‚bosgèt' (angestellt), dass du nicht pünktlich nach dem Kindergarten nachhause gekommen bist?"

„Nichts. Das Hedeli hat so schöne Augen. Und sie sagt mir immer, welcher Schuh an welchen Fuss gehört. Und bindet mir dann auch ‚d Mäschli mit dè Schuèbändel' (die Mäschlein mit den Schnürsenkeln). Das habe ich ihnen aber schon mal erzählt, Fräulein G.. Nach dem Kindergarten habe ich ihr gesagt, dass sie meine Schuhbändel zu so schönen Mäschchen bindet. Und plötzlich sagt Hedeli. Ich wohne da, wenn du willst, komm mit rein. Fräulein G., so etwas haben sie noch nie gesehen. Eine so kleine Küche. Küchentisch. Eckbank. Und der Hedeli-Vati, so eine Postur", der Kleine plustert sich dabei auf und streckt seine Brust raus. „Und wissen sie was, er hat bloss ein Unterhemd getragen, ohne Ärmel, auf seinen Armen hat er viele, viele Härchen, die so aufgestanden sind. Und der Hedeli-Vati hat mit mir geredet, wie wenn ich erwachsen bin. Und die Hedeli-Mutti hat Most gegeben. Und wir haben Brot mit Butter und Zucker gegessen."

„Aha, und dann hast du nicht gewusst, wo du wohnst und wie du heisst!"

„Das hat ihnen Vati erzählt! Der Hedeli-Vati hat gesagt, jetzt ist aber höchste Eisenbahn. Du musst nachhause, sonst haben deine Eltern Angst. Wo wohnt du, welches ist dein Nachname. Ist mir nicht eingefallen. Der Hedeli-Vati hat mich bei der Hand genommen und ist mit mir durchs ganze Dorf gelaufen. Hat immer gefragt, wohnst du da oder da? Und dann sind wir Vati begegnet. Er hat mir befohlen, höre auf zu träumen. Wie soll ich aufhören zu träumen, wenn es aus mir heraus träumt. Kinder sind dumm, okay. Doch sie sind ja auch noch nicht erwachsen. Vati befiehlt, hör auf zu träumen. Ist doch dumm. Ich kann nicht aufhören zu träumen."

Gloria amüsiert sich, wie sie zur Klagemauer von Vater und Sohn in ihren Schattenkämpfen wird. Sie wundert sich nicht sonderlich, dass die beiden so oft aneinander geraten. Der zackige Vater, der am Beispiel von Peider sieht, wie er seinen Sohn haben möchte. Und der Sohn, der verträumt ist und unbeirrt seinen eigenen Weg geht. Doch ist der Kleine nicht nur den Vorstellungen seines Vaters ausgeliefert. Auch die Mutter, Schwester Marga, hat ihre Vorstellungen. Der Kleine besucht inzwischen die Primarschule. Wenn Gloria jeweils zur Arbeit geht, kommen ihr auf der Dorfstrasse die Schülerinnen und Schüler, die in Richtung Schulhaus gehen, entgegen. Unter ihnen auch der Kleine. Der Kleine kommt so ganz anders daher, als die Kinder vom Dorf. Er und Martin, ein anderer Junge aus Königsfelden, der Sohn eines Kollegen von Doktor B., gehören klar nicht zu den Cliquen der Jungs aus dem Dorf. Noch immer taucht der Kleine regelmässig in Glorias Büro auf.

„Weisst du, Fräulein G., wie die Jungs vom Dorf dich nennen?"

„Die Jungs vom Dorf kennen mich?"

„Weil du ja jeden Tag, ganz pünktlich, uns entgegen kommst, wenn wir zur Schule gehen. Die Jungs vom Dorf nennen dich ‚s' Achti-Frauèli`. Weil immer kurz vor Acht ist, wenn wir dir begegnen."

„Lustig. Du hast wieder ganz schöne Hosen und einen ganz schicken Pullover an."

„Vor mir hat Peider diese Hose tragen müssen, bis sie ihm zu klein geworden ist und Fräulein H., die Störschneiderin, sie für mich geändert hat und zwar so, dass ich, wie Mutti sagt, nicht gleich wieder daraus herauswachse. Also immer viel zu gross und schlotterig. Wie ein Clown. Mutti will, dass ich sie trage. Ist schon okay. Ich hätte lieber wie alle Jungs vom Dorf dunkelblaue, ganz enge Manchesterhosen mit Rissen drin, doch Mutti sagt, sei stolz darauf, dass du besondere Kleider bekommst und nicht wie alle anderen herumlaufen musst! Und dann der rote Pullover. Mutti strickt so gerne. Dann hat sie mir noch eine rote Kappe gestrickt, zum Pullover passend. Hier. Ich ziehe sie immer aus, wenn ich aus dem Haus raus bin und Mutti mich nicht mehr sieht. Als ich zum ersten Mal diesen roten Pullover und die Kappe tragen musste, haben die Jungs vom Dorf mich als Rotkäppchen verspottet. Und wenn die Jungs vom Dorf mich nicht wegen meinen Kleidern auslachen, dann weil ich eine totale Flasche im Sport bin, vor jedem auf mich zufliegenden Ball Schiss habe. Oder weil ich keine Muskeln habe, ein Knochengestell bin, ein Schwächling. Auch weil ich einen Tag schulfrei bekam, damit ich mit Mutti im Flugzeug nach Stuttgart fliegen konnte, zu meiner ‚Gotte' Ilse. Ach. Doch wenn ich zu den Schulkameraden sage, wollt ihr Totenschädel sehen, dann sind alle Jungs, die mich sonst plagen, plötzlich nett und sagen, au ja! Dann kommen alle mit, haben schrecklich Schiss den Park des Klosters zu betreten, weil sie Angst vor den Patienten haben und ihre Eltern ihnen verboten haben, sich dem Kloster zu nähern. Die Jungs reizt es doch, das Verbotene zu tun und dabei erst noch echte Totenschädel zu sehen. Die Grossmäuligen werden plötzlich kleinlaut und ganz okay. Dann führe ich sie in die Klosterkirche. Sie folgen mir nur zögernd, misstrauisch. Dann lasse ich sie die Totenschädel der gefallenen österreichischen Ritter bei der Schlacht von Sempach auf dem Katafalk sehen. Dann staunen die Jungs. Die Augen fallen ihnen beinahe aus ihren Köpfen raus. Dann verspotten sie mich nicht. Da ist es ihnen dann gleich, dass der Schwächling für ein paar Stunden ihr Anführer ist. Und zwei Jungs machen nie mit, wenn die andern mich verprügeln. Diese beiden Jungs sind echt nett.

148

Mit den Eltern vom einen Jungen darf ich sogar Velo-Ausflüge mitmachen, weil meine Eltern mit uns ja nicht Velo fahren."

„Hast du Mutti gesagt, dass du andere Kleider möchtest? Vati gesagt, dass die Jungs vom Dorf dich verspotten?"

„Schon. Doch Mutti sagt, ich sei ein verwöhnter Junge. Und solle zufrieden sein. Vati kann ich sowieso nichts recht machen und wenn ich sagen würde, ich werde verspottet, verspottet auch er mich. Ich darf keine Mickey Mouse Hefte, keine Biggels- und Karl May-Bücher lesen. Wenn ich aber sage, alle anderen dürfen, dann sagt er spöttisch, bist du etwa ‚alle anderen'? Vox populi vox Rindvieh. Er glaubt, ich weiss nicht, was das heisst. Doch ich weiss es. Peider hat es mir gesagt. Dafür gibt Vati mir von Gustav Freytag Soll und Haben, von Frances Hodgson Burnett Der kleine Lord und von Viktor von Scheffel Der Trompeter von Säckingen. Das ist schon okay. Vati ist immer so streng und schimpft mit mir. Zu Weihnachten hat er mir eine Schwarzwälder Uhr zum selber Zusammensetzen geschenkt. Von ‚Götti' bekam ich ein Buch geschenkt und habe das angeschaut. Dann hat Vati begonnen, die Uhr zusammenzusetzen. Ich durfte nicht helfen. Er hat gesagt, ich sei zu ungeschickt. Und ein verwöhnter Junge, der nicht einmal Freude an einer zusammensetzbaren Schwarzwälder Uhr habe. Dabei wollte ich bloss zuerst das Buch anschauen und dann … Und dann hat Vati mir das Dichterquartett gegeben. Auf jeder der Spielkarten ist das Porträt eines Dichters mit dessen Namen und den drei in die gleiche Kategorie gehörenden Dichter. Mir gefällt der Name Walter von der Vogelweide und ich kann das Gedicht, ‚Dû bist mîn, ich bin dîn, des solt dû gewis sîn, dû bist beslozzen, in mînem herzen,verlorn ist das sluzzelîn: dû muost ouch immêr darinne sîn' auswändig. Mir gefallen die Porträts von Heinrich Heine, Novalis und Josef von Eichendorff ganz besonders. Da staunen sie, wie? Das mit den Büchern und so ist schon okay. ‚Götti' hingegen kann ich alles sagen. Und Götti sagt mir, die Jungs vom Dorf beneiden mich, weil ich in der Schule so gescheit bin. Ich solle mich nicht beeindrucken lassen. Wenn ich einen anderen Vati hätte, wie Peider, der ‚Götti' als Vater hat, dann wäre auch ich anders. Doch ‚Götti' sagt, ich soll so bleiben wie ich bin."

Gloria weiss, dass der ‚Götti' (Patenonkel) des Kleinen ihr Chef, Direktor M., ist. Sie wundert sich, dass in diesen Verhältnissen, die gegen aussen hin so idyllisch scheinen, der Wurm drin ist. Obwohl sie das Vertrauen aller Nächsten im Umfeld vom Kleinen besitzt, mag sie sich nicht aktiv einmischen und ihre eigenen Überlegungen Doktor B. und Schwester Marga mitteilen. Schliesslich geht der Kleine stur seinen eigenen Weg. Scheint unter den Schattenkämpfen nicht echt zu leiden. Sein angespanntes Verhältnis zu seinem Vater und seine emotionale Distanz zu seiner Mutter scheint er mit Gelassenheit zu ertragen. Weiss sich zu helfen und bleibt trotz allem der liebenswerte, fröhliche, aufgeschlossene und fantasievolle Junge. Und er vertraut ihr, Gloria, so manches an.

Der Vater findet, dass der Kleine dem Beispiel seines Cousins Peider, der ein begeisterter Pfadfinder ist, folgen soll, damit ein richtiger Bub aus ihm wird. Der Kleine gesteht Gloria, dass er sich zuerst geweigert habe. Dann habe ‚Götti' ihm aber geraten, sich nicht gleich zu weigern, aber zuerst mal hinzugehen und zu schauen, ob es ihm dort, bei den Wölflein, den kleinen Pfadfindern, gefalle oder nicht. Gloria bekommt mit, dass der Kleine in ein Wölflein-Rudel aufgenommen wird und auf den Pfadfindernamen ‚Chäfer‘ (Käfer) getauft wird. Dieser Name geniert den Kleinen. Seine Wölfli-Kameraden rufen ihn nun auch im Schulhaus und im Dorf immer mit dem Namen ‚Chäfer‘. Mitschüler, die es mitbekommen, lachen ihn dann aus.

Dann kommt eine Geschichte, die der Kleine Gloria verschweigt, die Gloria aber in Bruchstücken von der kleinen Schwester Bettina vom Kleinen und Schwester Marga erfährt.

Die kleine Bettina erzählt Gloria die neuste Entwicklung in der Vater-Sohn-Beziehung.

„Vati hat Raini angeschrien. Du bist ein Lügner. Raini schreit zurück, ich habe nicht gelogen. Vati und Raini rennen einander um den Esstisch herum nach. Vati erwischt Raini. Zieht ihm die Hose runter, legt ihn über sein Knie und schlägt wie verrückt auf das nackte ‚Fudi‘ (Gesäss) von Raini ein. Dabei bekommt Vati einen knallroten Kopf und tanzt, während er schlägt, rundherum, so dass ich Angst habe, er schlägt Rainis Kopf gegen eine Kante des Esszimmerbüffets.“

Die Hintergrundgeschichte erfährt Gloria von Schwester Marga. Ihr Hansel habe einen Mann vom Dorf in ambulanter Behandlung, weil dessen Sohn psychische Schwierigkeiten habe. Hansel habe dem Mann dann vorgeschlagen, der Sohn möge den Pfadfindern beitreten, um mit andern Kindern zu verkehren. Hansel habe dann Rainer gefragt, ob in seiner Wölfli-Gruppe ein weiterer Junge aufgenommen werden könne. Rainer gab daraufhin die Auskunft, die Wöfli-Führerin, Darsie, habe vor wenigen Tagen erklärt, ihr Rudel sei bereits zu gross, es würden keine neuen Wölfli aufgenommen. Es herrsche daher Aufnahmestopp. Hansel, das sei nun mal so, misstraue immer den Aussagen seines Sohnes. Er habe Darsie angerufen und nett gefragt, ob ein weiterer Junge in die Gruppe aufgenommen werden könne. Darsie habe dem Herrn Doktor erklärt, dass es selbstverständlich möglich sei.

„Die weitere Geschichte kennen sie, Fräulein G.. Sie hat in keiner Weise dazu beigetragen, das Verhältnis zwischen Vater und Sohn zu entspannen. Ich selber habe dann Darsie später auch noch angerufen, um zu fragen, ob sie tatsächlich erklärt habe, in ihrem Wölfli-Rudel sei Aufnahmestopp. Sie sagte mir, so sei es gewesen. Doch habe sie dem Herrn Doktor gegenüber nicht nein sagen können. Er habe sie ja nicht auf den Aufnahmestopp angesprochen und sie habe keine Veranlassung gehabt, von selber davon zu sprechen," sagt Schwester Marga und schnauft laut aus und ein. „Ich mische mich da nicht mehr ein. Was ich Hansel oder Rainer sagen würde, bringt neues Feuer ins Dach. Diese beiden müssen selber klar kommen, nicht wahr, Fräulein G.?! Der Junge ist schwierig. Neulich hat er mich total in Verlegenheit gebracht. Wir sind in der Stadt gegangen. Auf dem Trottoir auf der andern Strassenseite kommt uns Signora C. entgegen, die Maîtresse von Fabrikanten K.. Sie wissen schon, ‚diese gewisse Signora C.,' die so ausgeschämt enge Kleider trägt, dass beim Gehen auf ihren hochhackigen Schuhen vorne und hinten alles wackelt. Ich bemerke, wie Rainer die Signora C. anstarrt, mit solchen Augen und mit vor Staunen offenem Mund. Ich ermahne ihn, diese Person nicht anzustarren. Er hat die Frechheit mich zu fragen, weshalb grüssen wir sie nicht. Sie ist sehr schön. Ich muss mich beherrschen, dass ich ihm nicht gleich eine verpasse. Ich sage, man grüsst sie nicht. Man behandelt sie hier wie Luft. Als Signora C. auf unserer Höhe längst vorüber ist, werde ich gewahr, wie mein Sohn, mein Sohn sich umdreht und staunend auf den wackelnden Hintern der Signora C. starrt. Mir ist die Hand ausgerutscht. Doch wie reagiert mein Sohn?! Er lacht über mich. Und als ich meinem Hansel diese unerhörte Geschichte erzähle, weiss er nichts Gescheiteres zu sagen als, ‚auf alten Pfannen lernt man kochen'. Und das bezüglich seines elfjährigen Sohnes! Mein lieber Hansel ist nicht ohne Fehler und der Kleine, nun, der Apfel fällt nicht weit vom Stamm. Ich habe, weiss Gott, Gescheiteres zu tun, als als Friedensengel herumzuflattern und die Hähne, wenn sie gerade am Streiten sind zusätzlich noch …. Mein Hansel arbeitet ja so viel und hat auch in seiner Freizeit unzählige Beschäftigungen, so dass zum Streiten letztlich wenig Zeit bleibt. Und sie werden es kaum glauben, Fräulein G., wenn wir in Oberrohrdorf bei Nänne und Vatter sind, dann spielen meine beiden Männer genial auf harmonische Vater-Sohn-Beziehung. Manchmal beneide ich sie, Fräulein G., dass sie sich nicht tagtäglich mit Ehemann und Sohn herumzuschlagen brauchen."

Gloria schweigt. Sie sieht es anders. Wenn der Vater ihres Sohnes nicht verheiratet gewesen wäre und sie wegen der Schwangerschaft in Verruf geraten wäre, wenn der niedliche Sohn, der Butzli, nicht einem Verkehrsunfall zum Opfer gefallen wäre …

Im Privathaushalt des Chefs ist seit Neustem ein Au-Pair-Mädchen aus Lyon, Yvette. Der Kleine scheint an Yvette, die bloss vier Jahre älter ist als er und ausgesprochen hübsch und sympathisch ist, den Narren gefressen zu haben. Der Kleine hängt nun die Zeit, die er bisher bei ihr, Gloria, im Büro rumgehangen hatte, bei Yvette in der Direktionswohnung herum. Gloria staunt, wie er im Nu französische Brocken aufschnappt und sich auch bald auf Französisch unterhalten kann.

„Wie hast du das bloss geschafft," fragt Gloria den Kleinen.

„C'est simple comme bonjour," antwortet der Kleine. Yvette und ich hören französische Chansons, von Juliette Gréco. Und Yvette kauft immer Jours de France und Paris Match und wir lesen die Zeitschriften gemeinsam. Wenn ich nicht französisch kann, geht das nicht."

Der Kleine wird älter. Zwölf Jahre alt. Besucht nun auch die Bezirksschule in Brugg. Seine Besuche bei Gloria werden spärlicher. Zu Glorias Freude bleibt die Beziehung bestehen. Wenn immer Doktor B. und Schwester Marga ohne die Kinder in Ferien sind, lädt sie den nun schon grossen Kleinen und seine Schwester Bettina zu Omeletten mit Hackfleischfüllung zu sich nachhause ein. Die Kinder und auch sie, Gloria, geniessen das Zusammensein.

8.

Doktor der Philologie Heinrich R., seines Zeichens Deutsch- und Geschichtslehrer an der Bezirksschule Brugg, segelt in seinem engsten Freundeskreis und in der Familie bald seit Jahrhunderten unter der Bezeichnung ‚der graue Heinrich'. Diese Bezeichnung hatte sich eingebürgert, nachdem der ältere Bruder von Heinrich aus Verzweiflung über irgendein Verhalten seines jüngeren Bruders laut vor der ganzen Familie geseufzt hatte, „Heinrich, mir graut vor dir", worauf der Vater grinsend meinte, „ja, ja, unser grauer Heinrich!" Dieser Name war ihm ab dato angehängt und über die Jahre hängen geblieben. Inzwischen haben auch seine Schüler und seine Lehrerkollegen von diesem Namen Wind bekommen. Wie es geschehen konnte, ist dem grauen Heinrich unbekannt. Insgeheim ist er stolz darauf, seinen Schülern so wichtig zu sein, dass sie ihn hinter seinem Rücken mit einem und erst noch diesem Beinamen beglücken.

Der graue Heinrich gibt seiner Vera als Abschied für den Tag ein Küsschen. Entfernt sich, um sich vor dem Haus draussen auf sein Fahrrad zu schwingen. Vera schaut ihm nach. Ruft entsetzt, „du wirst aber nicht so in diesem Aufzug in die Schule gehen!"

„Doch, so gehe ich jetzt zur Schule."

„Heinrich, Heinrich!"

„Jetzt fehlt bloss noch, mir graut vor dir", und weg ist Heinrich. Vera sieht ihm nach. Inzwischen schmunzelnd. Irgendwie mag sie seine unverschämte Koketterie.

Im Freundeskreis waren Vera und Heinrich neulich spazierend unterwegs gewesen, um zur Gartenwirtschaft des Restaurants Habsburg zu pilgern. Heinrich und seinen Freunden fiel auf, dass die Frauen etwas zurückgeblieben waren und plötzlich über irgendetwas schrecklich kicherten. Auf die Frage, was denn so lustig sei, hatten sie unisono unter Gekicher gerufen, „nichts, nichts, nichts".

Später gesteht Vera dem grauen Heinrich, der Blick der Frauen sei beim hinter den Männern Hergehen unwillkürlich auf die Hintern der Männer gefallen. Die Frauen hätten dann Noten für die Hintern verteilt. Sein, Heinrichs, Hintern habe von allen Frauen die Bestnote erhalten.

„Ihr habt über meinen Arsch gespottet!!! Scham und Schande über euch. Was kann ich dafür, dass ..."

„In dieser leichten, beigen Leinenhose, die so perfekt, sprich knalleng, sitzt, dazu das leichte weisse Kurzarmhemd, das ebenfalls wie angegossen sitzt, dann beim Gehen, spielen deine zum Glück so runden und wohlgeformten Gesässmuskeln, dass es eine Freude und total reizvoll ist, darauf zu starren, man seinen Blick kaum davon lösen kann. Das hat uns kichern gemacht."

„Ihr und eure schmutzigen Gedanken", raunt der graue Heinrich in gespielt drohendem Tonfall und stürzt sich auf Vera, um – da schweigt des Sängers Höflichkeit. Und in eben diesem Aufzug, dem weissen Kurzarmhemd und der beigen, leichten Leinenhose hat der graue Heinrich sich soeben auf sein Rad geschwungen und fährt zum Unterricht in die Bezirksschule.

Seit dem Vorfall beim Spaziergang mit den Freunden und dem nachfolgenden Geständnis seiner Vera sind das weisse Kurzarmhemd und die beige Leinenhose Heinrichs bevorzugte Sommerkleidung. Er fühlt sich wohl darin und das Bewusstsein, einen reizvollen Körper zu besitzen, dessen er sich nicht zu schämen braucht, erfüllt ihn mit Genugtuung. Neulich hatte er sich zu einer Sitzung im Sternenzirkel ebenso gekleidet. Im Sternenzirkel treffen sich verschiedene literarisch interessierte Männer in regelmässigen Abständen in der Wirtschaft Sternen beim schwarzen Turm in der Altstadt von Brugg, um über Literatur, vor allem neu erschienene Romane zu diskutieren. Im Sternenzirkel lernt der graue Heinrich einen gewissen Doktor B. kennen, einen gebürtigen Deutschen, der seit Jahrzehnten im Kloster als Oberarzt und Psychiater tätig ist und dem der Ruf einer makellosen humanistischen Bildung und von grösstem Interesse an Literatur vorausgeht. Gespräche mit diesem Doktor B., der so ganz anders ist, als die Brugger Männer, sind höchst anregend und eine wahre Freude. Sein Wissen über Literatur und die Zusammenhänge von Werken und Dichtern und Denkern ist überragend. Und doch fragt der graue Heinrich sich, weshalb er mit diesem Doktor B. nie so richtig warm wird. Weshalb er distanziert bleibt, obwohl sie sich bestens verstehen. Er schreibt dies der unterschiedlichen Herkunft zu. Mit solchem Wissen muss Doktor B. aus einer oberen Schicht in Deutschland stammen, die es in der Kleinstadt Brugg schlicht nicht gibt. Bei dieser neulichen Sitzung des Sternenzirkels, wo der graue Heinrich in Anbetracht der sommerlichen Temperatur es sich erlaubt hatte, ohne Jackett und in seinem neusten Lieblingsaufzug zu erscheinen, begegnet er Doktor B. bereits auf dem Weg zum Sternen auf der Hauptstrasse.

Der graue Heinrich freut sich und geht auf Doktor B. zu. Auch Doktor B. ist sichtlich erfreut. Bevor sich ein zwangloses und spannendes Gespräch ergibt, nimmt der graue Heinrich wahr, wie Doktor B. ihn, den grauen Heinrich, wie beiläufig, kaum auffällig von Kopf bis Fuss mustert und dabei spontan für den Bruchteil einer Sekunde seine Gesicht zu einer indignierten Miene verzieht. Diese zufällige, flüchtige, kaum bemerkbare Wahrnehmung / dieser flüchtige Blick lösen im Kopf des grauen Heinrich ein Klick aus, das einen Wust von Gedanken generiert, der den grauen Heinrich insgeheim während des ganzen Abends nebenher begleitet. Ihn und diesen Doktor B. trennen Welten.

Bei der erste Begegnung und beim ersten Beschnuppern hatte Doktor B. sichtlich hocherfreut ausgerufen, ach, sie sind Doktor der Philologie! An dieser Bezeichnung, die ihm so exotisch vorkommt, frisst der graue Heinrich gleichsam den Narren, und der, der ihm diese Bezeichnung zugeworfen hat, hat bei ihm einen Stein im Brett. Dem grauen Heinrich fällt auch sogleich auf, wie sehr Doktor B. auf korrekte und gute Kleidung achtet. Nicht übertrieben, doch immer so, dass auffällt, dieser Mann ist gut gekleidet. Der Körper ist verhüllt. Die männliche Uniform ist perfekt. Immer, auch im Hochsommer ein perfekt sitzendes, nicht zu körperbetontes Jackett. Jetzt im Sommer aus weisser Leinen. Der graue Heinrich überlegt sich, dass Doktor B. ein solches Kleidungsstück unmöglich in einem Brugger Männerkonfektionsgeschäft erhalten hat. Dass er seine Kleider sehr wahrscheinlich in Zürich kauft oder schneidern lässt. Kleider machen Leute und verraten bei scharfem, nicht bloss   oberflächlichem   Beobachten   Herkunft, Schichtenzugehörigkeit, Selbstverständnis der Person, die sie trägt.

Der graue Heinrich empfindet Doktor B.s Erscheinung als unauffällig nobel – er kann es nicht anders nennen – , dabei unaufdringlich, eher distanziert, vom Körper ablenkend, auf den Geist verweisend. Der graue Heinrich amüsiert sich, welche Gedanken ein kurzer Blick zu generieren vermag. Und just am Tag, als er sich in seiner luftigen Sommerbekleidung auf sein Fahrrad geschwungen hatte, um zum Unterricht in die Schule zu fahren, fällt ihm ein, dass in der neuen Klasse, die ihm als Klassenlehrer zugeteilt wurde, ein Schüler den Namen von Doktor B. trägt. Da dieser Name klar deutsch ist und sonst in der Gegend nicht vorkommt, muss es sich bei dem Jungen um einen Sohn von Doktor B. handeln. Diesen Jungen muss er, möglichst unbemerkt, unter die Lupe nehmen, denn diese Konstellation, dass er einen Vater aus einem Verein kennt und den Sohn als Schüler hat, bietet sich zum Studium sozialer Gegebenheiten an. Der graue Heinrich ist schrecklich gespannt, wie der Sohn eines Vaters vom Format Doktor B.s ist.

In der Schulstunde verteilt der graue Heinrich die korrigierten Schulaufsätze, die er die Schüler zum Thema ‚Wie man lügen lernt‘ schreiben liess. Der graue Heinrich pflanzt sich neben seinem Pult auf, entnimmt der auf dem Pult liegenden Aktentasche den Stapel Aufsätze, liest einzeln die Namen der Schuler runter, lässt sie aus den Schulbänken zu sich hervortreten, um ihnen ihre Arbeit zurückzugeben. Zum ersten Mal bemerkt er Rainer B. bewusst. Ein hübscher, etwas unscheinbarer Junge von feinem Körperbau, mit einem fröhlichen Gesicht und einem vifen Blick. Und genau diesen Blick nimmt der graue Heinrich im Bruchteil einer Sekunde wahr, wie er offensichtlich seinem, des grauen Heinrichs, Körper nach nach unten gleitet, auf der Höhe des Gesässes kurz kleben bleibt, dabei die Mimik des Jungen für den Bruchteil einer Sekunde zu freudigem Staunen verändert. Schon ist der Moment vorbei. Im Gehirn vom grauen Heinrich macht es klick. Welten trennen den Vater B. vom Sohn B.. Der Sohn reagiert im Gegensatz zum Vater auf zufällige Sinnenreize freudig. Der graue Heinrich sonnt sich in seiner bella figura und geniesst anerkennende Blicke, woher sie auch kommen mögen. Er gibt dem jungen B. seinen Aufsatz zurück.

Aufsatz Nr. 3 vom 29. Mai 1957
Wie man lügen lernt

Das Lügen, oh, das kann man doch nicht lernen. Viel schlüpft einem eine Lüge aus dem Mund ohne dass man es will. Man möchte die Wahrheit nicht hervor bringen. Ich war noch in der 1. Klasse, als ich einmal um 8 Uhr in die Schule musste, denn der Aufsatz war so schlecht geschrieben. Ich bin bis zum Stalle. Dort wartete ich bis die vorgeschriebene Zeit kam und ging zur gleichen Stunde wie die andern Schüler zum Unterricht. Nach der Schule, ging ich heim als ob nichts gewesen wäre. Bist du um 8 Uhr in der Schule gewesen, fragte mich der Vater. Ich bejate es. Ich log bis zum dritten Mal. Dann gabs ein Donnerwetter, denn er vernahm dass ich nicht in der Schule war. Er bestrafte mich auch. Wenn man nur das Lügen auch verlernen könnte.

Nach Schluss der Deutschstunde entlässt der graue Heinrich die Jungs. Er bittet den jungen B., noch einen kurzen Moment zu bleiben. Er möchte dessen Aufsatz noch einmal kurz überfliegen. Ihm war die vage, doch nicht mehr konkrete Erinnerung, dass der Junge in seinem Aufsatz seinen Vater in irgendeiner Form erwähnt. Während er den Aufsatz nochmals kurz überfliegt und sieht, dass im Aufsatz des Sohnes der Vater als zurechtweisende Autorität auftaucht, tritt der Junge gelangweilt von einem Fuss auf den andern und wartet. Der graue Heinrich bedankt sich, gibt dem Jungen seinen Aufsatz zurück und entlässt ihn mit den Worten, „du schreibst mit viel Fantasie. Sobald es auch mit der Rechtschreibung besser klappt, wirst du Bestnoten bekommen."

Der nächste Aufsatz des jungen B. zeugt erneut von einer üppigen Fantasie und einer Gabe, Geschichten zu erzählen.

Aufsatz Nr. 5 vom 26. Juni 1957
Gespenster
Ein junger Mann, der in einer grossen Stadt wohnte und als Arzt arbeitete, fand am Morgen einen Brief. Er öffnet mit geknister das Couvert und entzifferte das Geschriebene. Aus dem verstand er, dass man ihn bei der grossen Brücke um 12 Uhr erwarte um etwas wichtiges zu verhandeln. Die Unterschrift fehlte. Es war ihm rätselhaft wie der Brief herhier kam. Doch der Mann ging zur Brücke. Dort war es still, aus der Ferne hörte es aufeinmal Tritte, dem Manne war es unheimlich zu Mute. Ohne dass

er es merkte schlicht sich ein Gespenst hin, es fragte ihn: „Du bist doch Arzt? Folge mir!" Er schreckte auf und stotterte: „Ja" und folgte dem Rotmantel in einen Keller. Der Rotmantel erzählte ihm: „Meine Schwester ist gestorben und nun wollen wir sie Einbalsamieren, dem Vater wollen wir ihnen Kopf lassen, darum musst du sie köpfen." Dann verschwand der Rotmantel. Der Mann nahm sein Messer und begann zu schneiden. Als er das schärfere Messer nehmen wollte, schlug die Tote noch einmal die Augen auf und wollte sich aufrichten, doch sie viel wieder zurück. Schnell schnitt er ihr noch ganz den Kopf ab und suchte den Ausgang und verschwand. Zuhause merkte er, dass er das Messer liegen lies. Am andern Tag erzählte ihm der Nachbar, dass die Tochter des Bürgermeisters die heute Hochzeit feiern sollte, ermordet wurde. Der Mann bekam einen Schrecken. Bald kam die Polizei mit seinem Messer und fragte, ob das Messer ihm gehöre. Er bejate die Frage. Er kam vor Gericht. Er sagte immer: „Ich bin verführt worden" doch das Gericht entschloss sich, ihm eine Hand abzuhauen. Den Rotmantel sah er niemehr.

Die Beschäftigung mit dieser Geschichte weckt im grauen Heinrich spontan den Hobbypsychologen. Es kann kein Zufall sein, dass der junge B. in der erfundenen Geschichte einen Arzt zum Protagonisten macht. Dieser Arzt einer Frau, der anima, auf Befehl eines mysteriösen Unbekannten den Kopf abhackt und bestraft wird, indem ihm seinerseits eine Hand, sein bestes Werkzeug, abgehackt wird, während die treibende Kraft verschwunden bleibt.

Die Tatsache, dass der Sohn von Doktor B. Schüler vom grauen Heinrich ist, wird von den beiden bei Versammlungen des Sternenzirkels bisweilen nebenher kurz begackert. Doktor B. fragt den grauen Heinrich lachend, ob sein Sprössling in der Deutschstunde einigermassen recht tue oder ebenfalls wie zuhause Wutanfälle von Stapel lasse, dass einem wind und weh werde. Der graue Heinrich lacht. In der Schule sei er eher verschlossen oder schüchtern, doch ein sehr angenehmer, aufgeweckter Schüler, der gut mitmache im Unterricht.

Den Vorfall von neulich erwähnt der graue Heinrich Doktor B. gegenüber nicht. Der Turnlehrer hatte sich etwas verlegen an den grauen Heinrich gewandt.

„Du, es ist mir wahnsinnig peinlich. Ich habe einen deiner Schüler in einer Schulstunde blossgestellt. Dieser hat zwar fröhlich mitgelacht, doch weiss ich nicht, ob ich nicht doch zu weit gegangen bin. Die Jungs haben mich gefragt, was ich hatte tun müssen, um so sportlich zu sein und solche Muskeln zu haben. Um ihnen plastisch vorzuführen, dass alles bloss Training und Ausdauer ist, erzähle ich, dass ich früher, als Junge ein schmächtiges Bürschchen gewesen sei, so etwa wie er, der B.. Darauf haben alle Jungs ungläubig von mir zu B. und zurückgeschaut und sind dann in grölendes Gelächter ausgebrochen. Das könne doch nicht sein! Aus so einer Flasche wie B. könne doch nie ein vernünftiger Sportler werden! Wie gesagt. B. lachte mit und als ich ihn nach der Schulstunde noch sprechen, mich entschuldigen wollte, war er schon weg. Und nun möchte ich ihn nicht eigens noch einmal darauf ansprechen, doch dir als Klassenlehrer von B. meinen Patzer beichten."

Der graue Heinrich hält B. nach einer Schulstunde unter einem beliebigen Vorwand zurück, plaudert irgendwie mit ihm, um ihn dann wie beiläufig darauf anzusprechen, was er von dieser ominösen Turnstunde gehört habe. B. winkt lachend ab. Er sei nun mal eine Flasche im Sport. Das wüssten alle. Lehrer W. aber, der Turnlehrer, sei echt super. Er zwinge ihn in der Turnstunde nie, Übungen am Reck oder an der Stange zu machen, vor denen er schrecklich Schiss habe. Lehrer W. habe ihn ungeniert vor allen als Flasche bezeichnen dürfen. Dass er im Turnen und vor allem auch in den bei den wilden Kerls der Schule so beliebten Ballspiele eine Flasche sei, sei ein offenes Geheimnis.

Wenig später verunfallt Turnlehrer W. im Militärdienst tödlich. Als Ersatzturnlehrer sind vorübergehend die von den Pfadfindern und Sportvereinen her bekannten Sportkanonen Peider M. und Helmut S. eingesetzt. Beide sind äusserst attraktive junge Männer. Idole der männlichen Jugend der Gegend. Gleichzeitig Schwärme der weiblichen Jugend der Gegend. Als an der Schule bekannt wird, dass Peider, der inzwischen über zwanzigjährige Student der Medizin in Zürich der Cousin von B. ist, und B. auch den Freund von Peider, Helmut, bestens kennt, steigt das Prestige von B. gewaltig. Alle wollen sich mit ihm gut stellen, um Peider und Helmut auf sie aufmerksam zu machen. Selbst im Klassenparlament, das der graue Heinrich in dieser Schulklasse, deren Klassenlehrer er ist, initiiert, übernimmt B., wie er amüsiert mitbekommt, die Rolle, die er in der Gemeinschaft der Schüler schon immer spielt. B. ist kein Rädelsführer. Führt nie das grosse Wort. Beobachtet vom Rand her schweigend. Als ob er nicht Teil der Gruppe ist. Wagt bloss dann und wann einen kritischen Einwurf. Der immer Hand und Fuss hat und für den die andern ihm Respekt zollen.

Aufsatz Nr. 16 vom 6. März 1959
Kurze Freude

„Latein, uf, Vokabeln Vokabeln und noch einmal Vokabeln; lernen, lernen und lernen, schlechte Noten, Streit mit dem Vater, oh, das Unglück des Lateins ist unbeschreiblich." So wüte ich am Samstag. Warum? Eine schlechte Note. Folgen? Der Vater schimpft, die Mutter schimpft. Nach ein paar Tagen sagt der Vater: „Oh, das Latein ist eine sehr schöne Sprache, nicht wahr?" „Oh, ja!" muss ich antworten.
Mitten im Regen ein bisschen Sonnenschein. Mitten in den schlechten Noten eine gute. Nachher gehe ich mit solchen Eifer an die Arbeit. Dann heisst es: Arbeiten, arbeiten, mache noch mehr so gute Noten. Ich arbeite. Der Vater meint: „Nun sollte die Note im Zeugnis viel besser werden." Ich sage nichts!!!!
Ich weiss die Folgen einer guten Note schon: Die fünf nächsten Arbeiten will die Hand nicht recht machen, sie will mir nicht gehorchen und schreibt was sie will; währen den nächsten fünf Arbeiten wüte ich so, dass keine gute Note zustande kommen kann. Dann kommt bald wieder eine gute Periode. Kurze Freude, jedoch sie kehrt immer wieder.

Nachdem der graue Heinrich Vater und Sohn kennt, verfolgt er mit grossem Spass, wie der Vater in den Aufsätzen des Sohnes auftaucht. So sehr die Familie B. in der Öffentlichkeit als idyllische Gemeinschaft erscheint, auf Sonntagsspaziergängen der Aare entlang von Brugg nach Schinznach Bad, dann beim thé dansant im noblen Kurhotel idyllisch bei Kaffee und Kuchen sitzt, kann der graue Heinrich selbst da beobachten, dass der Sohn mit Schwester und allenfalls der Mutter schäkert, den Vater aber links liegen lässt. Zusammen mit den aus den Aufsätzen des Sohnes entnommenen Situationen kann der graue Heinrich sich vorstellen, dass es zuhause bei B.s zwischen Vater und Sohn bisweilen wie in einem hölzerner Himmel zugeht, tüchtig gekämpft wird, im grellen Licht oder auch im Schatten.

Der graue Heinrich erkundigt sich nicht oft, doch wenn ihm gerade nichts Gescheiteres einfällt, wie sich die Schüler seiner Klasse bei anderen Lehrern im Unterricht anstellen. Diesmal befragt er den Doyen der Lehrerschaft der Bezirksschule Brugg, Dr. F., dem allgemein der Beiname Sperber angehängt wird, wegen seines Sperberblicks durch seinen Kneifer. Sperber unterrichtet in Französisch und Latein. Als die Rede auf den jungen B. kommt, beginnt Sperber animiert zu erzählen.

„Herr Kollege, ist ihnen auch aufgefallen, wie kreativ und fantasievoll der junge B. ist? An die Seitenränder seiner Schulbücher und in seine Hefte kritzelt er kleine Skizzen, die so gekonnt sind. Man staunt. Im Latein ist er eine Niete. Tut nichts und ihn kümmern schlechte Noten nicht. Im Französisch hingegen ist er eine Bombe. Als ich ihn darauf anspreche, wie es kommt, dass er so wunderbar französisch spricht und fantasievoll Sätze formulieren kann, sieht er mich kopfschüttelnd an. Bei seiner Tante und seinem Onkel, die im gleichen Haus wohnten wie er, sei neben der Hausangestellten ein Au-Pair-Mädchen aus Lyon, Yvette. Wenn er mit ihr spreche, dann müsse es französisch sein, weil sie kein Deutsch spreche. Zudem kaufe Yvette wöchentlich das Magazin Paris-Match. Wenn er nicht französisch beherrschen würde, könnte er nicht lesen, was drin steht. Ausserdem habe er von seinem älteren Cousin Peider einen alten Radioapparat erhalten und darauf nach langem Suchen einen französischen Sender erwischt, auf dem immer wieder von Edith Piaf das Lied Milord ausgestrahlt werde. Den Text wisse er inzwischen auswändig. Der Junge, obwohl verträumt und in den Klassenverband wenig integriert, ist ein Phänomen. Doch leider bin ich neulich in ein Fettnäpfchen getreten. Doktor B. und dessen Frau Gemahlin, die Eltern des jungen B., kennen meine Frau und ich, seit wir vor Jahren gemeinsam eine Bibelgruppe besucht hatten. Neulich begegnete ich auf der Strasse Doktor B. und dessen Gemahlin. Gratulierte ihnen zu ihrem gelungenen Sohn. Erwähnte, dass der Junge so phantasiebegabt sei, dass für ihn als weitere Bildung die Kunstgewerbeschule das Geeignete wäre. Zuerst brach Doktor B., dann auch seine Frau, in unbändiges Gelächter aus. Zwischen Lachern presste Doktor B. hervor, das sei wohl als Witz zu verstehen. In seiner Familie absolvierten alle Männer das Gymnasium und holten sich an der Universität ihren Doktor!"

Für den grauen Heinrich rundet sich das Bild der Beziehung zwischen Vater und Sohn B. ab. In dieses Bild passt auch der Seitenhieb, den der Sohn dem Vater austeilt, indem er ihn bezichtigt, sich für die Umwelt als Gutmensch aufzuspielen.

Aufsatz Nr. 7 vom 29. Oktober 1959

Ich treibe Handel.*

Mit meinem Geld stehe ich jetzt sehr schlecht, ich war in den Ferien und brauchte über zehn Franken, meine ganze Ersparnise. Jetzt muss ich sparen und möglichst viel Botengänge machen, dass ich meine geknipsten Filme zum entwickeln bringen kann.

Einnahmen: Mein Lohn pro Woche beträgt fünfzig Rappen, ausbezahlt von der Mutter.

Nebenverdienste: Damit lässt sich der Vater rümen, Briefe auf die Bahn bringen, Zeitungen am Kiosk holen, wird bezahlt mit zehn oder zwanzig Rappen pro Gang.

Handel: Mein Vetter braucht Geld um ins Kino zu gehen, ich „pumpe" ihm einen Franken, darauf verlange ich zehn Prozent Zins, den Zins muss ich manchmal erkämpfen.

Die Haupteinnahmequelle aber ist meine Grossmutter. Sie isst jeden zweiten Tag bei uns, dann hole ich sie wenn die Mutter gekocht hat. Dann fragt mich die Grossmutter jedesmal, ob ich in Geldnot stecke, früher sagte ich ja und bekam fünfzig Rappen, jetzt sage ich jedes dritte mal ja und bekomme dann aber drei oder fünf Franken, also das Doppelte.

Ausgaben: Sehr gross! Für Geburtstage und für die Fotografiererei.

Das sind meine Ausgaben und Einnahmen, wobei die Ausgaben meistens grösser sind als die Ausgaben.

*Meine Finanzen

Der graue Heinrich spricht Doktor B. im Abseits an einer Sternen-Zirkel-Versammlung auf seinen Sohn an. Der Junge sei in schriftlichen Arbeiten, wenn er wolle, ausgesprochen gut, sogar überdurchschnittlich gut, was auf eine sehr gute Intelligenz hinweise. Bei diesen Worten entspannen sich die Gesichtszüge Doktor B.s und er wirft schmunzelnd mit ironischem Tonfall hin, „wie könnte es anders sein bei einer solchen Mutter, und einem solchen Vater", um dann zu lachen.

„Doch sobald Rainer aufgerufen wird und sich mündlich behaupten soll, bei mündlichen Prüfungen, beginnt er zu schwitzen, läuft er rot an, stottert. Schlicht, er ist blockiert. Als Laie in psychischen Dinge frage ich mich, ob da ein Fall von Prüfungsangst vorliegt."

„Ach, Herr Dr. R., fallen sie auf diesen durchtriebenen Burschen nicht rein. Er spielt ihnen etwas vor. Um Mitleid zu erregen. In meiner Familie hat noch nie jemand unter Prüfungsangst gelitten."

Aufsatz Nr. 8 vom 26. November 1959
Vom Beruf meines Vaters (Korrektur des Lehrer in Rot: und meiner Zukunft)
Mein Vater ist Arzt, wie mein Grossvater, und er möchte, dass ich auch diesen Beruf ergreife. Jedoch gefällt er mir nicht. Und ob es mir dazu reichen würde?
Mein Vater muss sich den ganzen Tag mit den Patienten der Anstalt herumschlagen, und an gewissen Nachmittagen verkehrt er in Zuchthäusern und Strafanstalten. Er muss aus den Leuten Tatsachen erpressen oder herauslocken und diese dann zu Gutachten aufschreiben. Da ich auch viel zu flüchtig bin,

könnte (ich) solche Gutachten gar nicht mit allen Einzelheiten aufschreiben, die manchmal sehr wichtig sind. Mein Vater sitzt sozusagen den ganzen Tag im Büreau, was mir auch nicht so passt. An dies könnte man sich schon gewöhnen, aber das Ganze gefällt mir nicht. Doch ich werde die vierte Bezirksschulklasse wenn möglich absolvieren, und was nachher geschieht, weist sich, wenn ich genau weiss was ich werden möchte. Mein Vater arbeitet acht Stunden im Tag und je nach dem am Abend auch noch. Er hat, soviel ich weiss, jeden dritten Samstagnachmittag und Sonntag Arbeit. Also muss er viel arbeiten. Ferien hat er vier Wochen im Jahr. Der Vater ist vom Staat angestellt. Er muss auch jungen Pflegern und Pflegerinnen Schulstunden geben und sie ausbilden.

Der graue Heinrich grinst beim Lesen dieses Aufsatzes des jungen B.. Das durchtriebene Bürschchen beschränkt sich nicht auf die Beschreibung des Berufs des Vaters, aber spricht klar aus, dass er nicht das werden will, was der Vater ist. Zwischen Vater und Sohn B. scheint offener Krieg, eine ‚drôle de guerre' zu herrschen. Zwei sture Böcke, die es nicht lassen können, immer wieder mit den Hörnern voran auf einander loszugehen. Der kreative und fantasiebegabte Sohn will sich nicht in der steifen und unerbittlichen Welt des Vaters gefangen halten lassen. Der Wahnsinn, wie sich im Schatten der anscheinend idyllischen Familie erbitterte Beziehungskämpfe abspielen!

Der graue Heinrich wundert sich, dass der junge B. die Prüfung in die Kantonsschule Aarau nicht schafft, ist aber beruhigt, dass er in Zürich ein privates Gymnasium besuchen wird.

„Typisch mein aristokratischer Sohn eines proletarischen Vaters," klagt Doktor B. dem grauen Heinrich bei Gelegenheit. „Eine öffentliche Schule hat es ihm nicht getan. Es muss eine Privatschule sein. Und erst noch eine teure und noble. Und seine Mutter, seine Tante Bertie, Frau Direktor M., und sein Götti Peter, Direktor M., unterstützen ihn dabei, weil Peider auch diese private Schule in Zürich hatte besuchen müssen / dürfen!"

9.

Der Sohn freut sich, in die Fussstapfen seines von ihm bewunderten Cousins Peider zu treten und das gleiche Gymnasium in Zürich zu besuchen, das auch dieser besucht hatte. Der Sohn ist erpicht darauf, Neues kennen zu lernen. Eine neue Lebensphase beginnt. Zudem hat er seinen Vater an Körpergrösse überrundet. Nicht wesentlich, doch immerhin zwei, drei Zentimeter. Er schaut sich diesen Mann an, der sein Vater ist. Irgendetwas stösst ihn ab. Körperlich. Gefühlsmässig. Ihm hängen die ewigen Streite zum Hals raus. Schliesslich weiss er inzwischen, wie sein Vater tickt. Sich immer in alles einmischt. Immer alles besser weiss. Und nichts von ihm, dem Sohn, hält. Letzteres verunsichert den Sohn. Schliesslich muss der Sohn sich eingestehen, selbst wenn er sich dem Vater gegenüber mit Vorliebe abschätzig über dessen Position und Einkommen äussert, dass der Vater etwas erreicht hat. Er, der Sohn, noch nichts erreicht hat. Ihm ist etwas bang, ob er es je schaffen wird wie sein Vater. Wobei es ihn schaudert bei dem Gedanken, wie sein Vater zu werden.

Bevor er frische Luft in Zürich schnuppern und neue Freiheiten geniessen wird, muss er noch einige Dinge hinter sich bringen und abschliessen. Die Behandlung bei der Psychologin, die Konfirmation und die Ferienarbeit in den Kabelwerken Brugg.

Die Behandlung bei der Psychologin brummt der Vater dem Sohn auf. Mit der Begründung, dass er, der

Vater, sich um seine, des Sohnes, Wutausbrüche sorge. Der Sohn produziert wie auf Kommando einen Wutausbruch. Wirft dem Vater an den Kopf, „die Höhe! Du spinnst und zwingst mich in die Seelenklempnerei!" Der Sohn hütet sich, diese neuste Wendung an die grosse Glocke zu hängen. Der Vater mit seiner vordergründig freundlichen Art ist der Liebling aller und alle gehen ihm auf den Leim, während er, der Sohn nie so richtig weiss, woran er bei den Leuten ist. Klar, er kommt mit allen gut aus und alle scheinen ihn zu mögen, doch letztlich weiss man nie. Bloss bei seinem Cousin Peider und bei seinem Götti, Onkel Peter, kann er sich über den neusten Coup des Vaters beklagen. Götti meint, die Welt gehe doch nicht unter, wenn er, der Sohn, auf Kosten des Vaters bei einer Psychologin während je einer Stunde pro Sitzung über seinen Vater herziehen und sich damit etwas Luft verschaffen könne. Weigere er sich, zur Behandlung zu gehen, verschlechtere sich seine Beziehung zu seinem Vater noch mehr. Das leuchtet dem Sohn ein. Cousin Peider, der Medizinstudent, wundert sich, dass Onkel Hans Günther, ihn, den Kleinen, ausgerechnet zu einer ihm, dem Vater, in der Klinik unterstellten Psychologin in Behandlung schicke. Der Sohn schüttelt seinen Kopf. Das sei für ihn kein Problem. Er möge Fräulein Doktor L. sehr und werde gerne zu ihr gehen. Dann fügt Cousin Peider noch an, es sei doch sicher spannend für ihn, den Kleinen, endlich zu erfahren, was Psychologen mit Leuten, die zu ihnen in Behandlung kommen, anstellen. Auch dieses Argument überzeugt den Sohn. Die erste Behandlungsstunde ist für den Sohn total spannend. Fräulein Doktor L. macht mit ihm verschiedene Tests. Den Rorschach-Test, den Kraepelin. Nun endlich weiss er, was hinter diesen Test-Namen steckt, die am Familientisch immer wieder gefallen sind und fallen werden. Mit Fräulein Doktor L. einigt er sich, dass er sich jeweils bei ihr melden darf, wenn ihm die Galle wegen eines Streits mit dem Vater hochkommt. Das geschieht regelmässig. Dann ruft der Sohn Fräulein Doktor L. an. Meist fordert sie ihn auf, sogleich zu ihr ins Büro zu kommen. Der Sohn huscht, die wegen der Patienten zugeschlossenen Türen mit seinem Passepartout öffnend, durch verschiedene Korridore und Treppenhäuser der Klinik und durch die Männerabteilungen A und C, wo am Ende das Büro von Fräulein Doktor L. liegt. Oft trägt er eine Sonnenbrille auf der Nase, um die vor Wut verheulten Augen zu verdecken, falls er unterwegs jemandem begegnet. Fräulein Doktor L. hört dem Sohn zu. Dann unterhalten sie sich noch etwas über Literatur und Theateraufführungen des Kurtheaters Baden. Danach zottelt der Sohn beruhigt ab.

Seit die Konfirmation unmittelbar bevorsteht, der Sohn seine Ferienarbeit in den Kabelwerken Brugg aufgenommen hat und bald in Zürich zur Schule gehen wird, kann der Vater dem Sohn wenig anhaben. Der Sohn gerät kaum mehr in ernsthafte Wut. Die Behandlung kann in gegenseitigem Einvernehmen abgeschlossen werden.

Die zwei Krisen, die der Konfirmandenunterricht heraufbeschworen hatte, sind ebenfalls vorbei. Der Sohn hat sich knurrend damit abgefunden, dass er sich trotz allem auf Befehl des Vaters konfirmieren lassen muss. Was ihm wegen der Geschenke, die bei diesem Anlass von allen Seiten zu erwarten sind, recht ist.

Die erste Krise im Konfirmandenunterricht hatte ihren Anfang in der Tatsache, dass der Präparanden- und dann der Konfirmationsunterricht den Sohn · total langweilen. Der Sohn mag den Pfarrer, einen Bekannten der

Familie, nicht. Er empfindet ihn als salbungsvoll, weltfremd, frömmelnd und verlogen. Ihn stören die eintönigen frommen Sprüche und die Bibellektüren ohne Diskussionen. Der Sohn lästert am Mittagstisch über den Unterricht. Äfft den Pfarrer nach. Sehr zur Freude seiner kleinen Schwester Bettina. Der Vater bemerkt spöttisch, „der ach so gescheite Herr Sohn ist zu dumm, um einen echten Philosophen zu verstehen." Der Sohn weiss, dass der Vater den Pfarrer bewundert, weil er neben Theologie auch Philosophie studiert hat und wegen seiner Heirat mit einer reichen Frau als einer der besten Steuerzahler im Dorf gilt. Der Sohn schluckt seinen Ärger über den Vater runter, der immer den Autoritätspersonen recht gibt und nie ihm, dem Sohn. Der Zufall will es, dass die Klasse des Sohnes in der Bezirksschule für ein Schulfest ein hübsches, vom Lehrer gedichtetes Lied einstudiert, das den Refrain hat, ‚pfuus, Guschti, pfuus' (Schlafe, Gustav, schlafe). Als es im Konfirmandenunterricht wieder einmal total langweilig ist, wendet der Sohn, der in einer der vorderen Reihen sitzt, sich um und raunt einem in einer hinteren Reihe sitzenden Mitkonfirmanden, der auch sein Klassenkamerad in der Bezirksschule ist, zu, „pfuus, Guschti, pfuus". Die Konfirmandenklasse quittiert das Gehörte mit Gelächter. Wie von der Tarantel gestochen, stürzt der Pfarrer sich auf den Sohn und haut ihm eine runter. Selbstverständlich amüsiert sich der Vater köstlich darüber, dass der Pfarrer den Sohn in den Senkel gestellt und Anstand gelehrt hat. Nachdem der Pfarrer sich eine Unterredung mit Doktor B., dem Vater, erbeten hat, muss der Sohn sich beim Pfarrer für sein ungehöriges Verhalten entschuldigen.

Wenig später bahnt sich Krise Nummer Zwei im Konfirmandenunterricht an. Eine Mitkonfirmandin erscheint nicht mehr im Unterricht. Das Mädchen wurde von allen gemieden, weil es klein gewachsen, hässlich dumm und ungepflegt ist, immer stinkt und, wie allgemein bekannt ist, aus miesen Verhältnissen stammt. Der Sohn hat immer etwas Erbarmen mit dem Mädchen. Er vermutet, dass das Mädchen zuhause viel Verantwortung trägt, weil, wie allgemein im Dorf bekannt ist, der Vater trinkt und die Mutter es mit andern Männern treibt. Das Mädchen muss sich um die jüngeren Geschwister kümmern. Doch irgendwie kommt der Sohn nie an das Mädchen heran. Wenn er es anspricht, weist es ihn harsch zurück. Der Pfarrer berichtet mit betrübt-sorgenvoller Miene, er habe das Mädchen von der Konfirmation ausschliessen müssen, weil es vom guten Weg abgekommen sei. Sehr bald spricht sich herum, dass das Mädchen schwanger ist und der Pfarrer es deshalb nicht konfirmiert. Der Sohn explodiert. Mit einer Kirche, die die Ärmsten der Armen ausstosse, könne er nichts mehr anfangen. Er lasse sich nicht konfirmieren. Fertig Schluss! Der Vater grinst beim Wutausbruch des Sohnes beim Nachtessen.

„Die Familie des Mädchens kenne ich. Wenn der Herr Pfarrer so entschieden hat, dann wird er schon wissen, weshalb. Zu deiner Konfirmation: Irrtum, ihr Männer von Athen! In Religionssachen kannst du erst ab sechzehn selber entscheiden, noch bist du fünfzehn, hahaha! Du lässt dich gefälligst konfirmieren! Tust uns armen Eltern nicht noch mehr Schande an. Keine Widerrede!"

Das Thema Konfirmation ist mit der kirchlichen Feier und dem traditionellen Konfirmationsessen erledigt. Als Geschenk eine Hermes Baby Schreibmaschine, einen Kodak Retina Fotoapparat, etliche Krawatten und drei Flacons Old Spice Aftershave. Der Sohn ärgert sich, dass er bei der Wahl des Restaurants, in dem das Konfirmationsessen stattfindet, nicht mitreden darf. Der Vater bestimmt, dass das

Essen im hübsch an einem See gelegenen, noblen Restaurant eines Logenbruders aus seiner Freimaurerloge stattfindet. Das zweite Ärgernis für den Sohn besteht darin, dass ohne sein Wissen zum Konfirmationsessen neben Gotte und Götti und deren Familien, wie allgemein üblich, vom Vater auch ein Logenbruder und dessen Frau eingeladen sind. Der Sohn kennt diese Leute, mag sie aber nicht. Was der Vater weiss. Beim Essen sind alle aufgeräumt und fröhlich. Im Garten des Restaurants wird ein Erinnerungsfoto geknipst. Der Konfirmanden und seine Familie. Vater, Mutter, Schwester und Konfirmand. Der Vater, stolz in die Kamera blickend, hakt bei seinen beiden Frauen ein, zu seiner Linken seine Ehefrau, zu seiner Rechten seine Tochter. Links im Bild, obwohl von der Mutter festgehalten, steht leicht im Abseits der Sohn im dunkeln Massanzug mit weissem Hemd und Krawatte in einer Haltung, als ob er nicht dazu gehörte, lächelnd für den Fotografen.

Zuhause, nach der Feier, fragt der Vater den Sohn, „und, bringt der edle Herr Sohn kein Wort des Dankes über seine Lippen, nachdem sein alter Herr keine Mühen und Kosten gescheut hat, um den Herrn Sohn würdig zu feiern?"

Der Sohn ist im Nu von Null auf Hundert. Er schreit, „wofür soll ich mich bedanken! Dass ich mich gegen meinen Willen habe konfirmieren lassen müssen! Dass das Essen nicht in Windisch in der Sonne oder der Harmonie wie bei allen anderen, aber im so vornehmen Etablissement von deinem Logenbruder hat stattfinden müssen! Dass du gegen meinen Willen deine Freunde ohne Grund auch noch eingeladen hast!"

Dem Vater platzt der Kragen. Er schreit wie von Sinnen die rhetorische Frage hinaus, „deine Übertreibungen sind zum Kotzen, jawolll, Herr Major! Was habe ich bloss verbrochen, dass das Schicksal mir einen so undankbaren Sohn beschert hat, wo ich ihn mit dem Besten vom Besten verwöhne und will, dass er sich als etwas Besonderes fühlt?!"

Über seine Erlebnisse an seinem Ferienjob – da er über 14 ist, darf er in den Ferien offiziell in der Fabrik arbeiten – darf der Sohn während eines Nachtessens berichten. Selbst der Vater hört zu. Ohne ironische und spöttische Einwürfe.

„Die Arbeit in den Kabelwerken, ui, ui, ui. Ihr könnt euch nicht vorstellen. Stundenlang an einer Maschine, einer Art Fliessband stehend, wo durchrasende Kabel zur Isolierung in einem riesigen Tempo mit Schnüren umwickelt werden. Meine Aufgabe ist es, darauf zu achten, dass alle Spulen mit Schnüren noch ausreichend gefüllt sind. Gehen einer Spule die Schnüre aus, drücke ich einen Knopf, damit die Maschine still steht, ersetze die Spule, drücke wieder den Knopf, um die Maschine erneut in Gang zu setzen. Und das acht Stunden am Tag. Dann der Staub, der Dreck. Ja, Herr S. drückte mir heute einen Besen in die Hand und sagte, bevor du heute gehst, wischst du noch den Boden und kehrst den Dreck weg. Herr S. ist mein Vorgesetzter und ganz nett. In der Freizeit ist er, das ist kein Witz, Präsident des Kaninchenzüchtervereins von Windisch und Umgebung. Ich putze und putze im Schweisse meines Angesichts. Herr S. bleibt stehen, schaut mir zu und krümmt sich vor Lachen. ‚Wie du den Besen in der Hand hältst! Das ist ja nicht zum Zuschauen. So kriegst du den Boden nie sauber. Einen Besen hält man richtig so, und wischt so.' Er macht es mir vor und schaut, ob ich es nun begriffen habe. Schüttelt noch einmal seinen Kopf, korrigiert mich. Korrigiert mich noch einmal. Bleibt dabei ganz freundlich. Dann fragt er mich, ‚was machst du eigentlich im Leben. Bist du so ein Semitarist?' Selbstverständlich meint er Seminarist, weil ihm als einzige höhere Bildung das Lehrerseminar ein Begriff zu sein scheint. Was ein Gymnasium ist, übersteigt seinen Horizont. Er will es auch gar nicht erklärt haben. Genau so wenig wie Universität. Dann nähert er sich mir. Klopft mir auf die Schultern. Sieht mir dabei in die Augen mit einem freundlich aufmunternden Blick. ‚Brauchst nicht traurig sein. Selbst unpraktische Menschen sind irgendwo zu gebrauchen. Auch du wirst deinen Weg machen.' Sich vorzustellen, dass einem Menschen seine kleine Welt genügt und sie ihm vollends reicht, er nicht den geringsten Minderwertigkeitskomplex hat …"

Der Vater fragt den Sohn, ob das der Herr S. sei, der ein kleines Häuschen auf den Reutenen habe und Vater von zwei Söhnen sei, einer ungefähr im Alter des Sohnes. Der Sohn ist irritiert, dass der Vater schon wieder Leute aus dem Dorf, die er kennt, besser und als Arzt zu kennen scheint. Und der Sohn einmal mehr annehmen muss, dass Herr S. beim Vater in Behandlung ist oder war. Dass der Vater diesen Umgang mit Herablassung quittiert. Einmal mehr hadert der Sohn mit dem Schicksal, das ihm ausgerechnet diesen Vater beschert hat, der sich von allem Durchschnittlichen abhebt und der erwartet, dass sein Sohn es ihm gleich tue.

Der Sohn ist berauscht von dem, was sich für ihn als Expedition in die grosse weite Welt präsentiert, die dann zu seinem Alltag wird. Zuvor schon war er etliche Male in Zürich gewesen. Im Schauspielhaus Zürich in Begleitung der Eltern, um ‚Kabale und Liebe' und ‚Wallensteins Lager' zu sehen. Um diese neumodischen Blue-Jeans, die in Windisch und Brugg noch nicht erhältlich sind, in einem Geschäft in Zürich zu kaufen, in Begleitung der Mutter. Um auf dem Zürichsee Pedalo zu fahren in Begleitung einer Schulfreundin, die eine Klasse über ihm in der Bezirksschule ist und um die ihn seine Schulkameraden beneiden. Doch da hatte er sich in der grossen Stadt total verloren gefühlt. Nun kann er endlich die Stadt erkunden und Neues erleben. Das neue Leben beginnt damit, dass die Schule nicht mehr mit einem Fussmarsch von zehn Minuten zu erreichen ist.

Der Sohn fährt an Wochentagen im Zug von Brugg nach Zürich zur Schule. Jeden Morgen sind mehr oder weniger die gleichen Leute unterwegs. Erwachsene, die in Zürich arbeiten. Studenten, die an der Universität oder dem Poli studieren. Oft fährt auch Cousin Peider im gleichen Zug. Der Sohn lernt unzählige Menschen, selbst Studenten, kennen. Während der halbstündigen Zugfahrt wird in Gesellschaft geraucht, gequatscht, letzte Hausaufgaben werden hingekritzelt. Dann ist da auch ein total hübsches Mädchen aus Brugg, das der Sohn vom Sehen her kennt, von dem er weiss, dass es Eveline heisst und sein Vater Bankdirektor ist. Sie besucht die Kunstgewerbeschule in Zürich. Dann und wann wartet auf dem Bahnsteig auch der berühmte Professor von S. von der ETH, den man aus dem Fernsehen kennt und der in der Umgebung in einem Schloss wohnt, auf den Zug. Wenn ‚Götti' ebenfalls den gleichen Zug nimmt, wechselt er mit dem berühmten Professor von S. der ETH Zürich ein paar Worte und Cousin Peider und der Sohn können sich da anschliessen. Bereits die Zugfahrt hin und zurück bietet so viele Begegnungen mit den unterschiedlichsten Menschen. Der Sohn ist in seinem Element.

Dann die Schule selber. In einem ehrwürdigen Gebäude an einer kleinen Gasse unweit von Bahnhof und Bahnhofstrasse. Der Sohn empfindet auch die Lehrer so viel weltläufiger und eindrücklicher als die Lehrer im kleinen Brugg. In der Bezirksschule in Brugg herrscht Geschlechtertrennung. Am Gymnasium in Zürich sind alle Klassen gemischt. Für den Sohn ein prickelnd neues Gefühl. Als neuer Schüler aus einem andern Kanton, wo ein anderes Schulsystem herrscht, landet der Sohn in einer Klasse, deren Klassenzug vor vier Jahren bereits begonnen hatte. In seiner Klasse kennen alle sich bestens und sind eine verschworene Gemeinschaft. Die meisten Mitschülerinnen und Mitschüler stammen aus Zürich oder der nächsten Umgebung. Der Sohn stösst als Neuer und Auswärtiger dazu. Zu Beginn fühlt der Sohn sich ausgeschlossen. Gleichzeitig mit dem Sohn treten zwei weitere Neue in die Klasse ein. Einer, Urs, ebenfalls ein Auswärtiger. Der andere, Marc, zwar aus Zürich, kennt aber auch noch niemanden in dieser Klasse. Sie, die drei Neuen, verstehen sich gut und werden Freunde. Ihnen gelingt nach und nach auch die Integration in die Klasse. Bis dahin hatte der Sohn nie Schwierigkeiten gehabt, sich in den verschiedensten Gesellschaften zurecht zu finden. Als er mitbekommt, wie die Mitschülerinnen und Mitschüler an Wochenenden privat feiern, sie, die Neuen jedoch nicht einladen, klagt der Sohn seinem Cousin Peider, dass er sich nie an diese Gesellschaft in Zürich gewöhnen werde. Cousin Peider fordert den Kleinen auf, nicht gleich beim geringsten Widerstand seinen Kopf hängen zu lassen. Jetzt müsse er erst recht auf die Leute zugehen. Er, Cousin Peider, habe es seinerzeit geschafft. Cousin Peider kennt eine der

Mitschülerinnen des Kleinen als jüngere Schwester einer seiner ehemaligen Mitschülerinnen. Er kontaktiert sie und schlägt ihr vor, doch auch einmal seinen kleinen Cousin, der mit ihr die gleiche Klasse besuche, zu den jeweils an Samstagen zuhause bei diesen oder jenen Mitschülerinnen oder Mitschülern stattfindenden Partys einzuladen. Das Mädchen meint, ihr sei nicht aufgefallen, dass die Neuen nicht eingeladen werden. Und schon sind die drei neu zur Klasse gestossenen Freunde voll in die Klasse integriert und nehmen besondere Positionen ein. Marc, weil er so gescheit ist. Urs, weil er so gut aussieht. Der Sohn, weil er insbesondere den Mädchen der Klasse so gut zuhören kann. Einen Volltreffer landet der Sohn, als er die Klassenmeute aus Zürich nach Brugg einlädt für einen Kinobesuch. In Zürich ist strikte Altersgrenze für den Kinobesuch 18. In Brugg ist es üblich, dass die Jungen nach der Konfirmation ins Kino reingelassen werden. Die Klasse des Sohnes ist begeistert. Selbst die Jungs nehmen für die Möglichkeit eines Kinobesuchs im Cinema Excelsior in Brugg in Kauf, dass der Film, den sie zu sehen bekommen, ein Sissi-Film ist. Die Mutter verköstigt die Meute aus Zürich mit Begeisterung. Der Vater öffnet willig seinen Weinkeller und lernt dabei die Mitschüler des Sohnes kennen.

Der Sohn weiss, dass er über seine anfänglichen Schwierigkeiten bei der Integration in die neue Klasse dem Vater gegenüber kein Wort verlieren darf. Dieser würde ihn verspotten und ihm vorwerfen, selber schuld zu sein. Er habe ihn nicht dazu gezwungen, in die sündhaft teure Privatschule zu gehen. Streite zwischen Vater und Sohn nehmen drastisch ab, kreisen meist ums Geld. Der Sohn ärgert sich über seinen knickrigen Vater. Der Vater kontert übertriebene Forderungen des Sohnes mit Bemerkungen wie,

„wart's nur ab, man wird dir deine Hammelbeine schon noch gerade ziehen" oder „wenn du auf eignen Beinen stehen wirst, wirst du lernen, wie sauer das Geld verdient ist". Mit Bedacht erzählt der Sohn dem Vater, dass eine Mitschülerin in seiner Klasse eine Baronesse von und zu aus München sei. Weil deren Eltern meist unterwegs auf der ganzen Welt seien, lebe sie mit ihren Geschwistern zusammen in einer Villa mit einem Butler. Diesem Butler könne sie befehlen, nach Wunsch Entschuldigungen für die Schule zu schreiben. Weil sie in der Schule so viel fehle, seien ihre Leistungen nicht so gut. Stehen Prüfungen an, setze sie sich oft neben ihn, den Sohn, und schreibe ab. Der Vater will unbedingt den vollen Namen der Baronesse wissen. Dann zieht er ein Buch aus seiner Bibliothek hervor und klärt den Sohn über die Geschichte dieser adeligen Familie auf. Bei dieser Gelegenheit ist der Vater so milde gestimmt, dass der Sohn locker einschieben kann, er habe im Schaufenster der Papeterie Landolt und Arbenz einen tollen Parker-Füller gesehen. Sein Freund Urs habe diesen Füller von seinen Eltern geschenkt bekommen. So kommt der Sohn zu diesem schönen Parker Füller und ist selig. Selbst der Vater muss eingestehen, dass die Handschrift des Sohnes sehr schön ist, seit er diesen edlen Parker Füller hat. Die Mutter fügt noch an, „seine Handschrift ist so leserlich, im Gegensatz zu deiner, Hansel, die trotz deines Pelikan Füllers bloss ich als Eingeweihte mit grösster Mühe entziffern kann!"

,Götti' gibt jeweils an den Montagen Vorlesungen an einem Institut in Zürich. Seine Tradition ist, an diesen Montagen jeweils im Restaurant Seilbähnli, wo urchige Schweizerkost serviert wird und die alte Kellnerin den Herrn Professor immer mit Freude umsorgt, zu Mittag zu essen. Wenn der Sohn Lust und Zeit hat, ist er an diesen

Montagen jeweils gerne gesehener Gast von ‚Götti'. Der Sohn geniesst diese Essen und vor allem die Gespräche mit ‚Götti'. Bisweilen sind auch Cousin Peider und andere Cousins, die in Zürich studieren, mit von der Partie.

Der Vater schlägt vor, dass der Sohn an der Universität Lausanne während der Sommerferien einen Französischkurs besuche und bei Verwandten der Mutter in Vevey wohne. Der Sohn ist grundsätzlich allergisch darauf, wenn sein Vater ihn organisiert. Dennoch studiert er den Prospekt des Ferienkurses. Sieht, dass dieser im Wesentlichen aus Vorlesungen über französische zeitgenössische Literatur besteht. Sogleich ist er Feuer und Flamme. Gibt vor, bloss widerwillig seine Ferien für diesen Französischkurs zu opfern, um dem Vater gefällig zu sein. Innerlich zerplatzt er fast vor Freude und Spannung. Findet es auch total cool, bereits als Gymnasiast an einer Uni ein- und auszugehen und Vorlesungen wie Studenten zu hören.

Als der Sohn noch jünger gewesen war, alimentierte der Vater ihn mit den zu lesenden Büchern, die er, der Vater, als für seinen Sohn angemessen befindet. Die riesige Bibliothek des Vaters ist für den Sohn und auch das Töchterlein tabu. „Was fällt dir ein, meine Bücher mit deinen schmutzigen Händen anzufassen", „hast du diese Eselsohren in die Buchseiten gemacht?" und „unglaublich, dass ein vernünftiger Junge es nicht lassen kann, in Bücher hineinzukritzeln!". Bloss heimlich fallen der Sohn und seine Freunde in Abwesenheit des Vaters über die Bibliothek des Vaters her. Sie wissen genau, auf dem mittleren Büchergestell auf dem obersten Tablar rechts, das sie bloss mit Hilfe eines Stuhles erreichen können, sind die medizinischen Bücher und die Aufklärungsbücher, in denen Abbildung nackter Körper, auch Unterkörper von Männer und Frauen sind. Während die Lektüren des Vaters für den Sohn ein Geheimnis bleiben, weil der Vater nicht darüber spricht, lernt er bei ‚Götti‘, ‚Tanti‘ und Cousin Peider zeitgenössische Schweizer Autoren kennen. Bei Cousin Peider auch ‚Ilona‘ von Hans Habe und ‚Le petit Prince‘ von Saint-Exupéry. Die Mutter liest vor allem Kriminalromane, was der Vater mit Süffisanz zur Kenntnis nimmt. Sehr viel Spass bereiten dem Sohn die regelmässigen Theaterbesuche im Kurtheater Baden in Begleitung des Vaters und/oder der Mutter, ‚Götti‘, ‚Tanti‘. Fasziniert ist der Sohn von einer Aufführung von Gerhart Hauptmanns ‚Michael Kramer‘ als Gastspiel aus Wien. Er kann kaum glauben, wie der Sohn im Theaterstück unter den Erniedrigungen durch den Vater zu leiden hat. Über den Inhalt des Stücks wird im Nachhinein mit dem Vater nicht geredet. Der Vater erzählt beschwingt, wie er anfangs der 30er Jahre mit Gerhart Hauptmann wegen eigener Dichtungen korrespondiert hatte. Mit Yvette, dem französischen Au-Pair-Mädchen von ‚Tanti‘ und ‚Götti‘ lernt der Sohn genügend Französisch, um Texte zu verstehen. Die französische Sprache fasziniert ihn. Im Gymnasium in Zürich kommt im Französischunterricht zur Grammatik auch Literatur hinzu. Den Französischlehrer, Monsieur J., findet der Sohn genial. Der Sohn stösst auf Albert Camus‘ L'étranger und ist fasziniert. Mit seinem neuen Freund Urs exploriert er die französische Literatur von Mauriac über Malraux bis Gide und Sartre. Daneben besucht er mit seinem Freund Urs alle Premieren im Schauspielhaus. In der hintersten Reihe im Parkett oder, mit etwas Glück, auf einem Klappsitz auf der Seite einer der vorderen Reihen. An einer deutschsprachigen Erstaufführung eines Stückes von Peter Ustinov erkennen sie im Publikum den Autor und schaffen es sogar, von ihm ein Autogramm er erhalten. In Sachen

Literatur und Theaterbesuchen kann der Sohn sich dem Diktat des Vaters entziehen und nun endlich seinen eigenen Neigungen folgen.

Im Ferienkurs an der Uni Lausanne wird neben La peste von Albert Camus ‚Le nouveau roman' behandelt. Der Sohn besucht jede einzelne Vorlesung, kauft alle behandelten Bücher und schwelgt in Stoffen, die ihm am Gymnasium in Zürich nicht vermittelt werden. Er lernt von Natalie Sarraute ‚Le Planétarium', von Michel Butor ‚La Modification' und von Alain Robbe-Grillet ‚Dans le labyrinthe' kennen. Später wird er im Rahmen des Mittelschul-Filmclubs im Kino Corso in der Mittagspause eines Schultages den Film ‚L'année dernière à Marienbad' sehen, zu dem Alain Robbe-Grillet das Drehbuch geschrieben hat. Dieser Film, den die Eltern nicht zur Kenntnis nehmen, ist für den Sohn und seine Freunde ein Kultfilm. Nicht zuletzt wegen des darin vorkommenden Spiels mit Streichhölzern. Der Sohn schwelgt in seiner neu gefundenen Welt, die er mit seinen Freunden teilt. Solange er über genügend Geld verfügt, um livres de poche und Schallplatten mit Liedern von Edith Piaf, Juliette Gréco, Jeanne Moreau, Colette Renard und Lotte Lenya zu kaufen, kommt es zu keinen Streiten mit dem Vater. Der Vater ermahnt den Sohn bloss, wegen des Französischen und seinen ständigen Theaterbesuchen das Lernen für die Schule und vor allem für die naturwissenschaftlichen Fächer, in denen er schwach ist, nicht zu vernachlässigen.

Der Vater und die Mutter sind gesellige Menschen, führen ein offenes Haus und lieben Gesellschaft über alles. Der Sohn und auch die Tochter dürfen Freunde nach Belieben nachhause bringen. Die Eltern freuen sich, die

Freunde ihrer Kinder kennenzulernen. Der Vater rümpft die Nase, wenn der Sohn Freunde anschleppt, die ihm nicht standesgemäss scheinen. Der Sohn liebt es ausserordentlich, wenn zuhause zum Nachtessen Gäste eingeladen sind. Dann wird es meist spannend. Oft sitzen interessante Menschen mit am Tisch. Diesmal ist die Frau eines jungen Arztkollegen des Vaters von Königsfelden eingeladen, die im Sekretariat der Klinik arbeitet und deren Ehmann gerade im Militärdienst weilt. Diese Frau, die mit am Familientisch sitzt, stammt zur riesigen Freude des Sohnes aus dem Welschland und hatte an der Universität in Lausanne in Romanistik abgeschlossen. Im Nu sind die junge Frau und der Sohn in eine angeregte Diskussion auf Französisch über den ‚nouveau roman' im Allgemeinen verstrickt, ohne Namen von konkreten Autoren zu nennen. Die Mutter und die Schwester hören zu. Der Vater, der zwar französisch etwas versteht, die Sprache aber nicht wirklich beherrscht, wirft von Zeit zu Zeit ironische oder die Gedanken der jungen Frau und seines Sohnes hinterfragende Bemerkungen auf Deutsch ein. Das Gespräch wechselt zwischen Französisch und Deutsch. Der Sohn geht, sehr zum Erstaunen und zur Freude des Vater, spontan auf eine der kritischen Bemerkungen des Vaters ein. Daraus entwickelt sich eine angeregte Diskussion über die Merkmale des ‚nouveau roman'. Der Sohn schüttelt seinen Kopf über gewisse Äusserungen des Vaters. Der Vater hält an seinen Aussagen fest. Die junge Frau verteidigt die Ansichten des Sohnes. Der Vater streitet sich freudig mit seinem Sohn und spart nicht mit ironischen Wendungen und gescheiten Sprüchen eines Humanisten. Der Sohn sieht, anstatt eine Behauptung des Vaters zu kontern, diesen ruhig an und fragt, was er, der Vater, tatsächlich unter ‚nouveau roman', einem im französischen Kulturbereich klar definierten Begriff, verstehe.

- Selbstverständlich Thomas Mann! Was denn sonst!

Die junge Frau und der Sohn werfen sich bedeutsame Blicke zu. Der Sohn möchte am liebsten in ein Gelächter ausbrechen. Der jungen Frau ist die entstandene Situation offensichtlich peinlich. Die Mutter rettet die Situation, indem sie die Schüssel mit den Erbsen und Karotten rumbietet und den Gast auffordert, noch einmal zuzugreifen.

Die Eltern reisen in der Freizeit oft. Fernreisen unternehmen sie alleine ohne die Kinder, die dann der Obhut von ‚Götti‘ und ‚Tanti‘ anvertraut sind. Familienferien werden in Hotels in der Schweiz verbracht oder auch in Südfrankreich oder Italien am Meer. Der Sohn durfte auch schon vor Jahren, von den Eltern in Zürich in den Zug gesetzt, alleine nach Stuttgart reisen, wo er am Bahnhof von seiner in Bad Cannstatt lebenden ‚Gotte‘, der Schwester des Vaters, abgeholt wurde. Als den Sohn die Lust überkommt, endlich auch alleine, zusammen mit seinem Freund Urs, nach Paris zu reisen, ist der Widerstand der beidseitigen Eltern rasch gebrochen und der Sohn und sein Freund dürfen nach Paris reisen, wo sie Edith Piaf auf ihrem letzten Tour de chant im Olympia erleben. Der Vater findet es absonderlich, dass man an einer so krächzenden Stimme Gefallen finden könne. ‚Götti‘ erzählt, anlässlich eines Paris-Aufenthalts in der 30er Jahren habe er die Piaf bereits einmal gehört gehabt und sei von ihrer Ausstrahlung zu tiefst beeindruckt gewesen.

Viele Verwandte des Vaters wohnen auf die ganze Welt verstreut. Einige dieser Verwandten lernt der Sohn bei deren Ferienaufenthalten in der Schweiz kennen. Vertraut sind ihm Tante Senta, eine Cousine des Vaters, und deren Ehemann, Onkel Fritz. Onkel Fritz hatte, soviel weiss der Sohn, einen Verlag in Leipzig gehabt, bevor die Familie nach England gezogen war. Der Sohn mag diese Tante und diesen Onkel sehr. Sie laden den Sohn zusammen mit dessen Freund Urs nach London ein. Der Vater bewilligt unter Stöhnen die Reise. „Mein anspruchsvoller Sohn bringt mich, seinen armen Vater, noch zu armen Tagen!"

Als der Sohn und sein Freund Urs in London sind, erfahren sie, dass deren jüngste Tochter, Gaby, die der Sohn kennt, seit sie Ferien in der Schweiz verbracht hatte, in Kanada geheiratet hat. Der Sohn schaut in der Küche Tante Senta beim Zubereiten des Essens zu. Er fragt sie, wie die Hochzeit von Gaby gewesen sei. Tante Senta meint, „die Hochzeit sei bestimmt sehr schön gewesen".

„Dann seid ihr nicht dort gewesen?"

„Nee."

„Klar. Die weite Reise bloss wegen einer Hochzeit."

„Junge, Junge, in welchen Zeiten lebst du. Die Reise von London nach Vancouver ist mit dem Flugzeug ein Katzensprung. Wir wollten nicht dabei sein, weil Gaby wegen ihres Ehemannes katholisch geheiratet hat."

„Alles klar. Für uns Reformierte ist es halt immer noch, vor allem für alte Leute, wie ihr es seid, so ein Ding mit den Katholiken. Also nicht für mich. Ich hatte eine katholische Freundin und wir sind immer in einen Beichtstuhl der katholischen Kirche in Brugg schmusen gegangen …"

„Wir sind jüdisch. Nicht reformiert. Weisst du nicht, dass deine deutschen Grosseltern als Juden geboren waren? Ja, du hast sie halt nicht mehr gekannt. Schau mich nicht so entgeistert an. Dann ist das alles neu für dich? Dann weisst du wohl auch nicht, wie deine Omi in Deutschland ums Leben gekommen ist. Nein, nein, es ist nicht an mir, dir dies zu erzählen. Frage deinen Vati. Er soll es dir erzählen!"

Der Sohn will Tante Senta nicht dazu drängen, ihm mehr von seiner Omi und seinem Opa zu erzählen. Er hatte sie bisher nur als ferne Protagonisten in Erzählungen des Vaters von früher wahrgenommen. Doch nie als reale, mit ihm, dem Sohn, verbundene Menschen. Dem Sohn wird bewusst, wie er die schwärmerischen Erzählungen des Vaters von früheren Zeiten in Schlesien immer als peinlich und fremd empfunden hatte. Das erste Auto, das Opa 1910 gekauft und zuerst selber chauffiert hatte, bis er es in den Strassengraben lenkte. Von da an wurde der bisherige Kutscher zum Chauffeur ausgebildet. Dann die unzähligen Reisen von Oma und Opa. Wobei der Vater, als er alt genug war, als Chauffeur die Eltern begleitete. Die sportlichen Leistungen des Vaters als Jüngling und junger Mann im Fechten, Reiten und Schiessen. Soweit der Sohn sich zurückerinnern kann, hat er den Vater nie aktiv in der Ausübung eines Sports gesehen. Nicht einmal beim Velofahren. Bei diesen Erzählungen des Vaters – und nicht nur des Vaters, auch aller übrigen deutschen nahen Verwandten – fehlt die Kriegszeit, der Tod von Oma und Opa, das Verlassen von Schlesien. Der Sohn hatte nie Fragen dazu gestellt. Auch nicht zur Tatsache, dass und weshalb etliche Verwandte auf Vaters Seite in England, in USA, in Argentinien, in Australien, in Israel leben. Das Wissen um seine Schweizer Verwandten hat der Sohn sich gleichsam nebenher im gelebten Alltag und im Verkehr mit den Menschen angehäuft und erlebt dieses Umfeld als seine Grossfamilie. Während die deutschen Verwandten wie Fremdkörper in der kleinen Welt des Sohnes stehen. Der

Sohn fragt sich, ob er es wagen kann, den Vater auf den Tod von Omi und Opa in Deutschland anzusprechen. Oder ob er dabei wieder in ein Fettnäpfchen tritt und harsch abgekanzelt wird.

Der Versuch des Sohnes, vom Vater mehr über die schwierigen Zeiten zu erfahren, scheitert. „Keine Zeit. Das ist jetzt kein Thema." Die Mutter, die das Ganze mitbekommt, wirft dem Sohn, als er wie ein geschlagener Hund zu ihr in die Küche kommt, kühl hin, „nun mach nicht so ein Gesicht! Selbst du solltest verstehen, dass niemand gerne darüber spricht, dass seine Mutter, deine Omi, im Konzentrationslager ermordet worden ist."

Den Sohn verwirrt das neue Wissen, mit dem er wenig anfangen kann und das er aus der Scham heraus, trotz allem zu wenig und nichts zu wissen, mit niemandem teilen kann und will. Er weiss, dass die Schweizer Verwandten ihn an den Vater verweisen. Und der Vater nicht darüber sprechen will. Auch nicht die ‚Gotte' des Sohnes, die Schwester des Vaters, mit der er sonst über so vieles reden kann. Auf entsprechende Fragen antwortet sie, „ach vergiss es, ich kann nicht darüber sprechen, sonst beginne ich zu heulen."

Der Sohn weiss, dass der Vater in seiner Freizeit gerne in Buchhandlungen in Aarau oder Baden herumstöbert. Der Vater kennt alle guten Buchhandlungen in der Region und auch die Buchhändler persönlich. Die Buchhandlungsbesuche dauern in der Regel sehr lange. Die andern Familienmitglieder, wenn sie nicht andere Dinge in Aarau oder in Baden zu erledigen haben, während der Vater in der Buchhandlung herumstöbert, verabscheuen es, den

Vater in die Buchhandlungen hinein zu begleiten. Der Vater wiederum hasst nichts so sehr, wie einen Ausflug ohne Begleitung anzutreten. An einem Samstagnachmittag will der Vater unbedingt in die Buchhandlung nach Aarau. Die Mutter ist anderweitig beschäftigt. Die Schwester ist bei einer Freundin. Die Mutter bittet den Sohn inständig, für einmal dem Vater, der es doch bloss gut mit ihm meine, eine Freude zu bereiten und ihn nach Aarau in die Buchhandlung zu Herrn F. zu begleiten. Der Sohn mault bei der Mutter bloss kurz herum. Als der Vater beim Mittagessen fragt, ob jemand Lust hätte, ihn nach Aarau zu begleiten, erklärt der Sohn kleinlaut, er sei bereit dazu. Der Vater zeigt sich höchst erfreut.

Gegen Buchhandlungen hat der Sohn nichts. Nicht einmal eine lange Aufenthaltsdauer in einer Buchhandlung stört ihn. Hingegen fühlt er sich nie so richtig wohl, wenn er mit dem Vater alleine zusammen ist. Es beginnt damit, dass der Vater immer so verkrampft hinter dem Steuer seines Austin Cambridge sitzt. Sind andere Leute dabei, achtet der Sohn nicht darauf. Doch wenn sie alleine unterwegs sind, ist der Sohn auf die Verkrampfung des Vaters fixiert. Zum Glück macht der Vater nicht den Vorschlag, dass der Sohn, der Fahrstunden nimmt, sich ans Steuer setze. Wenn der Sohn wüsste, dass der Vater neben ihm sitzt, würde er beim Fahren aus Nervosität jeden Fehler machen, den er nur machen kann. So sitzt der Sohn auf der Fahrt nach Aarau brav auf dem Beifahrersitz und werweisst darüber, ob der Vater ihn nach dem Besuch der Buchhandlung zu einem Glace ins Café Brändli einladen wird. Dabei fällt ihm ein, dass ein Klassenkamerad neulich erzählt hatte, es geniere ihn jeweils, mit seinem Vater alleine in ein Restaurant zu gehen, da die Leute dann vermuten könnten, da sei ein alter Schwuler mit seinem Lustknaben unterwegs. Zu allem Elend klebt nun dieser dumme Spruch im Kopf des Sohnes fest und hemmt ihn zusätzlich noch, wenn er mit dem Vater alleine in der Öffentlichkeit unterwegs ist.

Der Vater unterhält sich mit Herrn F., dem Buchhändler, den er gut kennt und schätzt. Herr F. macht den Vater auch auf etliche Neuerscheinungen aufmerksam. Das Gespräch kreist klar um Bücher, die die beiden alten Männer interessieren. Der Sohn schafft es geschickt durch Blickwechsel mit dem Buchhändler, mit Lächeln und Nicken, sich von den beiden in Anstand zu entfernen und in der gut bestallten Buchhandlung mit vielen Nebenräumen und unzähligen Gestellen, die Bücher zu finden, die ihn interessieren. Er bleibt im Bereich der französischen Bücher kleben. Nach einiger Zeit nimmt er einen Schrank mit verschlossener Glastüre wahr. In diesem Schrank befinden sich offensichtlich die wertvollsten und schönsten Bücher. Auf den ersten Blick erkennt der Sohn, dass es sich um Ausgaben der Bibliothèque de la Pléiade handelt. Anderswo hatte er einen dieser herrlichen, in Leder gefassten Dünndruckbände mit diskret beigem Schnitt in Händen gehalten. Der Sohn stellt sich auf die Zehen. Da ist eine Gesamtausgabe von Albert Camus. Camus ist, neben Brecht, sein Idol. Er kann den Monolog von Caligula an den Mond auswendig. Der erste Satz von ‚L'étranger', ‚Aujourd'hui, maman est morte' versetzt ihn beinahe in Trance. ‚Il faut imaginer Sisyphe heureux', der letzte Satz aus ‚Le Mythe de Sisyphe', spricht ihm aus dem Herzen. In der Französischstunde hatten sie mit dem Französischlehrer, Monsieur J., lange gestützt auf Camus über ‚le problème zu choix' diskutiert gehabt. Der Sohn wird durch die Stimme

194

seines Vaters aus seinem schwelgerischen Traum herausgerissen.

„Mein Sprössling möchte jenes Buch dort näher ansehen", hört der Sohn den Vater zu Herrn F. sagen.

„Aber sicher, Herr Doktor, aber sicher …"

Der Buchhändler bewegt den Schlüssel. Holt das Buch aus dem Schrank. Reicht dem Sohn das Buch. Der Sohn kann es kaum fassen. Er hält dieses kostbare Buch in Händen. In seinen Händen. Wagt kaum, es richtig zu berühren, aufzuschlagen, aus Angst, das Buch zu beschmutzen.

„Möchtest du das Buch?", fragt der Vater.

„Nein, nein, nein", stottert der Sohn. „Viel, viel zu teuer …"

Der Sohn erhält das Buch vom Vater geschenkt. Er braucht es nicht mehr aus seinen Händen zu geben. Der Sohn wäre dem Vater am liebsten spontan um den Hals gefallen. So gerührt ist er. Er hätte ihn gerne fest, ganz fest umarmt. Die Haltung, der Gesichtsausdruck des Vaters gebieten dem Sohn, kein Aufhebens zu machen. Bloss leise, mit zittriger Stimme danke zu sagen. Der Sohn versteht. Alles andere wäre weibisch gewesen. Und nicht nur in der Öffentlichkeit eine Schande.

Den Sohn nervt, dass alle ihn löchern, was er studieren werde. Naheliegend wäre das Studium der Romanistik. Doch bei aller Liebe für die Bücher der französischen Literatur stinken ihm die Vorstellungen, als Student sich Geschwätz über Bücher anhören und als Lehrer selber solches Geschwätz rauszulassen zu müssen. Monsieur J., der Französischlehrer, hatte einmal aus Begeisterung über einen Aufsatz des Sohnes hingeworfen, er, der Sohn, sei der geborene Schriftsteller. Nun hockt ihm dieser Floh im Ohr. Seine Umwelt hat auch seine Theaterbegeisterung mitbekommen. Um auch ja zu verhindern, dass der Sohn auf die Idee kommen könnte, Schauspieler zu werden, forderte der Vater einen Freund, der Künstler ist, auf, dem Sohn ins Gewissen zu reden, zuerst auf jeden Fall einen seriösen Brotberuf zu erlernen und zu studieren. Die Mutter und ‚Tanti', die für einen Botschafter in der Bekanntschaft schwärmen, versuchen den Sohn zu überzeugen, ein Jura-Studium und danach Eintritt in den diplomatischen Dienst wäre bei seinem, des Sohnes, Talent auf dem gesellschaftlichen Parkett und seinem Aussehen die beste Lösung. Der Vater wiederum bekniet den Sohn, aus Tradition Medizin zu studieren. Vatel sei begeisterter Allgemeinarzt gewesen. Auch er, der Vater, finde in der Psychiatrie seine Erfüllung. Dabei hätte Vatel als Jüngling am liebsten Geschichte studiert. Da im Zeitpunkt des Entscheids für ein Studium die Geschäfte des Vaters von Vatel, seines, des Sohnes, Urgrossvater, nicht gut gelaufen seien und weil mit einem Geschichtsstudium als Perspektive die akademische Laufbahn bestanden habe, wo man damals um 1900 herum, nichts verdient habe und auf Geld in der Familie angewiesen gewesen sei, habe Opa nolens volens das damals kürzeste Studium ergriffen, das der Medizin, wo er nach vier Jahren Studium bereits eine Praxis hatte eröffnen und gut verdienen können. Als er, der Vater, vor dem Entscheid für eine Studienrichtung gestanden sei, habe sein Herz für Geschichte und Germanistik geschlagen. Doch seien bereits damals die Zeiten ungewiss gewesen und so habe Vatel ihm, dem Vater, geraten, Medizin zu studieren, weil Ärzte immer gebraucht würden, selbst in schwierigen Zeiten. So habe auch er, der Vater, nolens volens Medizin studiert. Und es nie bereut. Der Sohn schreit auf. Wenn eines gewiss sei, dann das, dass er bestimmt nicht Medizin studieren werde! Dann prallen zwei Wutanfälle aufeinander, der des Sohnes und der des Vaters. Weil das Gespräch im Zimmer des Sohnes stattgefunden hatte, verlässt diesmal der Vater türknallend das Zimmer. Als der Sohn zur Mutter in die Küche schleicht, seufzt diese, „ich hatte so gehofft, dass die Zeit der Streite vorüber sei. Bitte, bitte, streitet euch nicht wieder! Ich stehe dann immer dazwischen. Ich verstehe nicht, dass ihr immer streiten müsst. Ihr seid euch so ähnlich." Der letzte Satz der Mutter bringt den Sohn zur Weissglut. Doch er beherrscht sich. Zieht wortlos ab. Der Grossvater seines Freundes Marc war Bundesrichter gewesen. Freund Marc entscheidet sich für das Studium der Juristerei. Der Sohn ebenfalls.

Im Kreise der Freunde des Sohnes, die sich vor allem aus ehemaligen Mitschülern des privaten Gymnasiums in Zürich oder aus bürgerlichen Kreisen zuhause rekrutieren, ist das Verweigern des Militärdienstes kein Thema. Allenfalls wird Austausch darüber gepflegt, wie man aus medizinischen Gründen vom Militärdienst befreit werden könnte und wie dumm man sich in der Rekrutenschule anstellen müsse, um nicht den Vorschlag zu bekommen, Offizier zu werden. Cousin Peider, die Sportskanone, wird vom Militär ausgemustert mit einer medizinischen Diagnose, Scheuermann. ‚Götti' meint, beruflich und gesellschaftlich sei es von Vorteil, Offizier zu sein. Hingegen habe er, der Sohn, selber zu entscheiden, ob er Offizier werden wolle oder nicht. Die Rekrutenschule habe noch keinem jungen Mann geschadet. Der Vater, der angefressen ist von allem, was Militär und Uniformen ist, bearbeitet den Sohn, wie wichtig es sei, den Offiziersgrad anzustreben. Er fordert auch Freunde, Logenbrüder aus seiner Freimaurerloge auf, den Sohn ins Gebet zu nehmen und ihm klar zu machen, dass es zum Offiziersgrad keine Alternative gibt. Das Getue des Vaters nervt den Sohn.

„Du bist gar kein richtiger Schweizer, bloss ‚èn Papirli-Schwiizer' (eingekaufter Schweizer)," wirft der Sohn dem Vater an den Kopf. „Du weiss nicht, wie die Sache mit dem Militär hier und jetzt läuft! Du brauchst mir nichts zu sagen."

„Der Sohn, der alles besser weiss und dabei von Tuten und Blasen keinen blassen Schimmer hat!", kontert der Vater mit lauter werdender Stimme, was einen Streit vom Zaune bricht, der die Mutter einmal mehr seufzen lässt.

An Wochenenden kommt der Sohn aus der Rekrutenschule nachhause. Der Vater holt den Sohn mit seinem Auto von der Kaserne ab. Meist kommen Kameraden des Sohnes für eine Teilstrecke mit. Der Vater will, insbesondere von den Kameraden des Sohnes, alles wissen, über den Alltag in der Kaserne, über den Drill und über den Dienst an der Waffe. Die Kameraden des Sohnes, die meist aus einfacheren Verhältnissen stammen, geniessen es, von diesem so offenen Herrn Doktor ausgefragt und für voll genommen zu werden. Sie betonen dem Sohn gegenüber immer wieder, wie sie ihn um seinen lässigen Vater beneiden. Einer stimmt im Fond des Austin Cambridge das Lied an, das sie auf dem Letzten Nachtmarsch mit letzter Puste aus vollster Kehle gebrüllt hatten, ‚Das Leben ist ein Würfelspiel'. Der Sohn, der ebenfalls im Fonds des Wagens sitzt, nimmt im Rückspiegel wahr, wie Miene des Vaters sich verzieht. Dem Vater offensichtlich etwas total missfällt. Was es ist, ahnt der Sohn nicht. Doch typisch für den Sohn ist, dass der Vater nicht gleich zu meckern anfängt, wie er es ihm, dem Sohn, gegenüber immer tut.

Beim Mittagessen herrscht gelöste Stimmung. Der Vater sagt sogar, wie stolz er ist, den Sohn nun in Uniform zu sehen.

„Was ich noch fragen wollte, wie ist eigentlich der Frass in der Kaserne," wendet der Vater sich jovial mit spitzbübischem Grinsen an den Sohn.

„Ach, für mich okay. Die anderen meckern schrecklich. Der Fourier hat sich verrechnet, nun ist sein Budget aufgebraucht. Er kann kaum mehr frische Lebensmittel kaufen, muss den Vorrat aufbrauchen. Nun gibt es beinahe täglich ‚gstampftè Jud' (im Schweizer Militär umgangssprachliche Bezeichnung von Dosen-Hackfleisch), mal an Tomatensosse, mal vermantscht oder gebraten. Ich mag das. Die andern finden das schrecklich."

Der Sohn plappert fröhlich daher. In Vaters Gesicht erlischt die Fröhlichkeit. Der Vater starrt auf das Tischtuch. Wischt mit seiner Serviette seinen Mund sauber. Steht auf. Verlässt wortlos das Esszimmer und verschwindet in sein Arbeitszimmer. Die Mutter verdeckt ihr Gesicht mit beiden Händen. Seufzt flüsternd mit weinerlicher Stimme, „Bub, Bub, wie hast du so etwas bloss sagen können. Du hättest wissen müssen, dass dein Vater, deine Omi… Vati hatte mir bereits erzählt, wie er schockiert gewesen war, als du und deine Kameraden aus vollsten Kehlen ‚Das Leben ist ein Würfelspiel' gesungen habt, dieses schreckliche Lied aus der Nazi-Zeit."

Der Sohn findet es unerhört, dass er, wenn er sich wie jeder normale Schweizer verhält, bei seinem Vater schräg ankommt. Der Sohn übersteht die Rekrutenschule. Er lernt in engem Zusammenleben Kameraden aus allen Schichten kennenlernt. Er und ein paar weitere Studenten unter den Mitrekruten schaffen es, sich bei den

Rekrutenprüfungen so dumm anzustellen, dass keiner der vorgesetzten Offiziere auf die Idee kommt, sie für die Unteroffiziers- und Offiziersschule vorzuschlagen. Auf die Chance, weiterhin in den jährlichen Wiederholungskursen normale Soldaten zu sein, betrinken sie sich im Ausgang im Restaurant Zum scharfen Rank. Der Vater ist empört, als er vernimmt, dass seinem Sohn die Offiziersschule nicht vorgeschlagen worden war. Der Sohn kann mit der Empörung des Vaters leben und widmet sich wieder seinem Studium. Das heisst, er widmet sich vor allem der genialen Vernetzung mit Mitstudenten und Mitstudentinnen und Studenten und Studentinnen aus anderen Fakultäten im Rondell, der Café Bar des Hauptgebäudes der Universität.

Kurz vor Ende des Frühjahrssemesters und den Sommerferien teilt der Vater dem Sohn beim Familiennachtessen munter mit, er möge sich morgen um Drei im Bezirksgericht Brugg bei Doktor K., dem Präsidenten des Bezirksgerichts melden, dort erwarte ihn, den Sohn, nämlich eine Überraschung, ein Praktikum für zwei Monate an einem richtigen Gericht.

„Nun mach nicht ein solches Gesicht," fährt der Vater fort. „Für einen angehenden Juristen muss es doch ein Vergnügen sein, sein angelerntes Wissen bereits während des Studiums praktisch anwenden zu können. Ich habe gestern Doktor K. im Sternenzirkel auf diese Möglichkeit angesprochen. Ihm ist es eine Ehre, wenn du bei ihm ein Praktikum absolvierst. Und dir fällt kein Stein aus der Krone, wenn du dich endlich mal vernünftig und gescheit verhältst. Selbst scheinst du ja nicht auf die Idee gekommen zu sein, dass es nur von Vorteil sein kann, frühzeitig alle möglichen Berufserfahrungen zu sammeln. Schliesslich willst du doch

Karriere machen, oder etwas nicht?! Wozu hätten wir dich sonst studieren lassen!"

Um des lieben Friedens willen begehrt der Sohn nicht auf, erwähnt bloss lakonisch, dann könne er seine schönen Ferienpläne also begraben. Zu seiner Erleichterung fragt niemand, was denn seine Ferienpläne sind. Er hat keine.

Das Praktikum erweist sich als höchst spannend. Gleichzeitig mit dem Sohn ist ein weiterer Student als Praktikant am Bezirksgericht tätig. Dieser Student ist zwei Jahre älter als der Sohn, hat bereits die ersten Abschlussprüfungen hinter sich. Dem Sohn war dieser Student, der in Brugg wohnt und mit dem Zug hin- und herfährt, vorher bereits aufgefallen und er hatte gewusst, dass dieser einige Semester über ihm studiert. Ins Gespräch mit ihm war er bis dahin nie gekommen. Die jüngeren Semester bewundern die älteren Semester ehrfürchtig und sprechen sie in der Regel nicht an. Der Sohn und dieser Student verstehen sich bestens und haben Austausch über Gott und die Welt.

Die Einführung in die Praktikantentätigkeit am Bezirksgericht ist knapp. Der Gerichtsschreiber weist den Praktikanten die Arbeit zu. Der Sohn hat Einblick in Akten, die zum Teil wahnsinnige Geschichten beinhalten. Noch am ersten Tag ruft Herr Dr. K., der die Praktikanten am frühen Morgen begrüsst hatte, den Sohn zu sich in sein Büro.

Er befinde sich in einem totalen Dilemma, erklärt Doktor K. dem Sohn. Bewilligt von der Justizdirektion in Aarau sei bloss eine Praktikantenstelle. Theoretisch wäre es möglich, da die Stelle nun doppelt besetzt sei, den Lohn zu halbieren, sodass jeder Praktikant die Hälfte des Lohnes bekomme. Nun sei es aber so, dass der andere Praktikant aus sehr einfachen Verhältnissen stamme, wie er, der Sohn, bestimmt wisse. Jener Praktikant sei auf den Verdienst angewiesen. Grinsend fügt er augenzwinkernd an, er, der Sohn, komme aus einem guten Stall und könne zu einem guten Zweck locker auf den Lohn verzichten. Damit der andere, bedürftige Praktikant in den Genuss des gesamten Lohnes komme. Der Sohn wäre sich schäbig vorgekommen, nicht gute Miene zum bösen Spiel zu machen. Zähneknirschend zwingt er sich zu einem Grinsen und wirft locker und fröhlich hin, „aber ja doch, klar!"

Zuhause dann zieht der Sohn über den Vater her. Diesen Scheiss habe er bloss ihm, dem Vater, zu verdanken.

„Bitte kein solches Geschrei! Wegen eines läppischen Löhnchens ein solches Geschrei zu vollführen. Schämst du dich nicht, so sehr an Materiellem zu kleben!"

„Nun fehlt mir das Geld, um Ferien zu machen!"

„Falls dem aristokratischen Sohn proletarischer Eltern die simple Sizilienreise mit den Akademischen Reisen, die wir neulich gebucht haben, nicht zu wenig ist, könnten wir uns überlegen, dich im Anschluss an dein Praktikum dazu einzuladen – falls noch ein Platz frei ist," schiebt der Vater in seinem ihm geläufigen, leicht ironischen Tonfall an.

Eine Reise mit alten Leuten hatte der Sohn sich zwar nicht vorgestellt. Doch kostet die Reise bestimmt ‚ès Heidègäld' (viel Geld). Zudem kommt er so auch mal in tolle, teure Hotels. Der Sohn willigt, zum Schein knurrend und nur widerwillig, in den Handel ein.

Nachdem die Praktikantenstelle des Sohnes am Bezirksgericht zu Ende ist, bloss noch wenige Tage fehlen, bis die Gesellschaftsreise nach Sizilien losgeht, hockt der Sohn, zufällig alleine, zuhause. Das Telefon klingelt. Der Geschäftsführer der Akademischen Reisen wünscht den Herrn Doktor B. zu sprechen. Der Sohn sagt, sein Vater sei nicht zuhause. Der Herr fragt, ob er zufällig die Ehre habe, mit dem Sohn, Herrn Rainer B. zu sprechen. Das sei ein Zufall, denn letztlich wolle er mit ihm sprechen. Es sei nämlich so, mit der wissenschaftlichen Reiseleitung sei alles in bester Ordnung. Dem wissenschaftlichen sei auf jeder Reise ein administrativer Reiseleiter zugeordnet. Nun sei der administrative Reiseleiter krank geworden und falle aus. Die administrative Reiseleitung beinhalte bloss wenige Aufgaben, die Zimmerverteilung in den Hotels, die Bestätigung der Reservationen für Mahlzeiten in Restaurants, die Rückbestätigung der Flüge und so weiter. Als Student sollte er, der Sohn, durchaus in der Lage sein, diese Tätigkeit locker auszuüben, ohne dabei auf den Besichtigungsteil der Reise verzichten zu müssen. Selbstverständlich würde er unter diesen Umständen für seine Reise nichts bezahlen müssen. Erhalte diese bereits für ihn vom Vater einbezahlten Reisekosten zurückerstattet. Der Sohn erklärt sein Einverständnis, vereinbart einen Besprechungstermin im Büro des Herrn und bekommt auch zugesichert, dass er die für ihn bereits bezahlten Reisekosten bei dieser Gelegenheit bar zurückbezahlt erhalte. Der Sohn ist selig. Nun hat er ‚dè Föifèr und's Wèggli (den Fünfer und das Brötchen, eine Redensart aus der Zeit, als ein Brötchen noch fünf Rappen gekostet hatten). Dem Vater flunkert er vor, der Leiter der Akademischen Reisen habe deutlich gesagt, der ihm, dem Sohn, bar in die Hand zurückbezahlte Betrag sei als Lohn für seine Dienste als administrativer Leiter auf der Sizilienreise zu verstehen. Die Mutter, die bei diesem Gespräch dabei ist, lacht herzlich und ruft, „da hast du wieder einmal Glück gehabt – du bist ein Glückspilz!", worauf der Vater, der zuvor mit ernster Miene den Ausführungen des Sohnes gelauscht und sich dabei angemessene Worte des Protests über den so gearteten Geldfluss zurechtlegt hatte, nun der Mutter zuliebe nolens volens gute Miene zum bösen Spiel macht, weil er seinem Scheusälchen unbedingt nicht in den Rücken fallen möchte. Der Sohn stellt amüsiert fest, dass der Vater im Begriffe ist, sich damit abzufinden, wie er, der Sohn, mit seinem Charme in der Regel die Leute bezirzen, für sich das Beste herausholen und sich bequem zurücklehnen kann. Ein Streit und Schattenkampf zwischen Vater und Sohn wird diesmal umschifft.

10.

Der Vater muss sich wohl oder übel damit abfinden, dass der Sohn mit seinem Charme in der Regel die Leute bezirzen, für sich das Beste herausholen und sich bequem zurücklehnen kann. Dem Sohn fehlt es klar an Schneid und Ehrgeiz. Er geht den Weg des geringsten Widerstandes. Nimmt sein Schicksal nicht in die Hand. Seine sinnlosen Weigerungen, Medizin zu studieren, im Militär Offizier zu werden, wie es sich für jeden anständigen Schweizer und Akademiker gehört, sind für den Vater nervig. Dafür hängt der Sohn diffusen Träumen von Künstlertum nach, baut Luftschlösser, die wie Seifenblasen sind. Zumindest hat der Sohn sein Studium beendet. Doch was nach diesem Studium geschehen wäre, wenn nicht er, der Vater, eingegriffen hätte, das wissen die Götter und sie sagen es nicht. Der Vater arrangiert, dass der Sohn im Anschluss an seinen Studienabschluss bei einem Freund des Vaters, ehemals Oberrichter, nun Rechtsanwalt mit eigener Praxis, Herr Doktor H., als Adjunkt eintreten kann. Der Vater macht sich auf die schlimmste Reaktion des Sohnes gefasst. Doch die Reaktion des Sohnes erweist sich als glimpflich. Er tritt die Stelle an. Sucht sich eine eigene Wohnung. Verselbständigt sich. An Sonntagen kommt er zum Mittagessen.

„Und, wie ist es bei Doktor H.?", fragt der Vater.

„Es geht. Die Tätigkeit des Rechtsanwalts ist nicht mein Ding."

„Jetzt arbeitest du erst ein paar Wochen da und bereits dieser Defätismus!"

„Weshalb fragst du nicht, was mein Ding ist? Ich will schreiben. Schriftsteller. Monsieur J., mein ehemaliger Französischlehrer hatte mir Talent zum Schreiben attestiert gehabt. Weshalb seid ihr, die so viel von Kultur haltet, so dagegen dass ich schreibe?! Ja, ja, die Kultur ist ein Deckmäntelchen. Bloss in der Familie soll keiner auf die Idee kommen, Künstler zu sein!"

„Interessant, interessant. Mein Sohn, ein Schriftsteller! Schau mal einer an. Wo sind deine Veröffentlichungen? Verdienst du bereits tüchtig damit? Bist du etwa bereits berühmt, ohne dass es mir zu Ohren gekommen ist?! Eben. Wirst du erst mal berühmt sein, werde auch ich stolz darauf sein, dass mein Sohn Schriftsteller ist!"

Der Vater kommt nicht umhin, vor der Mutter über den Sohn zu schimpfen.

„Er ist ein verdammter Angeber!"

„Das hat er von dir," erwidert die Mutter prompt, um dann hinterherzuschieben, „Entschuldige, Hansel. Will einer sich in seiner Welt behaupten und hervorstechen, muss er was zu bieten haben. Und über das, was er zu bieten hat, sprechen. Grosse Klappe, vielleicht. Oft steckt jedoch mehr dahinter, als man auf die Schnelle wahrnimmt. Verteufle mir die Angeber nicht voreilig!"

Von der Mutter, der der Sohn ein wenig ausführlicher aus seinem Leben berichtet als ihm, dem Vater, erfährt der Vater, dass der Sohn inzwischen die Stelle bei Doktor H. aufgegeben und eine neue Stelle an einem Zürcher Gericht habe. Dort verdiene er das Vierfache und könne endlich seine Wohnung bezahlen. Der Vater mischt sich nicht mehr ein. Auch nicht, als der Sohn nach etwas über einem Jahr verkündet, nun mit seinem Freund Marc zusammen nach Indien zu trampen. Der Vater versteht diese jungen Leute nicht mehr. Dass die Mutter, Peter, Bertie, Peider und alle auf der Seite des Sohnes sind, trägt er mit Fassung. Zumindest kommt der Sohn für seinen Lebensunterhalt und seinen verrückten Trip nach Indien aus eigenem Verdienst auf. Wobei der Vater nicht weiss, ob nicht die Mutter und andere ihm noch etwas zustecken. Selbst der Vater ist gerührt, wie der Sohn von seiner mehrmonatigen Indienreise regelmässig Briefe mit seinen Erlebnissen schreibt und die Eltern bittet, diese Briefe für ihn auf jeden Fall aufzubewahren, weil sie gleichsam sein Reisetagebuch seien. Der Vater muss gestehen, dass der Sohn schreiben kann. Nachdem die Indienreise heil überstanden ist, mault der Sohn nicht einmal herum, als der Vater ihn darauf aufmerksam macht, dass es in seiner, des Vaters, Familie üblich sei, dass die Männer ihren Doktor machten. Dem Sohn gelingt es, was den Vater beruhigt, über einen Freund ein Dissertationsthema zu finden, das ihm Spass macht, und bei einem Professor zu doktorieren, der eine bekannte Persönlichkeit und ein höchst origineller Typ ist.

„Wie kommst du überhaupt dazu, dass dieser berühmte Professor N. dich als Doktoranden nimmt?", fragt der Vater den Sohn.

„Dieser Freund, Max, ist mit Professor N. befreundet. Professor N. besucht Max immer wieder, säuft ihm seinen Chivas Regal weg. Max sagte dann, komm du ebenfalls zu Besuch, wenn Peter N. das nächste Mal bei mir zu Besuch ist. So lernte ich ihn kennen. Max forderte Professor N. auf, mir ein Thema für eine Dissertation zu geben. Professor N. meinte, das sei überhaupt nicht üblich. Doktoranden müssten ihre Themen selber finden. Doch habe er gerade ein Thema, das er gerne als Dissertation untersucht wüsste. So bin ich, eigentlich zufällig, zu meinem Thema gekommen …"

Der Vater schüttelt seinen Kopf und kann kaum glauben, wie der Sohn scheinbar mühelos sich durch sein Leben schlängelt. Auch der Dreh mit der Teilzeitstelle. Eines schönen Tages taucht der Sohn auf, er habe in der kantonalen Verwaltung des Kantons Zürich eine Halbtagsstelle.

„Erzähle keinen Quatsch," wirft der Vater genervt hin. „Ich habe noch nie gehört, dass es so etwas wie Teilzeitstellen gibt."

„Gab es auch bisher tatsächlich nicht," erklärt der Sohn grinsend. „Aufs Geratewohl hin habe ich auf das Personalsekretariat einer Direktion der Kantonalen Verwaltung angerufen. Ich hatte gehört, dass die öffentliche Hand Schwierigkeiten hat, Juristen zu rekrutieren. Auf Anhieb wurde mir gesagt, bleiben sie am Apparat, ich verbinde. Dann habe ich mit einem Direktionssekretär gesprochen, der mich fragte, was für eine Stelle ich suche. Bei ihm sei die Stelle eines Juristen neu zu besetzen. Vor etwas mehr als einer Stunde habe sich ein junger Jurist gemeldet, der an dieser Stelle sehr interessiert sei, jedoch bloss Teilzeit arbeiten möchte, weil er eine Dissertation schreibe. Ich erkläre dem Direktionssekretär, dass ich in der gleichen Situation sei, eine Dissertation schreibe. Daraufhin meinte der Direktionssekretär, falls ich mich vorstellen komme und an der Stelle interessiert sei, werde er versuchen beim Personalsekretariat durchzukämpfen, dass eine Stelle durch zwei Personen besetzt werden könne, was bisher noch nie der Fall gewesen sei. Doch er sei zuversichtlich, dass er es schaffen werde."

Der Vater kann bloss staunen, was dem Sohn da wieder in den Schoss fällt. Ein paar Jahre später – gut Ding will Weile haben – berichtet der Sohn, dass er nun die Dissertation Professor N. eingereicht und dieser sie akzeptiert habe. Er empfehle sie der Fakultät zur Abnahme.

„Jetzt ist die Sache so," beginnt der Sohn zögernd. „Ich verdiene zwar, doch die Dissertation muss man in soundso viel Exemplaren gedruckt einreichen und der Druck kostet …"

„Ich habe immer gesagt," unterbricht der Vater den Sohn, „dass ich den Druck deiner Dissertation bezahlen werde …"

„Das ist lieb, echt lieb," unterbricht nun der Sohn seinen Vater, „doch ich habe einen Vorschlag. Normal ist es, dem Verlag, der auf den Druck von Dissertationen spezialisiert ist, das Manuskript in Rohform abzuliefern. Das kostet soundso viel. Nun gibt es aber auch die Möglichkeit, das druckfertige Manuskript nach genauen Vorgaben des Verlags selber herzustellen, wenn man eine gute Schreibmaschine zur Verfügung hat. Neu auf dem Markt ist die IBM Kugelkopf Schreibmaschine, die perfekt ist, um ein schönes druckfertiges Reinschrift-Manuskript herzustellen und es dem Verlag einzureichen. Dann kostet der Druck im Verlag bloss noch einen Bruchteil. Selbst mit dem Kauf einer IBM Kugelkopf Schreibmaschine mit Korrekturband, das Neuste vom Neuen auf dem Markt, sind die Kosten für die Dissertation wesentlich niedriger, als wenn man dem Verlag das Rohmanuskript einliefert und dieser die Druckvorlage selbst anfertigt."

„Das heisst, der Herr Sohn erpresst seinen alten Herrn," presst der Vater mit im Scherz aufgesetzter ernsthafter Miene hervor. „Schreibe mir dir Zahlen bitte auf.

Wenn sie mich überzeugen, bekommst du deine IBM Kugelkopf Schreibmaschine. Kugelkopf sagst du? Das ist nicht das Neueste vom Neuen, mein Sohn! Um 1900 herum hatte Vatel seinem Vater, deinem Urgrossvater, die Schreibmaschine, die damals der neuste Schrei gewesen war, geschenkt, eine Typenrad Schreibmaschine von Blickensderfer. Sie hatte einen Kugelkopf, doch bloss eine Taste und einen Hebel, mittels dessen man das Typenrad auf den gewollten Buchstaben einstellte und dann die Taste drückte …"

Der Sohn hat seinen Doktor und seine IBM Kugelkopf Schreibmaschine. Der Vater ist stolz. Der Sohn kündigt seine Stelle, was dem Vater Sorgen bereitet.

„Gekündigt, ja und nein. Mein Kollege, mit dem ich die Stelle bisher geteilt habe, hat eine neue Stelle gefunden. Nun meinte der Direktionssekretär, mein Vorgesetzter, ich hätte ja jetzt meinen Doktor und sei nicht mehr auf die Teilzeitstelle angewiesen. Entweder sei ich bereit, Vollzeit zu arbeiten, oder die Stelle zu verlieren. Falls ich mich für die zweite Möglichkeit entscheide, sei er bereit mir zu kündigen, damit ich sofort Arbeitslosengelder beziehen könne, bis ich eine neue Stelle gefunden hätte."

„Das gibt's ja nicht! Arbeitsscheu, mein Sohn! Will nicht Vollzeit arbeiten, wie alle normalen Leute es tun! Von mir kannst du keinen Pfennig erwarten! Schau selber, wie du weiterkommst!"

Wenig später liest der Vater im Programmheft des Schweizer Radios in der Programmvorschau, dass ‚Porträt einer unmöglichen Beziehung. Minuten-Dramolett von Rainer B.‘, ausgestrahlt wird. Das kurze Hörspiel, liest der Vater, ist ein Auftragswerk des Schweizer Radios in

Zusammenarbeit mit etlichen lokalen Unternehmen, die in ihren Geschäften Hörstationen einrichten, wo die Kurzhörspiele von dreissig Autoren abgehört werden können. Am Radio werden alle dreissig Hörspiele nacheinander ausgestrahlt werden. Danach werden die Hörspiele auch im Tagblatt an dreissig Tagen je ein Hörspiel mit Porträt des Autors gedruckt. Der Vater staunt und kann es kaum glauben, dass sein Taugenichts von Sohn es ans Radio geschafft hat.

„Mist, Mist, Mist!"

„Was ist, Hansel?"

„Ach, Scheusälchen, nun wird ein Kurzhörspiel von Rainer am Radio ausgestrahlt werden und da bin ich ausgerechnet an einer Sitzung in der Freimaurerloge in Aarau. Da ist genau die Zeit angegeben, wann es ausgestrahlt wird, um 20 Uhr 37! Nichts zu machen, diese blöde Sitzung! Da kann ich unmöglich kneifen!"

Zeitlich vorgegriffen um der Erzählung willen, der Abdruck aus der Zeitung, nach der Erstausstrahlung am Radio:

Porträt einer unmöglichen Beziehung.
Minuten-Dramolett
von Rainer B.

Personen: *Vater*
Sohn

Ort *Freier Raum*

Zeit *Gegenwart*

Vater und Sohn im Wettlauf keuchend, schwer atmend

Vater	Bleib stehn
	Lauf nicht davon
Sohn	Damit Du mich einfängst
	In einen Käfig steckst
	Als Privatäffchen dazu dressierst
	Kunststückchen nach Deinem Gusto zu machen
Vater	Ich will nur Dein Bestes
	Bleib stehn
	Ich habe Dich gezeugt
Sohn	Ha ha ha
	Ich wichse in meine Hand
	Strecke Dir meine Hand entgegen
	„Hier hast Du Deinen Einsatz zurück"
	Und wir sind auf immer und ewig quitt –
	Das Bisschen Samen das Du zu Deiner Lust abgespritzt hattest
	Schafft kein Wir
Vater	Ungehörig wie du mit deinem Vater sprichst
Sohn	Klartext
Vater	Und das soll mein Sohn sein
Sohn	*lachend* Ich wollte ich wäre es nicht

Der Vater fällt hin.

Sohn	*erschreckt, in tiefster Sorge schreiend*
	Wach auf wach auf wach auf
	Hör auf mit diesem blöden Spiel
	Dein Spiel ist überhaupt nicht
	lustig –
	Ah da bist du ja wieder
Vater	*zack-zack-preussisch*
	Was fällt dir ein
	Hast du mich umarmt
	In aller Öffentlichkeit
	Dass alle Leute dies weibische
	Gehaben mitbekommen

Ende

Das Rad der Zeit wieder ein paar Drehungen zurückgedreht, bevor der Mini-Hörspiel-Text in der Zeitung gedruckt vorliegt.

Der stolze Vater will es auf jeden Fall gut machen. Er stellt in seiner Sitzung im Logengebäude in Aarau die Weckfunktion seiner Armbanduhr auf genau eine Minute bevor die Ausstrahlung des Minuten-Dramoletts des Sohnes zu Ende ist. Kaum piepst seine Uhr, entschuldigt er sich für einen Moment aus der Sitzung. Rennt zum nächsten Telefon. Stellt die Nummer des Sohnes ein. Erwischt ihn. An den Hintergrundgeräuschen beim Sohn erkennt er, dass dieser in grosser Gesellschaft feiert. Der Vater gratuliert dem Sohn überschwänglich zu seinem Erfolg und sagt, wie stolz er auf ihn ist.

„Und, wie hat es dir gefallen," fragt der Sohn mit seltsam unsicherem Unterton in seiner Stimme.

„Dein Kurzhörspiel wird schon gut gewesen sein, sonst hätte das Radio es nicht angenommen, produziert und ausgestrahlt."

„Was du von meinem Kurzhörspiel hältst, wie du es findest?"

„Um ehrlich zu sein, ich befinde mich in einer Sitzung ..."

„Dann beziehen die Gratulation und deine Begeisterung sich nicht auf mein Werk, bloss darauf, dass ich es ans Radio geschafft habe?! Und das von dir, der du mich gelehrt hast, mehr Sein als Schein!"

Die Missstimmung, weil am Telefon, artet in keinen Streit aus. Doch dem Vater, aber auch dem Sohn, die beide im Alltag umgänglich und in Gesellschaft beliebt sind, gibt die unbeholfene Art und Weise ihrer Kommunikation miteinander zu denken. Ihre Beziehung will nie gedeihen. In Brugg steht der Vater vor der Auslage eines Juweliergeschäfts und schaut sich die schönen Stücke an. Jemand haut ihn an. Er wendet sich erschreckt um. Ein junger Mann steht da, den er nicht kennt. Der junge Mann schaut den Vater verunsichert an. Fragt, „erkennst du mich nicht?"

Da erst fällt der Groschen. Der Vater könnte sich ohrfeigen, dass er den eigenen Sohn, der mit dem Zug aus Zürich kommend zu Fuss durch Brugg geht, um seine Eltern zuhause zu einem Mittagessen zu besuchen, im ersten Moment nicht erkennt. Dann lachen beide darüber.

Der Vater, Münzensammler aus Leidenschaft, entdeckt bei einem Münzenhändler eine Goldmünze

Westfälischer Friede 1648, nach dem 30-jährigen Krieg. Der Sohn ist Achtunddreißig. Ihre Vater-Sohn-Streite, ihre Schattenkämpfe, ihr Krieg dauert nun gut 30 Jahre, so dass der Friede fällig ist. Der Vater kauft die Münze und schenkt sie dem Sohn zu Weihnachten, in der Erwartung, dass dieser den Wink mit dem Zaunpfahl versteht. Der Sohn bedankt sich höflich für das Geschenk, fragt den Vater auch kurz, welche Bewandtnis es mit dem geschichtlichen Bezug der Münze habe, scheint aber die Ironie, die hinter dem Geschenk steckt nicht zu erkennen. Dafür schenkt der Sohn dem Vater unter dem nämlichen Weihnachtsbaum einen reich bebilderten Taschenbuchbildband über den deutschen Maler Caspar David Friedrich. „Weil du Caspar David Friedrich so gerne magst!"

Der Vater mag nicht heucheln. Er bedankt sich höflich. Geht dann zu einem seiner vielen Büchergestelle, zupft da den nämlichen hübschen Taschenbuchbildband heraus und sagt dem Sohn, „den gleichen Bildband hast du mir bereits letztes Jahr geschenkt gehabt." Dem Sohn ist es schrecklich peinlich. Dann lachen Vater und Sohn darüber und prosten sich mit Champagner zu.

Der Sohn ist immer noch ohne anständige Anstellung. Er jobt als Privatsekretär eines Architekten und eines emeritierten Universitätsprofessors und als Fotomodel für eine Agentur und hofft auf seinen Durchbruch als Schriftsteller. Er gelangt bei einem Besuch zuhause mit der Bitte an den Vater, ihn mit einem Betrag in der Höhe von drei Monatslöhnen zu unterstützen, damit er in Ruhe an seinen literarischen Werken arbeiten und nicht mehr den Stress mit all seinen Jobs habe. Er sei überzeugt, kurz vor dem Durchbruch als Schriftsteller zu sein. Führe Gespräche mit

Dramaturgien von Theatern. Der Vater ist irgendwie gebauchpinselt, dass sein Sohn mit dieser Bitte zu ihm kommt, findet das Ansinnen aber total daneben. Wenn er schon Künstler sein will, soll er selber schauen, wie er zurechtkommt. Gleichzeitig möchte er ihn, wo er klar endlich etwas Zutrauen zu ihm, dem Vater, gefasst hat, nicht vergraulen. Spontan kommt ihm eine List in den Sinn. Der Vater schaut den Sohn mit nachdenklichem Blick an und hebt zu einer kurzen Rede an.

„Ich würde dir gerne unter die Arme greifen. Wie du weisst, kam ich als Flüchtling hier in die Schweiz. In Deutschland haben ich und meine Familie alles verloren. Ich habe immer gut für euch, meine Familie gesorgt. Mutti und ich konnten uns dieses Terrassenhaus leisten. Doch, ich bedaure, Ersparnisse habe ich keine. Ich bin nicht in der Lage, dir einen Betrag in der Höhe von drei Monatslöhnen einfach so zu schenken."

Der Vater merkt, wie der Sohn beeindruckt ist. Etwas peinlich ist dem Vater, dass der Sohn überschwänglich betont, wie er insbesondere seine, des Vaters, Offenheit schätze, wo sie doch schwierige Zeiten hinter sich hätten. Dann wendet der Sohn sich mit der gleichen Bitte an die Mutter, die, wie ihm bekannt ist, eigenes Vermögen hat und dieses auch selber verwaltet.

„Ich finde es lächerlich, wenn ein ausgewachsener Mann von über dreissig Jahren noch um Geld betteln muss!"

Der Vater ist erstaunt über die Härte und Konsequenz seines Scheusälchens, kann verstehen, dass der Sohn von der Haltung der Mutter schockiert ist, lacht sich aber gleichzeitig ins Fäustchen, dass er, der Vater, und die Mutter ohne Absprache die gleiche Linie vertreten.

Wenig später meldet die Tochter, dass sie und ihr Mann gedenken ein Terrassenhaus zu kaufen. Der Vater und die Mutter beglückwünschen die Jungen zu ihrem Entschluss. Fragen, ob sie für den Hauskauf einen finanziellen Zustupf möchten. Die Tochter erklärt, dass sie und ihr Mann sehr froh darum wären. Mutter und Vater einigen sich auf einen Erbvorbezug, der im Erbschaftsfall anzurechnen ist, von je, von Mutter und Vater, einem Betrag in der Höhe von einundzwanzig Monatslöhnen.

Kaum ist der Handel mit dem Erbvorbezug unter Dach und Fach und auch schriftlich festgehalten, weiss die Tochter, das Jüngferchen, anscheinend nichts Gescheiteres, als ihren Bruder, den Sohn, über den Handel und die Höhe des Zustupfes zu informieren. Dieser ruft umgehend zuhause an. Der Vater erschrickt, als die Mutter ihm den Telefonhörer weiterreicht mit der Bemerkung, der Sohn wünsche ihn, was bisher noch nie vorgekommen ist, und nicht sie zu sprechen. Der Sohn wirkt ruhig und gefasst.
„Vati, ich bin enttäuscht. Dass du mir das Geld nicht gibst, ist okay. Doch dass du mir eine Lügengeschichte als Begründung auftischst, trifft mich zutiefst. Für mich bist du gestorben. Ich will nichts mehr mit dir zu tun haben. Keine Sorge, gegen aussen hin wird alles beim Alten bleiben. Das Umfeld braucht nichts davon zu wissen. Doch ich kann dir nicht mehr ernsthaft vertrauen."

Der Vater entschuldigt sich tausendmal. Gesteht, dass seine Lüge eine Dummheit war, er sie zu tiefst bedaure. Dass er den Sohn verstehe. Doch bitte er um

Vergebung. Der Sohn bleibt unerbittlich. Am Folgetag überweist der Vater dem Sohn einen Betrag in der Höhe von viereinhalb Monatslöhnen. Der Sohn ruft zuhause an, sagt der Mutter, er wünsche den Vater zu sprechen. Der Sohn bedankt sich höflich beim Vater und beendet das Gespräch. So sehr der Vater bedauert und sich Selbstvorwürfe macht, bewundert er den Sohn für dessen Mut zu Offenheit und klarer Haltung, die alleine klare Verhältnisse in vertrackten Situationen schaffen.

Der Vater hat Bauchschmerzen. Frisst als Arzt in Selbstmedikation Schmerzmittel. Die Schmerzen lassen nicht nach. Er frisst noch mehr Schmerzmittel. Die Schmerzen werden unerträglich. Die Mutter fährt den Vater zum Arzt. Der Arzt weist den Vater als Notfall ins Spital ein. Notfallmässige Operation. Geplatzter Blinddarm. Die Operation gelingt. Der Vater ist noch etwas schwach. Liegt im Spitalbett. Klopfen an die Zimmertüre. Der Vater ruft leise, „herein". Nachdem die Türe sich geöffnet hat tritt zaghaft durch den Türrahmen ins Spitalzimmer hinein der Sohn und schliesst die Türe hinter sich. Der Vater traut seinen Augen kaum. Der Vater freut sich. Der Sohn wirkt eingeschüchtert.

„Pech gehabt, mein Sohn. So rasch kratzt dein Alter nicht ab, du kannst noch nicht aufschnaufen," bröselt der Vater hervor und richtet sich mühsam im Bett auf, um aufzustehen. Setzt sich auf die Bettkante dem Fenster gegenüber, steht auf wackligen Beinen auf. Bis er sich bewusst wird, dass er ein Spitalnachthemd trägt, das am Rücken offen ist, bloss mit einem Mäschchen hinten am Hals zusammengehalten wird. Er spürt, wie die beiden Stoffteile beim Aufstehen auseinanderflattern. Ihm schiesst durch den Kopf, dass er seine nackte Kehrseite ungewollt und unanständig seinem Sohn präsentiert. Der Sohn, der noch bei der Türe steht, sieht von ihm, dem Vater, der nun steht, den beinahe nackten Rücken und den vollständig entblössten Hintern. Die träge hängenden Arschbacken eines alten Mannes, der sich auf wackligen Beinen mühselig aufrecht hält. Der Vater wendet sich so rasch als möglich und lässt sich, unter leichten Schmerzen an der Operationswunde in den neben dem Bett stehenden Sessel plumpsen. Der Vater nimmt gerade noch den entgeisterten Blick des Sohnes wahr, der sich von der Höhe des zuvor sichtbar nackten Hintern des Vaters zum jetzt sichtbaren Gesicht des Vaters wendet. Mit einem Lächeln. Dem Vater ist es peinlich, dass der Sohn ihn in diesem Zustand und so sieht.

„Nett von dir, dass du mich besuchst.“

„Ich dachte, ich schaue mal vorbei.“

„Immerhin hast du die Reise von Zürich nach Brugg eigens auf dich genommen, um deinen Alten im Spital zu sehen.“

Später gesteht der Vater der Mutter, dass man, wie immer man reagiere, immer falsch reagiere.

„Ich explodiere. Danach bin ich gescheiter. Weiss, ich hätte nicht explodieren dürfen. Und doch hat die fehl platzierte Explosion eine Läuterung gebracht. Ach, Scheusälchen, das Leben ist schwer!“

„Das Bisschen Streit, Hansel, ist vorüber. Ihr seid ausgesöhnt …“

„Nein, sind wir nicht. Streit ist Streit. Wir zwei stehen uns mit widersprechenden Positionen gegenüber. Wir haben uns während Jahrzehnten gestritten, ohne dass die Aussenwelt es gemerkt hat. Wir sind keinem Streit je aus dem Weg gegangen. Zu fliehen wäre eine Bankrotterklärung. Der Gegner wäre einem nicht wert zu streiten. Er und ich sind uns immer wert gewesen zu streiten. Vielleicht – eine abenteuerliche Erklärung – weil uns eine Versöhnung so wichtig ist. Ihm und mir. Als ob ich diesen Dummkopf von Sohn liebte, trotz oder gerade weil er so ein Dummkopf ist. Doch um den Hals fallen, können wir uns einfach nicht. Wir sind verdammt dazu gegenseitig in unseren Köpfen herumzugeistern. Und nicht voneinander loszukommen."

DER SOHN UND DER VERSTORBENE VATER ALS
GESPENST

11.

Der Vater geistert in deinem Sohn-Kopf herum.

Du schreibst am 29. März 1985 in dein Tagebuch:

Gestern, zwischen Zehn und Viertel nach ist mein Vater im Bruggerwald von einem Baum, einer Buche, erschlagen worden. Um fünf nach Zwölf starb er im Bezirksspital Brugg. Während seines Morgenspazierganges traf er auf Vater und Sohn M., Bauern aus Lauffohr, die am Holzfällen waren. Er wechselte ein paar Worte mit dem Vater, dann mit dem Sohn, der an einer kleinen Buche mit einem Durchmesser von nur ca. 25 cm herumhantierte. Als der Junge sich wieder ans Werk machte, ging mein Vater weiter, Ersterer sah, dass Letzterer direkt unter den stürzenden Baum zusteuerte, rief ihm nach, versuchte, den Fall des Baumes abzulenken, zu verzögern ... Arm-, Bein- und Beckenfrakturen auf einer Seite und ein eingedrückter Brustkorb, der dann wegen der damit verbundenen Atemschwierigkeiten auch die Todesursache gewesen sein dürfte. Um halb Zwei bekam ich die Nachricht telefonisch von Bets. Bets und Jörg holten mich ab, um nach Umiken zu fahren. Jetzt ist genau das passiert, vor dem ich schon lange einen Horror gehabt hatte — wer hat keinen Horror davor! Ich taste das Geschehene nach symbolhaften Aspekten ab: der gewaltsame Tod. Im

Wald. Einem jungen Holzfäller in sein Werk hinein gelaufen. Sind nicht bereits Urgrossvater Gustav (eine medizinische Fehlbehandlung) und Grossvater Eugen (Herzschlag in wüsten Zeiten) nicht – ganz – natürliche Tode gestorben. Trauer? Momente der aufsteigenden Tränen bei Gedanken an Trauerrituale. Sonst? Eine Entlastung des Verhältnisses. Was vorher zu meinem grossen Kummer nicht möglich gewesen war, ist nun abgeschlossen. … Ich atme auf, die Befreiung ist, dass alles bisher so schmerzlos vorbeigegangen ist. Ich habe Angst, vor schlechtem Gewissen, Geistern, Erscheinungen. Ich werde gehetzt und gepeinigt für Dinge, für Verhaltensweisen, für schlechte Verhältnisse, wo Schuld oder was auch immer nur teilweise auf mir lastet. Es ist mir, als würden unbereinigte Verhältnisse zeitlebens als unverrückbare Felsbrocken im Wege stehen …

Das Thema Vater mit unseren Schattenkämpfen unter Ausschluss einer breiteren Öffentlichkeit, ausser den allernächsten Verwandten, ist erledigt, oder etwa nicht!

Dir ist bang davor, vor den Verwandten, Freunden und Bekannten die dir zugespielte Rolle des trauernden Sohnes zu spielen.

In der Neuen Zürcher Zeitung erscheint unter der Rubrik „Unglücksfälle und Verbrechen" die Schlagzeile „Pensionierter Arzt auf Bruggerberg von Baum erschlagen" mit anschliessendem Kurzartikel.

Du hast deinen Vater gehasst. Sei's drum! Und zum Schluss ein Lieblings-Spruch deines Vaters mit einem Augenzwinkern grinsend angefügt: ‚Dem Himmel sei's getrommelt und gepfiffen!'

12.

Hinter den Gedanken, dass das Thema Vater mit dem Tod des Vaters für dich nun endgültig erledigt sei, hättest du kein Ausrufe-, doch ein Fragezeichen setzen sollen. Deinen Vaterkomplex kann der Tod des Vaters nicht auf Anhieb zum Verschwinden bringen.

Die Mutter bittet dich, ihr zu helfen, das nun überflüssige Bett aus ihrem Schlafzimmer zu entfernen. Sie müsse wieder Luft zum Atmen haben. Sie fragt dich, ob du etwas dagegen hättest, dass sie die gesamten, zum grössten Teil noch sehr guten und zum Teil auch neuen Kleider des verstorbenen Vaters als Spende in die Klinik Königsfelden gebe. Bettina sei einverstanden. Überdies bittet die Mutter dich, dich um die Tonnen von Papieren, die der Vater in seinem Arbeitszimmer und in zwei zum Bersten gefüllten Schränken im Schrankzimmer gehortet habe, zu kümmern. Das Zeugs bei Bedarf zu entsorgen. Bettina und sie hätten kein Interesse an diesen Papieren.

Dir blitzt spontan durch den Kopf, typisch Vater, sammelt blindwütend alles, was ihm an Geschriebenem unter die Augen kommt. Hält es unter Verschluss. Jetzt sollst du, der Sohn, dich um den ganzen Mist kümmern! Gleichzeitig aber juckt es dich. Du bist schrecklich neugierig darauf, nach Lust und Laune in die Papiere des Vaters einzutauchen. Die er, der Vater, so akribisch unter Verschluss gehalten hatte.

Dein Vater mutiert von der gehassten Person zu diesem jungen Mann im Exil, der 1937 in die Schweiz kommt, um eine Doktorarbeit zu schreiben. Feststellen muss, dass es kein Zurück mehr nach Deutschland geben kann. Mit Charme, Schneid und Koketterie in Würde überlebt. In Beruf und Familie, mit dem langersehnten Sohn und Stammhalter seine Erfüllung findet. Doch damit beginnen neue Schwierigkeiten, die sich mit den bereits vorhandenen Schwierigkeiten summieren. Die spannende Geschichte eines Überlebens dank dem Willen, nicht unterzugehen.

Du erfährst Dinge über deinen Vater, die du nicht gewusst hattest. Nach und nach gewinnst du Distanz zu ihm. Er erscheint dir in einem anderen, neuen Licht. Du schämst dich, dass du ihn verkannt und mit ihm so viel gestritten hattest. Du möchtest ihm tausend Fragen stellen. Zu spät. Sein Porträt verdichtet sich in dir zu einem fiktionalen Roman und einer Hommage an diesen Mann, den du zu seinen Lebzeiten einseitig wahrgenommen hattest und der dir als Mensch unbekannt geblieben war. Vergiss Reue und schlechtes Gewissen. Die Schattenkämpfe sind endgültig vorüber!

Die Aufarbeitung der Geschichte der väterlichen, deutschen Familie, deren Angelpunkt der Vater ist, beschäftigt Dich während rund zwei Jahrzehnten. Diese Beschäftigung mündet in ein fünfbändiges Werk „Privatzeug 1856-2012. Versuch einer Spurensuche". Jeder Band besteht zum Teil aus Dokumenten. ‚Spur 1 Reisen': Briefe der in Deutschland verfolgten Oma aus Deutschland an den Vater in die Schweiz zwischen 1937 und 1944. ‚Spur 3 Schreiben': Tagebuch 1869 bis 1872 einer Urgrosstante aus einer emanzipierten jüdischen Familie in Schlesien, das sie als 16-

jährige 1868 begonnen hatte. ‚Spur 4 Dichten': Gedichtsammlung „Ein Glaubensbekenntnis" des Vaters aus dem Jahr 1934, wobei die Gedichtsammlung sich auf Ferdinand Freiligraths gleichnamige, politische Gedichtsammlung aus dem Jahr 1844 bezieht. ‚Spur 5 Weben': Briefe von in Deutschland gebliebenen oder in aller Herren Länder verstreuten Verwandten und Freunden des Vaters an den Vater aus den Jahren 1945 bis 1956. ‚Spur 2 Spielen' enthält bloss Zitate aus den in den andern Bänden verwendeten Dokumenten und ist der persönlichste und intimste Ausfluss deiner spielerischen Annäherung an die zum Teil dramatische Familiengeschichte.

Mit der Übergabe aller von Deinem Vater geerbten Papiere, Dokumente, wissenschaftlichen und belletristischen Manuskripte des Vaters an das Institut für Zeitgeschichte der ETH Zürich ist die Aufräumarbeit für Dich erledigt. Zu Lebzeiten habt Ihr Euch gegenseitig das Leben schwer gemacht.

Mit Deiner akribischen Aufarbeitung der Lebensgeschichte Deines Vaters hast Du ihm seine Würde zurückgegeben. Damit ist das Thema für Dich endgültig erledigt, oder etwa nicht!

13.

Ist das Thema für Dich endlich endgültig erledigt? Aber sicher doch! Du trägst dem Vater nichts mehr nach.

Weit gefehlt, ihr Männer von Athen! Ein Lieblingsspruch deines humanistisch gebildeten Vaters. In deinen Veröffentlichungen machst du kein Hehl daraus, dass du den Vater gehasst hast. Weil er dich nie genug geschätzt, dich verhöhnt hatte. So befreiend es für dich ist, diesem Hass endlich Luft gemacht zu haben, nagt seither das schlechte Gewissen an dir. Für diesen Hass, der nicht nur hart klingt, aber auch hart ist. Weg mit dem schlechten Gewissen! Was vorbei ist, ist vorbei. Schluss mit den ewigen Schattenkämpfen. Schliesslich hatten sie im Schatten stattgefunden. Und was im Licht erscheinen durfte, war doch ganz hübsch gewesen.

Der Geist des Vaters verfolgt dich Schritt auf Tritt. Spukt überall herum. Mit grinsender Fratze. Oder ist das Grinsen etwa bloss Verlegenheit?! Sei's drum, mit Verlusten ist zu rechnen. Doch Wahnsinn, wie im Schatten eines tatsächlich gelingenden Alltags Kämpfe mit den Gespenstern der Vergangenheit stattfinden. Da staunst du, wie?!

Das Gepolter in Deinem Kopf geht von Neuem los.

„Wer da?"

Ein ironischer Lacher entfährt dir. Shakespeares Hamlet lässt grüssen. Ich, denkst du weiter, habe kein Unrecht zu rächen. Was dieser Clown, der Geist deines längst verstorbenen Vati soll, ist dir unerklärlich. Für dich ist die Sache klar. Du hast dich dazu durchgerungen, dir einzugestehen, dass du ihn zu seinen Lebzeiten gehasst hattest. Heute bist du irgendwie ausgesöhnt mit ihm. Er soll dich gefälligst in Ruhe lassen! Du erinnerst dich vage an eine Aufführung von Peter Ustinovs Theaterstück ‚Endspurt', wo ein Sohn und sein Vater – was hatten sie zusammen gehabt? Schattenkämpfe, nichts als Schattenkämpfe. Von Söhnen mit ihren Vätern. Noch und noch. Du hast deine Schattenkämpfe getreulich gehabt. Mit dem Ergebnis, dass du mit deinem Vater versöhnt bist. Du willst und kannst ihm nichts mehr anhaben. Eine Vater-Sohn-Geschichte eben. Wo Du als Sohn zum Schluss heiter und gelassen sagen kannst, „der Vater ist alles in allem okay gewesen. Vielleicht hätte ich ihn lieben wollen."

Das Kunsthaus Zürich zeigt die Ausstellung ‚Bilderwahl! Reformation'. Der Besuch dieser Ausstellung bringt Dich auf andere Gedanken. Verjagt das zwanghafte Denken, schafft Distanz und zeigt, dass es neben deiner kleinen Welt auch eine grosse, weite Welt gibt, die mehr zu bieten hat als diese drögen häuslichen Probleme, wo die engsten Verwandten sich auf kleinstem Raum auf den Wecker gehen.

An der Ausstellung taucht im Themenkreis der Erneuerer im 19. Jahrhundert auch Gottfried Keller auf. Karl Stauffers Portrait des Dichters berührt Dich.

Die Erinnerung an Grossvatter aus Oberrohrdorf hatte dir eine ideelle Brücke zu diesem Schweizer Dichter geschaffen. Ob deiner Besessenheit mit Brecht, Camus und vor allem französischen Autoren, später dann auch John Irving und Kurt Vonnegut jr. aus USA, ist Keller in deinem Bewusstsein klar zu kurz gekommen. Bis du aus alten Papieren und mündlichen Überlieferungen der letzten Zeitzeugen mitbekommst, dass Grossvatter, der begeisterte Schütze, mit einer Gruppe von Schützenkameraden am Eidgenössischen Schützenfest in Aarau 1924 in einer Gruppierung als ,Fähnlein der sieben Aufrechten' in die Festarena eingezogen war und grossen Applaus geerntet hatte. Grossvatter hatte seit da die Bezeichnung ,einer der sieben Aufrechten' angehangen.

Plötzlich reizt es dich in alten Tagen, dir die Novelle Gottfried Kellers ,Das Fähnlein der sieben Aufrechten' zu Gemüte zu führen. Die gut und packend geschriebene Geschichte berührt dich. Du staunst, wie Keller als scharfer Beobachter realistisch festhalten kann, wie Menschen aus verschiedenen Schichten aufeinander reagieren und zusammen kutschieren – und erst noch mit einem Happy End! Das fällt dir während des Ausstellungsbesuchs ein, als du vor dem Keller-Porträt stehst.

Unmittelbar neben dem Keller-Porträt hängt in der Ausstellung im Kunsthaus Zürich ein anderes Porträt. Das Porträt eines Mannes. Dieses Porträt sticht dir in die Augen. Der abgebildete Mann gefällt dir. Du siehst ihn, so wie er abgebildet ist, gerne an. Ebenmässige Gesichtszüge. Ein abgewandter, auf etwas Bestimmtes ausserhalb des Bildes gerichteter Blick. Könnte ein Hipster von heute sein.

Bildlegende: ‚Unbekannt (Umkreis Gottfried Schadow). Bildnis August Follenius, um 1825/1830. Öl auf Leinwand. Kunsthaus Zürich, Geschenk Frl. Susanna Vogt, 1948. Der deutsche politische Emigrant August Follenius förderte Gottfried Keller in seinen Anfängen als Schriftsteller. Die beiden Liberalen verteidigten den Glauben im ‚Zürcher Atheismusstreit‘ von 1846. Kritiker des konfessionell geprägten Schweizer Patriotismus erklärten Atheismus als Voraussetzung politischer Freiheit. Follenius hielt dem die einende Liebe des Glaubens verbreitende Keller das Unendliche entgegen, das ‚den Geist bewege‘.‘

Der Name Follenius / Follen lässt in deinem Kopf eine Alarmglocke schrillen. Der Vater hatte während Jahren an einem Essai über Follen gearbeitet. Hatte der Omi nach Breslau in Briefen von seinem Unterfangen berichtet. Omi schreibt in einem Brief zurück, ‚Und nun muss ich Dir zu meiner Schande gestehen, dass ich von einem verschollenen Dichter A.L. Follen gar nichts weiss. Wann und wo hat er gelebt und wieso bist Du auf ihn gekommen? Jedenfalls viel Glück zu Arbeit.‘ Und in einem späteren Brief, ‚Mein geliebter Junge. … Nun bin ich durch Deine Andeutungen auch über den Dichter A.L. Follen etwas orientiert. Er muss ja ein sonderbarer Heiliger gewesen sein – jedenfalls ein Original oder sagen wir verrücktes Huhn? Hat er denn s.Z. eine gewisse Rolle gespielt oder fiel er klar durch seine Absonderlichkeiten auf?‘. Der Vater hatte damals über Follenius, auch Follen (August Adolf Ludwig Follen, 1794 bis 1855) geforscht und Jahre später eine Arbeit publiziert. Dich sticht spontan die Neugierde, was der Vater wohl an diesem Follen gefunden haben mochte. Du erinnerst dich, die in einer Zeitschrift veröffentlichte Arbeit bei der Beschäftigung mit den nachgelassenen Dokumenten des Vaters in Händen gehalten zu haben. Zu blöd, dass du bereits sämtliche Dokumente des Vaters in ein Archiv abgeliefert hast und diese noch nicht so weit aufgearbeitet sind, dass ein Zugriff möglich ist.

Das Rätsel Vater/Follen lässt dir keine Ruhe. Deiner Not gehorchend pilgerst du in die Aargauische Kantonsbibliothek nach Aarau. Hoffst, dort allenfalls Hinweise oder die vor Jahrzehnten veröffentlichte Arbeit zu finden. In der Kantonsbibliothek ist der Vater mit verschiedenen Publikationen präsent. Zu deinem Erstaunen findest du ‚Bressler, Hans Günther. Der Spätromantiker A. A. L. Follen in psychiatrischer Schau: Grundzüge einer unveröffentlichten Pathographie'.

Du liest an einem Tisch im Lesesaal. Gebeugt über eine vergilbte Zeitschrift. Nachvollziehbar ist für dich, dass der Vater bei der Beschäftigung mit deutschen Migranten in der Schweiz im 19. Jahrhundert über Herwegh und Freiligrath auf Follen stösst. Dass den Vater diese Persönlichkeit, die aus Deutschland fliehen muss, eine Schweizerin heiratet, selber Schweizer wird, als Lehrer und Politiker wirkt und unter anderem auch Schweizer Dichter beeinflusst, gereizt haben mag. Dann bleibt dir die Spucke weg. du liest …

Wir glauben neben der unbestreitbaren Geltungssucht an eine früh gepflanzte und ursprünglich gegen den Vater gerichtete Trotzneurose, die in der Folge gegen jegliche Autorität anrannte. Der Vater ästimierte ihn nie genug, höhnte ihn später, und der bevorzugte

Lieblingsbruder war ohnehin ein Neurotikus. Nun sieht August in jeglicher gesetzmässiger Einschränkung die Hand des Vaters, gegen die er rebellieren muss. Mit seinem schlechten Studium straft er seinen Erzeuger, genau wie mit Freigiebigkeit und Schulden, denn alles zahlt dieser.

...

... Seine Kritiklosigkeiten, Weltfremdheit, Verbohrt- und Unangepasstheit entsprechen dem Bilde der Schizoidie. Unser schizoider Neurotiker stürzt seinen Vater mitsamt jeglicher regierender Gewalt, transponiert aber das Verhältnis in infantiler Art und wird zum Kaiser von eigenen Gnaden.

Die inneren Ursachen von Augusts revolutionärer Einstellung widersprechen trotzdem seiner aristokratisierenden Persönlichkeit und erscheinen zuletzt unecht. Das macht, dass August hierin das Sprachrohr des aktiveren Bruders ist, für dessen Überlegenheit er sich mit Orgien der Phantasie rächt. Schliesslich spricht die eigenartige Gliederung von Augusts Freundeskreis und seine schier antifeminine Einstellung für homoerotische Tendenzen.

...

Gesamthaft möchten wir den Mann Follen gegen Ende seiner zweiten Zürcher Periode als einen schizoiden, submaniformen Psychopathen mit pseudologischen, hysterieähnlichen und querulatorischen Zügen sowie homoerotischen Strebungen bezeichnen, der immer noch in den früh neurotisch verarbeiteten Kindheitserlebnissen fusst.

Hans Günther Bressler, Der Spätromantiker A. A. L. Follen in psychiatrischer Schau: Grundzüge einer unveröffentlichten Pathographie, in Schweizerische Medizinische Wochenschrift Nr. 37, 1949, S. 867 ff.

Vor und nach deiner, des Sohnes, Geburt schlägt der Vater sich mit einer höchst problematischen Vater-Sohn-Beziehung herum. Analysiert. Pathologisiert den Sohn. Erkennt klar die Fehler jenes Vaters im Umgang mit seinem Sohn.

Am Morgen nach dem Besuch der Bibliothek in Aarau hältst du in deinem Tagebuch folgenden Traum fest:

In der Stube in unserer Wohnung im Hauptgebäude in Königsfelden. Wir betreten die Stube, Vati voraus, ich hinterher. Wir beide entspannt, locker und gut gelaunt. Vati geht auf das Fenster zu, das auf den Vorplatz hinaus geht. Dabei lässt er wie nebenher fallen, er sei noch nicht dazu gekommen, mein Buch (Spur 1 Reisen) zu lesen. Ich halte nun das Buch in Händen und mache ihn darauf aufmerksam, dass es auch für ihn von grossem Interesse sein könnte, weil ich darin sein Tagebuch auszugsweise verwende. Ganz abgesehen davon, dass die Buchgestaltung genial sei. Dabei fällt mir plötzlich ein, dass ich Vati noch überhaupt nicht gesagt habe, dass ich die Dokumente ins Archiv für Zeitgeschichte eingeliefert habe. Da wache ich auf.

Im Aufwachen überlege ich mir, dass Vati ja gestorben ist und ich ihm dies überhaupt nicht mehr mitteilen kann.

14.

Du holst in der Küche den kleinen Besen mit Schaufel aus dem Putzschrank. Um endlich, nach Tagen, an denen du weite Kreise um den Scherbenhaufen auf dem Boden deines Arbeitszimmers gemacht hast, mit irgendwie halt doch schlechtem Gewissen die Überreste der gestürzten und dabei zerborstenen Harpokrates-Figur zu beseitigen und den Boden an der Stelle des Aufpralls der Figur und im Umfeld der Kreise, die die einzelnen Bruchstücke im Moment des Zerberstens gezogen haben, von Scherben und Schmutz zu befreien. Die antike, griechische, tönerne Harpokrates-Figur hatte der Vater vor Urzeiten in einem Antiquariat erstanden gehabt. War schrecklich stolz auf dieses echte Altertum gewesen. Nach dem Tod des Vaters hatte niemand sie gewollt. Du hast sie an dich genommen. Nicht aus Neigung. Bloss, um das wertvolle Stücke nicht verkommen zu lassen. Nun liegt es in Scherben vor dir, der du bewaffnet bist mit kleinem Besen und kleiner Schaufel.

Du kannst dich nicht wehren gegen deinen Blick, der plötzlich von etwas angezogen wird, das du als läppisch empfindest. Eine kaum wahrnehmbare, doch dir dennoch ins Auge stechende hübsche, in deinem auf sie eindringenden Atem leicht flackernde, zitternde, als ob sie gleich abheben wollte, feine, im von draussen ins Zimmer dringende helle Tageslicht leicht irisierende Staubflechte auf einer der Scherben. Du schaust um dich. Schaust all die Dinge an, die dir im Laufe deines Lebens zugefallen und mangels weiterem Verwendungszwecks eben als Staubfänger, wie du erst jetzt zum ersten Mal realisierst, auf deinen verschiedenen Gestellen gelandet sind. Du pustet die Dinge an. Staub wirbelt auf. Sogleich musst du niessen. Du wirst unwillkürlich an deine Stauballergie erinnert. Der Staub muss weg!

Du schüttelst dein weises Haupt. Dass du das Greisenalter erreichen musstest, bis dir die Tatsache bewusst wird, dass Dinge verstauben. Diese Erkenntnis erschüttert dich nicht. Nach wie vor fühlst du dich pudelwohl in deiner Haut. Doch diese Erkenntnis kickt deine Gedanken an. Die Putzfrau, die bis vor knapp sechs Wochen während zwanzig Jahren bei euch geputzt hatte, zieht zurück in ihre Heimat Portugal. Sie vermittelt eine ebenfalls aus Portugal stammende Nachfolgerin, die ihre Arbeit nächste Woche aufnehmen wird. Du witterst eine Möglichkeit, deine zur Gewohnheit gewordene Flucht vor der Putzfrau zu beenden. Die bisherige Putzfrau hatte alles drangesetzt, das Arbeitszimmer von Monsieur, wie sie dich nannte, blitz-blank-sauber zu reinigen. Du bist jeweils wie auf Nadeln gesessen, bis sie dir die erlösenden Worte sagte, „Monsieur, j'ai fini dans votre chambre!" Du hattest immer mal wieder fallen gelassen, „was putzt sie immer stundenlang in meinem Arbeitszimmer!", worauf dir als Antwort entgegengeschleudert wurde, „übertreibe nicht und werde nicht immer gleich hysterisch, wenn sie zehn Minuten in deinem Arbeitszimmer staubsaugt und abstaubt." Du wirst ab dato selber abstauben und die neue Putzfrau wird angewiesen werden, in deinem Arbeitszimmer bloss kurz staubzusaugen. Das Abstauben werde der Monsieur höchstpersönlich selber erledigen. Fröhlich eine hübsche Melodie summend, beginnst du abzustauben, nimmst jeden Gegenstand, der auf den unzähligen Abdeckplatten der unzähligen Gestelle in deinem Arbeitszimmer verstaubt, zur Hand und staubst gründlich ab. Bis zu deiner Überraschung draussen die Dämmerung einsetzt. Du stellst mit Schrecken fest, verflixt und zugenäht, jetzt habe ich doch tatsächlich über drei Stunden abgestaubt und bin noch nicht zu Ende damit! Du seufzest, wenn nicht überall Ramsch herumstehen würde, die Abdeckplatten der Gestelle frei wären, hätte man in wenigen Sekunden abgestaubt. Und schon springt dir der Entschluss mitten in deinen Kopf, das Zeugs muss weg!

Das Zeugs steht nutzlos herum. Du weisst haargenau, weshalb du was wo herumstehen und von wem du jedes einzelne Ding geschenkt bekommen oder geerbt hast. Hältst all das Zeugs aus einem deiner Einbildung entwichenen Respektfurz dem oder der Schenkerin, dem oder der Erblasserin gegenüber, wie man so schön sagt, in Ehren, obwohl dir, um ehrlich zu sein, ein Scheiss daran liegt, ob du diese teils wertvollen und kostbaren, dann aber auch wieder kitschigen und wertlosen Dinge besitzest oder nicht. Dir ohne dein Dazutun zugefallenes Zeugs, das du dir meist nicht selber aus einem spontanen oder lange gehegten Sinnenreiz heraus gewünscht und erstanden hast. Du empfindest eine Erleuchtung und Befreiung, Dir vorzustellen, wie dein Arbeitszimmer Raum zum Atmen bietet, wenn all das Zeugs, die Möbel, die Kerzenständer, die Statuen, die Nippes, die Porzellangegenstände weg sind. Du machst dich lustig über Deinen Sammel- und Anhäufungstrieb. Den der Vater bereits gehabt hatte. Den du klar vom Vater geerbt hast. Zusammen mit all dem Zeugs, das du hier in deinem Arbeitszimmer aus seinem Nachlass aufbewahrst. Klar, die einzelnen Stücke erzählen zum Teil hübsche Geschichten und Geschichtchen. Wecken Erinnerungen – doch was soll's, die Erinnerungen sind ohne all das Zeugs auch da oder eben nicht. Was vergessen geht, ins schwarze Loch der Erinnerung fällt, um das braucht es dir nicht schade zu sein. Ist bloss Ballast.

Stur, wie du nun mal bist – deine Sturheit hast du vom Vater geerbt – , muss etwas, das du dir in den Kopf gesetzt hast, angepackt und durchgezogen werden. Nachdem die hübsche antike Harpokrates-Figur durch Zufall Flöten gegangen ist und das Zeitliche gesegnet hat und zu Staub geworden ist, ohne dass du ihr eine Träne nachweinen müsstest, geschweige denn sie vermissen wirst, verhökerst du frisch, frei und fröhlich in Geschäften und auf Internetportalen, was dir im Weg steht und atmest befreit auf, als die Entrümpelungsaktion erfolgreich zu Ende geführt ist. Du einen finanziellen Gewinn verbuchen kannst. Bloss auf wenigen, nicht besonderen Dingen hocken bleibst, die du in einen Abfallsack wirfst und denen du bei Nacht und Nebel bei einer Abfalltonne in deiner Wohnsiedlung Lebewohl zurufst.

Zurück bleiben Geschichten. Hübsche, widersprüchliche, amüsante, ganze Bücher füllende Geschichten, die nicht Wirklichkeit sind, aber Anlehnungen an Geschehnisse, die so, aber auch ganz anders hatten oder hätten sein können. Ein Roman.

Unterschlage bitte nicht, dass der Vater und dein gesamtes Umfeld dir den Weg zu Büchern, zu Kunst, zum Theater, zum Schreiben, zum sozialen Engagement geöffnet haben. Unterschlage bitte nicht, dass der Vater dir unwillkürlich Selbständigkeit ohne Sentimentalität als Überlebensstrategie vorgelebt hat und du sie ihm unwillkürlich abgeguckt und übernommen hast.

Unterschlage auch nicht die nachhaltigsten Nachwirkungen des Vaters in deinem heutigen Alltag. Selbst nach dem Tod des einst so gehassten, inzwischen vergnüglich zu poträtierenden Vaters sind dir als Spätfolgen von längst vergangenen Ereignissen um den Vater drei Freunde zugefallen. Die du ohne früheres Sein und Wirken des Vaters nie kennengelernt hättest. Die du um nichts auf der Welt missen möchtest.

Über zehn Jahre nach dem Tod des Vaters flattert in das hübsche Terrassenhaus der Eltern, das nun von der Mutter, der Witwe, alleine bewohnt wird, ein noch an den Vater adressierter Brief. Die Mutter ruft dich an, um dir mitzuteilen, dass ein Historiker aus Deutschland, der über die erst kürzlich in London verstorbene Cousine Hilde G. vom Vater und deren Emigrantenschicksal von Breslau nach London forsche, sich Auskünfte vom Vater als einem Verwandten der im Zentrum seiner Forschung stehenden Person erbitte. Er sei auf die Adresse von ihm, Doktor B., schreibt der Historiker, in den Papieren von Hilde G. gestossen. Du nimmst dich der Sache an. Kontaktierst den Historiker, der im deutschen Bodenseegebiet, nahe der Schweizer Grenze lebt. Ihr trefft euch. Versteht euch auf Anhieb blendend. Seid inzwischen seit über zwanzig Jahren gut befreundet. Du und Christian F. stosst bei jedem Treffen auf das Wohl von Hilde G. an, die euch zusammengeführt hat.

Diese Geschichte einer vom Vater postum gestifteten Freundschaft schlenkert in eine frühere Nebengeschichte, die du so köstlich findest und die dir bildlich zeigt, wie vertrackt manchmal die Wege von Geschichte und Geschichten sind. Du erinnerst dich, wie

Tante Hilde G. in London, die dort als erfolgreiche Kinderärztin gewirkt hatte, in hohem Alter noch eine gute Partie gemacht hatte, als sie sich ihren langjährigen Partner, einen erfolgreich gewesenen Ingenieur ehelich angelte. Dieser starb vor ihr. Hilde G. starb kurz nach deinem Vater. Ihr Willensvollstrecker, Mitarbeiter einer Bank in London, hatte sich damals an deinen bereits verstorbenen Vater als einem der nächsten ermittelten Verwandten von Hilde G. gewandt, mit der Bitte um Hilfe bei Erbenermittlung und Verteilung der beträchtlichen Erbschaft. Der Brief des Willensvollstreckers an den vorverstorbenen Vater landet bei dir. Bisher habe man kein Testament der Verstorbenen gefunden. Es liege ein beträchtlicher Nachlass vor. Du zeichnest für den Willensvollstrecker in London einen Stammbaum auf, der die mögliche Erbfolge sichtbar macht und auch dich als Erben einschliesst. Du hattest dich insgeheim gefreut, endlich durch Zufall doch noch ans grosse Geld ranzukommen. Doch dann meldet der Willensvollstrecker dir, es sei nun doch noch ein Testament gefunden worden, in dem die Verstorbene über ihren gesamten Nachlass verfüge und die gesetzlichen Erben, die über keinen Pflichtteil verfügten, ausschliesse. Du trägst die traurige Nachricht mit Fassung. Erklärst dem Willensvollstrecker, dass du als an Familienhistorie interessierter Mensch einen Wunsch hättest. Die Verstorbene sei rechtzeitig noch aus Nazi-Deutschland nach England gelangt und habe in ihrem Gepäck damals bestimmt Familienpapiere gehabt, die heute für Dritte wertlos seien, dich aber interessierten. Ob es nicht möglich sei, diese Familienpapiere trotz entglittener Erbenqualität an dich weiterzuleiten. Der Willensvollstrecker erklärt, er würde es gerne tun. Es hätten sich unter den Habseligkeiten der Verstorbenen auch tatsächlich Papiere befunden, über die man aber bei der Räumung der Wohnung anderweitig verfügte und die nun nicht mehr vorhanden seien. Dir bleibt nichts anderes übrig, als in Gleichmut mit den Schultern zu zucken. Es hätte immerhin sein können.

Von Christian F. willst du unbedingt wissen, wie er ausgerechnet auf Hilde G. als Forschungsobjekt gestossen ist. Christian F. lacht. Zufall, das sei reiner Zufall gewesen. Er und seine Frau hätten ein Faible für England. Reisten oft nach England. Anlässlich einer solchen Reise hätten sie vor der Rückreise nach dem Auschecken aus dem Hotel noch ein knappes Stündchen gehabt, bevor sie zum Flughafen hätten aufbrechen müssen. Weil sie beide Bücher-Freaks seien, hätten sie an der Charing Cross Road in Buchhandlungen und Buchantiquariaten rumgestöbert. In einem Bücherantiquariat habe er einen seine Neugierde anstachelnden Fund gemacht. Unter einem Tisch auf einem Bücherstapel liegend. Ein in braunes Packpapier gewickeltes und fest verschnürtes Paket mit der Aufschrift ,German papers from between the wars'. Sogleich habe er den im Geschäft anwesenden Antiquar gefragt, worum es sich bei den im Paket verschnürten Papieren handle, ob er das Paket kurz öffnen dürfe. Der Mann habe sich entschuldigt. Er sei bloss ein Freund des Besitzers des Antiquariats, hüte den Laden, weil der Besitzer in einer dringenden Angelegenheit habe weggehen müssen. Er werde bestimmt in wenigen Minuten wieder da sein. Er könne und wolle nichts entscheiden. Wieviel das Paket koste? Wenn kein Preis angeschrieben sei, habe er keine Ahnung. Christian F. habe dem Mann klar gemacht, er habe keine Zeit zu warten, sei auf dem Weg nach Heathrow. Winkt derweil mit einem anscheinend genügend grossen Geldschein, der den Mann überzeugt, mit dem Paket wohl herausrücken zu dürfen, ohne den Unmut seines Freundes zu erzeugen. Und Christian F. kaufte die Katze im Sack. Die Katze im Sack stellte sich als ihre Familie betreffende, alte Papiere aus Deutschland, vorwiegend Breslau, einer gewissen Hilde G. heraus. Diese Papiere hätten, erklärt Christian F. dir lachend, ihn erst auf sein konkretes Forschungsobjekt Hilde G. gebracht. Und weil eine der aktuellsten Adressen im Papierstapel die Adresse deines Vaters gewesen sei und weil er unbedingt hatte weiterforschen wollen …

So warst du durch reinen Zufall an eben die Papiere, die Dir aus der Erbschaft von Hilde G. in London entwischt waren, auf Umwegen doch noch rangekommen und hast in Christian Freitag einen Schriftstellerkollegen und Freund gefunden.

Die zweite vom Vater postum gestiftete Freundschaft beginnt für dich bei einem geselligen Anlass. Du bist eingeladen zum Pensionierungs-Fest eines ehemaligen Arbeitskollegen, der auf einem andern Amt als du arbeitet, mit dem du aber in häufigem und sympathischem Kontakt gestanden hattest. Der Zufall will es, dass du am Fest an einen Tisch gerätst, an dem unter anderem zwei Personen sitzen, die im Aargau wohnen. Diese sind höchst erstaunt, als Du berichtest, dass du aus dem Aargau stammst und als Kind und Jugendlicher in der Irrenanstalt, in Königsfelden aufgewachsen bist. Einer der Aargauer, ein Mann, fragt dich, da du in Königsfelden aufgewachsen seist, wüsstest du bestimmt, ob die Geschichte, dass einmal ein Arzt der Klinik mit einer Patientin der Klinik eine längere Zeit dauernde Affäre gehabt habe, stimme oder nicht. Davon hast du noch nie etwas gehörst. Kannst die Frage daher nicht beantworten. Der Mann erklärt dann, in

Kölliken, wo er wohne, wohne auch ein Schriftsteller. Dieser Schriftsteller habe über eben eine solche Affäre in Königsfelden einen Roman geschrieben. Er sei schrecklich neugierig, ob der Roman auf Tatsachen beruhe oder die Geschichte erfunden sei. Der Autor heisse Ernst Strebel. Der Titel des Romans ‚Ein Letztes noch'. Weil dich diese Sache echt neugierig macht, kaufst du den Roman sogleich. Verschlingst ihn mit Spannung und Hochgenuss. Der Roman handelt von Conrad Ferdinand Meyer und dessen Aufenthalt als Patient in der Klinik Königsfelden. Parallel zur Geschichte Meyers wird von der Affäre eines Arztes der Klinik mit einer Patientin der Klinik erzählt. Du bist begeistert von dem Roman. Schreibst dem Autor, wie sehr Dir der Roman gefallen habe und wie gut es ihm gelungen sei, die Atmosphäre von Königsfelden zu beschreiben, die du, weil du ja dort aufgewachsen seist, bestens kennst. Postwendend meldet Ernst S. sich bei dir. Ihr verabredet euch für ein Treffen in Königsfelden unter der grossen Platane vor dem Alten Spital. Ihr versteht euch blendend. Dabei erfährst du von Ernst S., dass er in der als Buch erschienenen Zentenarschrift zum hundertjährigen Bestehen vom modernen Königsfelden, verfasst von deinem Vater, sowohl auf den Aufenthalt von Meyer in Königsfelden, als auch auf die tatsächlich dokumentierte Affäre zwischen einem Arzt der Klinik und einer Patientin der Klinik gestossen sei …

Einmal mehr hat der Vater postum als Kuppler gewirkt und unbeabsichtigt Zufall gespielt beim Stiften der Freundschaft mit dem Schriftstellerkollegen Ernst Strebel.

Bei der Beschäftigung mit den Dokumenten aus dem Nachlass des Vaters, den Tagebüchern, den Briefen, und danach bei der Arbeit an Deinem Buch ‚Spur 1 Reisen'

das von der Ankunft des Vaters in der Schweiz und seiner
ersten Zeit in Königsfelden berichtet, stösst du auf den
Namen eines Kollegen des Vaters, mit dem er, wie den häufig
erwähnten gemeinsamen Unternehmungen in den
Tagebüchern zu entnehmen ist, freundschaftlich verbunden
ist. Der Freund heisst Boris Pritzker. Pritzker hatte etwas
früher als der Vater eine Familie gegründet In einem
Tagebuch des Vaters aus dem Jahr 1947 liest du, ‚Frau Doktor
Pritzker und Gret haben sich mit ihrer beider Kinderchen zu
Kaffee und Kuchen getroffen'. Du hattest also mit Pritzker
Kindern, ohne dass du dich daran erinnern kannst, gespielt
gehabt. Der Name Pritzker war dir aus Erzählungen der
Eltern schon immer ein Begriff gewesen. Daher erinnerst du
dich vage, dass über diesen Pritzker, anscheinend, wie du
dich zu erinnern glaubst, ein Theaterstück in einem
Kleintheater aufgeführt worden war. Als deine ‚Spur 1
Reisen' gedruckt in Buchform vorliegt, sticht dich der Hafer,
dieser Pritzker-Geschichte nachzugehen. Im
Schriftstellerlexikon findest du, Andreas Pritzker, der ein
Sohn von Boris Pritzker und einen Tag jünger als du ist.
Unter dem Vorwand, dass Eure Väter sich gekannt hätten
und sein, Andreas P.s Vater im Tagebuch Deines Vaters, das
auszugsweise in ‚Spur 1 Reisen' wiedergegeben sei,
prominent auftauche, machst du dir den Spass und sendest
ein Exemplar deines Buches an den inzwischen, wie du, über
60-jährigen Mann, mit dem du, als ihr Kleinkinder gewesen
wart, zusammen gespielt hattest. Beim ersten Treffen fallt ihr
Euch wie alte Bekannte in die Arme. Schriftstellerkollege
Andreas Pritzker ist ab dato dein Freund.

Der Vater als Gespenst verabschiedet sich, ist
weg! Schattenkämpfe ade! Dein vermeintlicher Hass auf den

Vater ist dahingeschmolzen und entpuppt sich als verkappte Sehnsucht nach der Liebe des Vaters.

Dennoch blitzen unzählige gute und schlechte Erinnerung an deinen Vater immer wieder auf. Drängen sich dir auf. Nicht mehr verstörend. Doch erbauend. Schaffen in dir die Notwendigkeit in der intimen Anschaulichkeit einer fiktiven Erzählung, eines Romans jenseits aller biografischen Fakten dem Mensch, der dein Vater gewesen war, ein Gesicht zu geben und dich so dem wahren Charakter, der er gewesen war, aus den unterschiedlichsten Perspektiven anzunähern, sodass vielleicht ein annähernd lebensnahes Porträt des Vaters glückt.